探偵★

日暮旅人の遺し物

山口幸三郎

★Detective Tabito Higurashi's mementos.
Kouzaburou Yamaguchi

時間は水の流れに似ている。空から地面へと注がれる一筋の水柱。

川ではなく、滝。

不可逆で、暴力的。

水柱の水流の中にありとあらゆる景色が見える。それは未来から過去へと落ちていく『いま起きている現実』であった。

速すぎる水流は水面《みなも》となって僕の顔を映した。ここに居る『今の僕』を映し出している。現実の姿だ、それも数瞬後には、地面に弾《はじ》けて拡大していく水たまりに同化していく。

足元に思い出が広がっていた。

注意して目で追っていた景色の陰に、見逃した事実や目を逸《そ》らした憧憬《しょうけい》があった。取るに足らないと目を閉じてやり過ごした日常までも。

目が見えなくなった今、途端にそれら足元のすべてが恋しくなった。

探偵として解決した事件があった。事務所で過ごした日々があった。友情を犠牲にしてきた青春の記憶があった。跪《ひざまず》き、水たまりに触れてみると、痛いくらいに冷たい。ないがしろにされてきた思い出が、今の僕を拒絶しているみたいだった。

遺《のこ》された物が訴えかけるのは、かつて思い描いた理想とはかけ離れた、幸福で温かな現実を歩むことになった自分自身への皮肉である。

〝――よかったな。幸せになれて――〟

自分勝手に生きて、無様に死んでいこうとしていたくせに、何を――、と。

裏切り、拒絶し、捨ててきた想いが、今の僕を糾弾《きゅうだん》する。

「わかってる。だから、償わせてほしい」

終わった時間を振り返ってもそのときに戻れるわけじゃない。でも、忘れてしまえばそれまでだ。手が届く内に、確かにあった物事をきちんと胸に留《とど》めよう。

せめてこれからの人生の良き糧《かて》となるように。

こぼれ落ちた物語を、今一度、掌《てのひら》ですくい上げた。

像の殺意

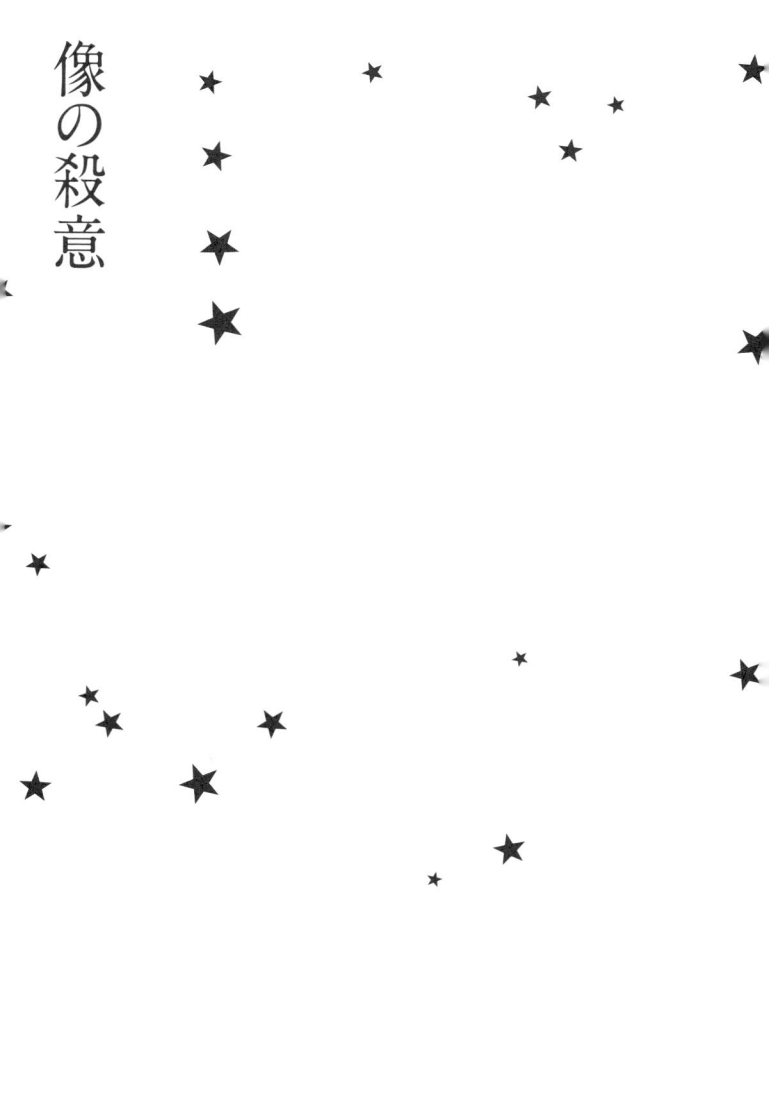

中世ヨーロッパの歴史は、戦争と騎士道の歴史であった。

物語に散見される数々の武勇は当時の騎士の性格を如実《にょじつ》に表している。曰《いわ》く、騎士は戦場を勇敢に駆け抜け、敵兵を討ち払い、ときに慈悲を掛けて見逃した。主君に忠誠を誓い、故国を憂《うれ》い、高貴な女性に奉仕し敬愛を捧《ささ》げ、常に廉潔《れんけつ》であろうとした。

――後世に生きる彼ら貴族の子孫は伝え聞く騎士道に胸を高鳴らせ、その血統を誇りとしたことだろう。

もちろん、それらはすべて表向きの話である。

戦場を駆けたのは何も騎士だけではない。雇われの傭兵《ようへい》や、徴兵された平民や農民で構成された歩兵が、軍隊の大部分であった。勇敢にではなく無理やり剣を持たされた者があれば、敵兵を前にして一目散に逃げ出した者もあろう。大半が主君ではなく家族のために戦い、恋人や母や子を想って無様に散っていった。醜悪さ極まったのが合戦後の追い剝《は》ぎ行為で、平民や農民による火事場泥棒は戦場跡の常であり、戦死した騎士の甲冑《かっちゅう》を剝ぎ取り売り払って荒稼ぎした者も少なくなかった。

騎士道などとは程遠い、無骨で醜い人間の性《さが》のみが横行した時代でもあったのだ。

勝者側の農民が死体から甲冑を外していた。一転、追い剝ぎとなった彼の顔に誇り高き騎士道精神は微塵《みじん》も感じられない。嬉々《きき》として死体を裸に剝《む》いていく。

追い剝ぎは死体からお守り代わりに身に着けた装飾品を探した。甲冑は高価だが、重量があるので持ち運ぶには数に限界があったのだ。装飾品は大抵がロザリオのような用具であるが、中には宝石付きペンダントといった価値のある掘り出し物もあり、追い剝ぎは見落としが無いよう隅々まで丁寧《ていねい》に死体漁《あさ》りを行った。

運が良かったのか目利《めき》きが優れていたのか、その死体からは高価そうな小物が次々に出て来た。売ればかなりの額になろう。

持ち物をすべて奪い取り次の死体に向かおうとしたときだ、身ぐるみ剝がされた死体が怨嗟《えんさ》の声を上げた。追い剝ぎは恐れおののき、堪《たま》らずその場から逃げ出した。

あれははたして夢だったのか。追い剝ぎの心に罪悪感が凝《しこ》りのように残った。

翌年、追い剝ぎは商人となった。追い剝ぎ行為で手に入れた甲冑や装飾品を売り払い、手に入れた金を元手に商売を始めたのである。商売はすぐさま軌道に乗り、彼の資産は一気に膨れ上がった。町の中心に大きな屋敷を建てそこに住み出す頃にはもう領主よりも大きな支配力を手に入れていた。

　商人は過去を振り返る。まだ農民だった頃を振り返る。戦場に連れて行かれた苦い記憶を振り返る。追い剝ぎとなり、死体を漁ったあの瞬間を振り返る。

　怨嗟の声を、思い出す。

〝――返セ。ソレハ私ノ物ダ。私ノ全《すべ》テダ。持ッテ行クナ。返セ。恨ンデヤル。返セ。呪《のろ》ッテヤル。カエセ。カエセ。カエセ。――――カエシテクレェエエ！〟

　いつまでも頭から離れない。

　商人にはいまだに手放せない物があった。あの死体から剝ぎ取った甲冑だ。何度も売り払おうとしたのだが、その度《たび》に頭の中に怨嗟が響いて断念させられた。日に日にその声が大きくなっていくようだ。まるであの死体が戦場から一歩ずつ近づいてくるみたいに。

　そして、ついに怨嗟が現実のものとなって耳に聞こえ出した。

　深夜。倉庫の奥深くに厳重に仕舞っていたはずの甲冑が、誰に着られることなく、独りでに動き始め、がしゃり、がしゃり、と足音を立てながら屋敷の中を徘徊《はいかい》する。佩刀《はいとう》を手に、闇《やみ》より濃い瘴気《しょうき》を鎧《よろい》から溢《あふ》れさせ、カエセ、カエセ、カエセ、と呻《うめ》き声を上げて、商人の居る部屋を一つ一つ探していく。ゆっくりと、一歩ずつ、商人を追い詰めていく。

ついに目の前に現れた甲冑のバケモノは、商人の首元に大剣を宛《あて》がい怨嗟を吠《ほ》えた。

許しを乞《こ》う商人の泣き声。

振り抜かれた刃《やいば》。

血の海と化した床の上に商人の首が転がった。

血飛沫《ちしぶき》を浴びた甲冑は、まるで最初からそこにあったかのように、物言わぬオブジェとなって直立した。

呪われた甲冑はその後、人知れず何処《どこ》かの屋敷に飾られているという――。


探偵・日暮旅人《ひぐらしたびと》の目は、音や匂《にお》いや味や痛みや感触などといった、通常目には見えないモノまで視《み》つけ出すことができる。これまでにも物品や場所や人を探す際に、手掛かりとしてそれらを視つけてきたが、『呪い』などというものに関《かか》わったのは後にも先にもあの一件だけだろう。

それは、大型台風が本土に上陸する二ヶ月前のこと、飛田貴大《とびたたかひろ》と名乗る男が『探し物探偵事務所』に飛び込んできたのが始まりだった。

「なんとしてでも見つけ出してくれ！　私は死んでも取り返したいんだ！」

歳《とし》は三十代後半。身形《みなり》はきちんとしたスーツ姿だがやけにくたびれていて薄汚く、頰《ほお》は瘦《や》せこけ、目は血走り、髪型も乱れてだらしがない。まるで災害から生還したかのような風貌《ふうぼう》であり、その必死な形相がさらにそのように見せていた。

「金なら幾らでも出す！　見つけたならどんな手を使ってでも引きずり出してこい！　ここはそういうことができる探偵社なんだろう⁉」

どこで噂《うわさ》を聞きつけたのか、犯罪者御用達《ごようたし》の口利き屋と勘違いしているようだった。旅人には暴力団や犯罪者集団が関わる事件に首を突っ込みたがる癖《くせ》があり、目の特殊性も相俟《あいま》って、企業経営者や暴力団の間では都市伝説的に名前が知れ渡っていた。

違法行為は行っていないと説明するも飛田は話を聞かず即金を積んだ。

メモ用紙を旅人に突き付け、一方的に依頼内容を告げた。

「あんたはこの紙に書いてある住所を当たってくれ！　私は私で一番の心当たりを探る！　ジ、ジ、ジジイの家だ！　奴《やつ》が隠しているに違いない！　奪い返してやる、殺してでも！」

興奮状態にある飛田から詳しい事情が説明されることはなかった。来たときと同じように慌ただしく飛び出していき、二度と事務所を訪れることはなかった。

＊　＊　＊

六条《ろくじょう》和葉《かずは》が『呪い』などという荒唐無稽《こうとうむけい》なものにかかずらう羽目になったのは、和葉の祖父・六条正臣《まさおみ》が大病を患い、長らくの闘病生活を経て亡くなったことに因《よ》る。大会社を経営し一財産を築き上げた六条正臣の逝去は、親族内に遺産相続という名の厄介事を投げ込み、にわかに混乱をもたらした。五人兄妹《きょうだい》の長兄である和葉の父が一切を取りまとめ、全体的には円満な解決に至ったのだが、孫の和葉の周辺にだけわだかまりを残した。

祖父の遺言であったという。兄妹揃《そろ》って晩婚だったために、二十歳《はたち》を迎えるまで長らく可愛《かわい》がられた孫は和葉ひとりだけで、そんな溺愛《できあい》していた孫娘には格別の遺産が用意されていた。

祖父が住んでいた六条家の屋敷と土地を丸ごと譲り渡したのである。

六条邸と呼ばれる本家屋敷は、六条正臣の半生を象徴した。一代で大富豪にまで上り詰めた正臣の、物への執着とその変遷《へんせん》がそこには顕《あらわ》れていた。

まず屋敷の外観と建てられた土地から異様な拘《こだわ》りが窺《うかが》えた。ゴシック建築を意識した外壁の意匠から、全体のフォルムはまるでイギリス貴族が住むマナーハウスのような趣《おもむき》である。玄関はゴシック調に装飾された柱と煉瓦《れんが》造りの壁が白と赤のコントラストを生み出し、豪奢《ごうしゃ》でありながら可憐《かれん》な印象を与える。前庭にはバラの垣根が広がり、歩道にはいくつもの花のアーチが連なっている。絵に描《か》いたような西洋風景に、屋敷を訪れる人はここが日本であることを一瞬忘れることだろう。

そして、真に価値があるのは土地の方である。高級住宅街の中でも一等地、見晴らしのよい丘の上にあって広大な敷地面積を保有していた。売れば数億円を下らないとも言われているが、仮に売りに出されても即日買い手がつくことが予想される。富を示す指標にはこれ以上ない財産であり、つまりは富裕層にとって垂涎《すいぜん》の的であった。

正直なところ、そんな土地を遺贈されても和葉にとっては無用の長物でしかない。さすが祖父が終《つい》の住処《すみか》に選んだ立地である、安住するには申し分ないが、まだ歳若い和葉にはこのような土地は足枷《あしかせ》にしかならなかった。来年は大学を卒業して就職だ、これから社会に出ていろいろな世界を見て回りたいのに、住むつもりのない屋敷の維持管理を押し付けられても迷惑なだけだった。

「おじいちゃんのことは嫌いじゃないけれど……」

むしろ、格好よくて優しい祖父のことは大好きだった。和葉が二十歳を迎えても扱いは小さい女の子のままだったのが少しばかり不満であったが、それも今となってはくすぐったいような温かみのある思い出である。祖父がくれる物なら何だって有り難《がた》く頂戴《ちょうだい》したい、その気持ちはあるにはあるのだが。

和葉を悩ませるわだかまりはもう一つある。それは父の妹で、和葉の叔母《おば》に当たる六条百合《ゆり》のことである。彼女は相続の遺留分に不服を訴えており、和葉の父と揉《も》めていた。

「お父さんたら考えなしだったのね。和葉ちゃんくらいの歳で家なんて貰《もら》っても困るだけなのに。それとも、兄さんがお父さんを唆《そそのか》したのかしら？　自分の娘に家と土地を遺してほしいって。実際、管理するのは兄さんでしょうから、兄さんが受け継いだようなものだものね！」

「そんなわけないだろう！　親父《おやじ》の遺言書にもあったはずだ。誰の意志も反映されていない、あれは正真正銘親父の本心だった。それに、闘病中もずっと親父の世話を焼いてくれていたのはあの在家《ざいけ》さんだぞ。看取《みと》ったのも在家さんだ。あの人が常に傍《そば》に居たんだ、俺《おれ》なんかの意見に左右されると本気で思うのか？」

「兄さんと在家さんって仲良い《い》じゃない。いつもふたりしてアタシを苛《いじ》めたわ」

「くだらん話をするな。子供の頃の悪戯《いたずら》だろうに。いつまで根に持ってんだ」

「とにかく、アタシは絶対認めないからね！　出るとこ出たっていいわ！」

「馬鹿《ばか》は止《よ》せ！　こんな醜い内輪揉めを世間に晒《さら》す気か⁉　親父の会社も新体制に替わってようやく落ち着いてきたというのに、身内が足を引っ張ってどうする⁉」

　父と叔母の兄妹喧嘩《げんか》がこれほど深刻なものになったのは初めてらしい。父は妹をどう説得してよいかわからず途方に暮れていた。百合叔母さんはとても頑固な人だから。

　困ったことに、和葉は百合のことも決して嫌いではないのだ。百合は美容院を経営する女社長で、美容ケアやメークの仕方などいろいろなことを教えてくれた。ずっと独身だったからか、和葉のことを実の娘みたいに可愛がってくれたし、和葉も百合のことを歳が離れた姉のように慕っていた。

　父と百合の諍《いさか》いをこれ以上見ていたくない。

　二人の諍いは遺贈される土地と家が原因だ。和葉にしてみればどちらも足枷でしかないのだから、どうすべきかは自《おの》ずと決まった。

「おじいちゃんの土地と家を売ろうと思う。そのお金をお父さんたち兄妹と私とで平等に分配しましょう。それで文句ないでしょう？」

　父は最初乗り気でなかったが、百合や他の兄妹たちの了承もあって、最後には首を縦に振った。

ただし、一つ条件が付けられた。

「在家さんを説得できたらの話だ。遺言執行者に選ばれたのはあの人だからな」

百合は渋ったが、父の言うこともっともだった。売却するには受贈者の不動産登記が不可欠なのだが、家と土地の相続登記は遺言執行者に一任されている。遺言執行者が選任されている以上、たとえ親族であっても勝手に相続登記はできない。

また、遺言執行者には遺言の内容を忠実に執行する義務があり、遺言の対象となった相続財産の処分について遺言に沿う内容でないものには、その行為を無効にする権利がある。つまり、遺言執行者が認めなければ相続は果たされないのだ。

「在家さんってどんな人なの？　私、見掛けたことくらいしかなくて」

和葉が訊《たず》ねると、百合は苦い顔をした。

「頑固者のジジイよ。売却するなんてとんでもないって激怒するんじゃないかしらね、きっと。意地でも和葉ちゃんを六条邸に住まわせるでしょうね」

なぜそこまで――、その疑問も祖父との関係を聞いて納得した。

在家光蔵《こうぞう》――六条邸の執事にして、祖父・六条正臣の無二の親友である。

週末を利用して、和葉と百合は六条邸に向かった。在家光蔵と話をつけるために。

ハンドルを握る百合が申し訳無さそうに口を開いた。

「ごめんね。無理言って。今週末しか時間が取れなかったのよ。今日を逃すと次がいつになるかわからないわ」

「私は暇な学生よ、百合さんの都合にいつでも合わせられるわ。でも、やっぱり社長ともなるとお仕事大変なんですね。なんだかカッコイイ！」

無邪気に声を上げる和葉に百合は苦笑した。実態は理想的なキャリアウーマンのように颯爽《さっそう》とはしていない。経営者は毎日が怒声と謝罪の積み重ねだ。百合の疲れた横顔から、和葉も薄々は彼女の苦労を感じ取っていた。

強風に煽《あお》られた横殴りの雨がけたたましくドアガラスに弾けた。百合は眉根《まゆね》を寄せてフロントガラスから空を見上げた。

「降り出してきたわね」

「今夜にも台風直撃だって聞いていたけど。帰れなくなったらどうします？」

「なんとしても帰るわよ。六条邸の周りにホテルは一軒もないし、あそこに泊まるなんて死んでも御免だわ。飛ばせば台風が来る前に帰れるはず。さっさと説得して、帰りがてら、おじいちゃんの遺産を売り飛ばす算段でもつけましょう」

和葉たちの目的は、言葉にすればそのとおりなのだが、人聞きの悪さも手伝ってどこか卑《いや》しいものに感じられてしまう。和葉の表情に気づいたのか、百合は取り繕《つくろ》うように説明した。

「別にお金が目的なわけじゃないの。アタシはお父さん――ああ、和葉ちゃんからしたらおじいちゃんね、あの人のことが大嫌いだった。和葉ちゃんには優しかったと思うけど、アタシら兄妹はそれは厳しく育てられたわ」

昔を思い出したのか、百合の表情が渋くなる。

「西洋かぶれなところも嫌い。偉そうなところも、ろくに人の話を聞かないところも大っ嫌い。和葉ちゃんに土地と家を相続させたのだってね、アタシらへの当てつけなのよ。晩年は子供たちはほとんど誰も見舞いになんて行かなかったから、それを根に持ったんだわ。信じられない？　貴女《あなた》のおじいちゃんはね、かなり偏屈なジジイだったんだから」

「そういえば、お父さんもおじいちゃん家《ち》には行きたがらなかったわ」

盆や正月に親族が集まるのは決まって贔屓《ひいき》にしている料亭だった。和葉が祖父の家に遊びに行きたいと言っても許してくれなかったのは、父が祖父と関わり合いになりたくなかったためか。

「和葉ちゃんに遺贈したのがあの土地と家じゃなかったらアタシも反対なんてしなか

った。アタシが気に入らないのはね、六条正臣の成功の証《あかし》を孫に引き継がせてまで後世に誇示しようとするその神経よ。和葉ちゃんの迷惑なんて全然考えてないんだから」

迷惑、という一言でしっくりきた。確かに和葉は迷惑していた。ただ孫可愛さに財産を与えたわけではなかったらしい。祖父のことが好きだっただけに、複雑だ。

「在家さんはそんなクソジジイの親友よ？　性格もお察しでしょ？」

「……」

「心配しなくても売ってできたお金は全額和葉ちゃんにあげるわ。アタシはあの土地と家さえ処分できればそれでいいから」

その執念もよほどのものがある。百合には六条邸を嫌悪《けんお》する理由がほかにもあるのではないか、和葉はそう感じ取っていた。

午後四時、丘の上の六条邸へと到着した。相変わらず豪奢な佇《たたず》まいに圧倒されつつ玄関を潜《くぐ》る。合鍵《あいかぎ》を持つ百合に続いて玄関ホールに入った和葉は、思わず硬直した。

予期せぬ物が目に飛び込んできた。

「六条正臣には昔から蒐集癖《しゅうしゅうへき》があった。絵画や銅像のような美術品、陶磁器や壺《つぼ》といった工芸品、高級家具ブランドの調度品なんかも集めていたっけ、とにかく節操無しにあれこれ手を出していたわ。このお屋敷にはそういった値の張る置物がゴロゴロしているの。――あそこにある甲冑のオブジェもその一つよ」

玄関ホールの中心、階段の踊り場のその中央。等身大の装飾用プレートアーマーが、大剣を眼前に構えた格好で、台座の上に固定されてあった。

「一つ怪談を聞かせてあげる。あの甲冑にまつわるお話。小さい頃、アタシもよく兄さんや在家さんに無理やり聞かされたっけ」

そして、百合は語り出す。中世ヨーロッパの騎士道精神がどうとか摑《つか》みづらい枕《まくら》から、商人となった追い剝ぎの首が切り落とされるまでの結末を、抑揚を付けた喋《しゃべ》り方で楽しげに語って聞かせた。

和葉の目はプレートアーマーに釘付《くぎづ》けだった。

当然だけれども、騎士の立像は無機物のまま佇むだけである。オブジェ以外の何物でもない。独りでに動き出すとか一昔前のセンスである。そんな怪談、現代では子供騙《だま》しにもなりはしない。

「……」

目が合ったと思うのは、たぶん、気のせいだ。

六条邸には住み込みのハウスキーパーが二人居る。

一人目は在家光蔵。老齢の男性で、六条正臣が存命だった頃は身の回りの世話を中心に、食料の買い出しから庭の手入れ、事務など幅広く担当していた。正臣が妻に先立たれてからは子供の母親役まで務めていた。百合にとっては育ての親とも言える人物である。

＊

つまり、和葉にとっては祖母のような存在……なのだが。

リビングに響く光蔵の声音は岩よりも固い。

「なりません。この土地とお屋敷は旦那様《だんなさま》が和葉さんにお譲りしたもの。売却するなどもっての外《ほか》です」

百合の主張を真っ向から退けた。顔を合わせたときからずっと眉間《みけん》に皺《しわ》を寄せていて、一度たりとも笑顔を覗《のぞ》かせない。そこに和葉を孫のように迎え入れる気配は微塵も無かった。口調が恭《うやうや》しくあることにも距離に隔たりを感じさせる。

「旦那様の遺言に従い、和葉さんを新たな家主として認めております。たとえ居住なさらなくとも私がお屋敷を維持して参りますのでどうかご安心ください」

「安心とか心配とか、そういうことを言ってるんじゃないのよ……！」

忌々《いまいま》しげな百合の舌打ちを光蔵は平然と受け流す。

光蔵の的外れな発言は、たぶんわざとだ。

「本人が要《い》らないって言ってんのよ！　土地ごと売ったって構わないはずよ！　お父さんの遺言書にだって相続した後の処分まで指図していないじゃない！」

「いいえ。旦那様はこのお屋敷を維持していくよう命じられました。私はそのお手伝いを任されております」

「そんなの貴方《あなた》とお父さんの口約束でしょう。本当に遺言があったかどうかも怪しいわ」

百合の言葉にも遠慮がない。むしろ攻撃的ですらあった。

「気に障《さわ》ったかしら」

光蔵の顔に険が宿ったのを、百合は見逃さなかった。

「六条家がここを手放すととても困るのよねえ、在家さん。ずっとここに暮らしてきたのは貴方も同じ。売却するってことはここから追い出されるってことだものね」

百合の話によれば、光蔵は早くに妻を亡くして現在は独り身だそうだ。子供が居るかどうかは不明だけど、百合が幼少の頃から住み込みで働いているのに家族が一度も顔を見せないことを思うと、もし居たとしても家族仲はあまりよろしくなさそうだ。

正臣が唯一の拠《よ》り所であったとしたら、たしかに家を売られて困るのは光蔵だろう。

「……私がお屋敷を横取りしようと企《たくら》んで遺言を捏造《ねつぞう》した、そうおっしゃりたいのですかな？」

「まあ。そんな恐ろしいこと思いつきもしなかったわ。そんなことより建設的なお話をしましょうよ。在家さんは六条家にとって恩人とも言える人、これまでの働きに見合うだけの報酬《ほうしゅう》は用意するし、何でしたら再就職先の面倒だって見させて頂きますわ。決して路頭に迷わせたり致しません。ほら、これでもうこの家に拘る必要はなくなりましたわ。そうでしょう？」

すると、光蔵は嘆息し、小さくかぶりを振った。

「『家』とはデザインや広さではありません。そこにある空間は、住み、馴染《なじ》み、過ごした時間に比例して『家』として形作られていくのです。旦那様が過ごされた『家』はこの屋敷だけです。旦那様の居たという証はこれだけなのです」

「だから何よ？」

「守らねばなりません」

その一言に、和葉はどきりとさせられた。光蔵の異様なまでの忠義の裏にはどのような想いが隠されてあるのか、想像もつかないが、畏《おそ》れを抱かせるには十分だった。

「本来、ここに住むのは旦那様のご親族であられるべきなのです。そうなされぱきっと旦那様もお喜びになられるはずです。すぐでなくても構いません。いつか和葉さんが正式にお受け継ぎになられるそのときまで、どうか私に預からせては貰えませんか？」

正直、胸に響くものはあった。祖父のことをこうまで慕ってくれているのだ、たとえそれ以外には厳しかろうとも在家光蔵の実直さは素直に嬉《うれ》しいし、褒《ほ》められるべきものだと思う。和葉の気持ちは天秤《てんびん》のように傾きかけた。

しかし、百合は胡散臭《うさんくさ》そうな目。

「嫌よ。死んだ後もあの人に振り回されるなんて御免だわ。言いたくなかったけど、血縁関係のない在家さんは部外者も同然なの。これはアタシたち六条家の問題よ。貴方の許しを得る必要なんてそもそもないの。こうしてお伺《うかが》いを立てているのは貴方に対し、最大限、礼を尽くしているからであって、形式的なものに過ぎないわ。勘違いしないでちょうだい。貴方に相続登記する義務はあっても、口出しする権利はないの。この家にどんな思い入れがあろうがこっちは知ったこっちゃない。アタシたち兄妹は売却すると決めた。貴方もそれに従いなさい」

「聞きかねます。何よりも優先すべきは旦那様の遺言でございます」

「違う。優先すべきは生きてる人間よ。はっきり言うわ。アタシはこの家があること自体我慢ならないの。お父さんがここまで未練がましいだなんて情けなくなる」

「……旦那様の私物もすべて処分なさるおつもりですか？」

「ええ。要らないからね。ああでも、気に入った物があるなら好きに持って行っていいわよ。在家さんにならここにある物全部譲ったって構わないわ。そうそう、あの西洋甲冑。あれだけは気味悪いから早めに処分しておいてね」

「……」

　有無を言わせぬ口調で勝手に話を折り畳む。光蔵は険しい顔つきで床の一点を見下ろし、同席していた和葉は険悪な雰囲気に逃げ出したい気分であった。

　これまでのやり取りだけでも二人の関係が良好でないのは明白である。単に反りが合わないだけのようだが、祖父が絡むと互いに譲れなくなるらしい。

　和葉は、さて、どちらに付くべきだろうか。確かに家を売ると決めてはいたが、百合の言い分だと六条正臣への反発だけが理由のように聞こえてしまう。坊主憎けりゃ袈裟《けさ》まで憎い――それはわかるが和葉まで同類だと思われるのは嫌だった。残念ながら和葉は祖父に対して悪感情を抱いていないのだ。

言いたいことを言えて満足そうにソファにふんぞり返る百合の隣で、和葉はどうしたものかと思案する。

背後から恨めしげな声がした。

「ずいぶん一方的なんですね。実の父親に対する愛情すら無いんですか？」

「沙耶《さや》」

光蔵がすかさず窘《たしな》める。振り返ると、エプロン姿の女性がキッチンの入り口に立って待機していた。

義元《よしもと》沙耶――もうひとりのハウスキーパーである。主に家事全般を担当している。歳はまだ二十代前半だと聞いていたが、どこか憔悴《しょうすい》しきった顔は実年齢以上に老《ふ》けて見えた。服装はカットソーとレギンスパンツ共に黒色で統一され、長めの裾《すそ》が肌色を覆い隠している。長身ですらっとした体型なのに、格好と表情のせいで逆に陰気な気配を色濃くしていた。

沙耶の小言を受けて、百合は振り返ることなく「ふうん」と好戦的な笑みを浮かべた。

「言ってくれるじゃない、沙耶ちゃん。貴女、この家で働き出して何年になるの？」

問われて、沙耶は訝《いぶか》しげに眉を顰《ひそ》めた。

「……ちょうど一年になります」

「そう。たかが一年の付き合いで六条家のことわかったふうに言わないでちょうだい。お父さんに対する愛情？　あるわよ、もちろん。世界にたった一人の父親だもの、そりゃ不満に思うこともあったけど人並みに育ててくれたことには感謝しているわ。ただし、それとこれとは話が別なの。そして、貴女には関係の無いことなの。引っ込んでいてね」

諭《さと》すように沙耶をあしらう。口調こそ穏やかだが、態度は光蔵に対するよりも冷淡だった。この一年の間、実家を訪れることがなかった百合は、沙耶とはほとんど顔を合わせたことがないらしく、言わば赤の他人だった。光蔵のように礼を尽くす義理はない。

それはわかるが、ではどうして沙耶は突っかかってきたのか。六条正臣に対するあんまりな言動に突っかからずにいられなかったのかしら。

なおも背を向けたままの百合に、沙耶は目を細めた。

ぼそりと呟《つぶや》く。

「騎士の甲冑に呪い殺されても知らないから」

「何ですって？」

たった一言に百合は気色ばんだ。立ち上がり、沙耶に勢い摑みかかろうとしたとき、光蔵の声が制止した。

「沙耶、下がりなさい」

叱責《しっせき》するような重い声音。沙耶は見るからにしゅんとなって素直にリビングから出ていった。激情の矛先《ほこさき》を失った百合も仕方なくソファの元の位置に腰を下ろした。

「なんなのよ、あの子は……っ」

「少し休憩いたしましょう。お茶を淹《い》れて参ります」

微妙な空気が流れる中、光蔵の提案を拒む者はいなかった。

それからも何度か中断を挟みつつ話し合いが行われたが、百合と光蔵の意見は平行線を辿《たど》ったまま時間だけが徒《いたずら》に流れていった。

家と土地を売りたい百合と、守りたい光蔵。その理由がどちらも感情的なものだから、どちらかが折れなければ永遠に決着がつきそうにない。もはや受贈者が最終判断を下すべきなのだろうが、当の和葉が迷い始めていた。

——どうしよう。

おじいちゃんの物はなるべく残しておきたい。和葉の名前で不動産登記しても、在家さんが代わりに管理してくれるっていうし、少なくともこの家に縛《しば》られることはない。別荘代わりに使えると思えば豪勢だ。

けれど、百合さんが後に主張した、多額の税金と屋敷の維持費の問題を考えると、和葉のような未就労者が安易に相続してはいけない気がする。もちろん、父も百合さんも相続税の納税手段を十分に確保しており、和葉に金銭的な苦労を押しつけるつもりがないことも理解しているが、無責任に考えたくなかった。間もなく社会人になるのだ、金銭にまつわる意識だけは高く持っていたい。

そうなると、やはり売りに出すのが一番建設的だと思う。

でも、おじいちゃんの形見をお金に換えるというのは、気持ち的にどうにもすっきりしない部分があるわけで……。

同じ事を何度も自問する。百合と光蔵の意見がぐるぐると頭の中を回っていた。

「暴風域に入ったみたいです。外は風がすごい」

「ええっ⁉」

小休止を挟み、手洗いから戻った光蔵が気晴らしのつもりで雑談を振ると、百合が飛び上がらんばかりに立ち上がった。

「忘れてたわ！　このままだと帰れなくなっちゃう！　和葉ちゃん、行くわよ！」

思わずぎょっとした。和葉の腕を取り、力ずくで立ち上がらせたのだ。面食らっている間にもずんずんと引き摺《ず》られていく。

「お止しなさい。この嵐《あらし》です、車では風に煽られて事故を起こしかねません。高速道路もおそらく通行止めになっているはず」

光蔵がテレビを点《つ》けて適当にチャンネルを合わせた。どの局も台風情報をテロップで伝えていた。光蔵の言うとおり、往路で使った高速道路は全線通行止めであった。

「客室をご用意いたします。今夜はお泊まりになられた方がよろしいでしょう」

「冗談じゃないわ！　嫌よ、そんなの！」

「ですが、この辺りに宿泊施設はございません。それとも、百合さんには何か大切なお約束がおありだったのですか？　今夜中にお帰りにならなければならない理由でも？」

「……ないわよ。ないけど！」

「では、今晩は相続についてじっくり話し合いましょう。旦那様にとってこのお屋敷が如何《いか》に大切なものであったのか、ご理解いただけるよう努力いたしますので」

嫌みにすら聞こえる宣言からは、どことなく高揚した気配が見え隠れしていた。取り乱す百合が見られて内心喜んでいるようである。百合が帰りたがっている理由にも察しがついている様子だ。

和葉は、在家光蔵という人物が紳士的な物腰とは裏腹に陰湿な性格をしていることにようやく気づいた。なるほど。百合が苦手とするのもわかる気がする。祖父も、では、こういう人間だったのだろうか。父や親族中から煙たがられていたのだから歪《ゆが》んだ性格だったことは確かだ。

光蔵に見つめられ、ぎくりと身を固めた。

「和葉さんもよろしいですね？」

「え、ええ。私は構いませんけれど……」

和葉は百合を見た。その顔は真《ま》っ青《さお》に染まっていた。

さっきまであんなに強気に遺産相続で揉めていたのに、いまや別人のようにおどおどしている。本当は、絶対に外せない用事がこの後あったとか。何にせよ、屋敷に留まりたくない理由があるのは間違いない。

「ここで一泊するだなんて……。――――っ」

百合が車の鍵を摑んでリビングを飛び出した。――まさか本当に帰るつもり？　屋敷の壁が頑丈で伝わってこないけれど、外は暴風雨が吹き荒れているはずである。そんな中車を走らせるなんていくらなんでも自殺行為だ。

「百合さん、待って！　帰るだなんて無茶だわ！　高速だって通行止めなのよ⁉」

「下道で帰るわよ！」

「それはそれで危ないってば！　いいじゃない、一泊くらい⁉」

「よくない！　とにかく、アタシはこの家に泊まりたくないの……ッ」

玄関ホールまでやって来て立ち止まる。視線の先にはあのプレートアーマーのオブジェがあった。百合はかぶりを振ると、玄関扉の鍵を開け、ドアノブに手を掛けた。

そのとき、ジリリリリリ、という来客を告げるチャイムが鳴り響いた。百合と和葉は肩をびくりと震わせて固まった。

百合が力を込めずとも開いていく扉。

隙間《すきま》から強風が吹き込み、和葉の髪が瞬時に乱れた。慌てて押さえ付け、片目を開けて前を向くと、呆然《ぼうぜん》と立ち尽くす百合の背中越しに背の高い男性の姿が見えた。

「夜分遅くにすみません」

来訪者は折れ曲がった傘を歪《いびつ》に閉じて、困ったような笑みを浮かべている。

「六条正臣さんのご家族の方でしょうか？　正臣さんはご在宅ですか？」

襟《えり》を立てたトレンチコートの下は紺色のスーツ姿で、その柔和《にゅうわ》そうな顔つきから営業マンではないかと推測した。

「正臣さんにお訊ねしたいことがありまして」

しかし、すでに屋敷の主人が他界していることを知らないこの人は、営業マンとしては三流であるらしい。しかも嵐の日にやって来るなんて非常識にも程がある。

和葉が呆《あき》れていると、百合は警戒心剝き出しで男に素性を訊ねた。

「誰よ、アンタ？　押し売りなら他を当たってちょうだい」

すると、男はにこりと微笑《ほほえ》み、恭しく一礼した。

「申し遅れました。僕の名前は日暮旅人。『探し物探偵事務所』の者で、探偵をしております。――お邪魔しますね」

その所作があまりに滑《なめ》らかだったから、男にすんなり入り込まれたことに気づいたのは扉が閉まった音を聴いたときだった。

*

出て行くつもりでいた百合も、出鼻を挫《くじ》かれたのか、自称探偵を呆然と見つめて立ち尽くした。探偵はよく見れば若くて整った顔立ちをしているけれど、まさか見惚《みと》れているわけではあるまい。なぜか見つめ合う百合と旅人を和葉はドキドキしながら見守った。

　遅れてきた光蔵が、旅人を見るや険しい顔つきになった。

「また貴方ですか？　先日もきちんとお断りしたはずですが」

「すみません。何度も押しかけて。どうしても正臣さんにお訊《き》きしたいことがあるんです。正臣さんはどちらに？　もうご旅行から帰ってますよね？」

　和葉と百合は怪訝《けげん》そうに眉を顰めた。まるで六条正臣が存命しているかのような会話である。光蔵は嘆息し、二人に言い訳するように話した。

「こちらの日暮さんは私立探偵でいらっしゃいます。以前お越しになられたとき、旦那様は臨終の間際にありました。私は、日暮さんがどのようなお話をするつもりかまでは存じ上げませんでしたが、旦那様のお体に障るやもしれぬと案じ、旦那様はご旅行にお出掛けになられたと偽って彼にはお引き取り頂いたのです」

「……門前払いしたってこと？　お父さんに取り次ぎもせずに？」

「はい。旦那様の交友関係は把握しておりましたので、旦那様のお手を煩《わずら》わせぬようにと私が独断でご面会人の選別を行っておりました」

「……横暴だわ」

　光蔵の行動はあまりにも度が過ぎている。さすがに百合も、苛立《いらだ》ちより気味の悪さを覚えているようだった。

「旦那様には安らかに逝って頂きたかった、その一心でございます」

開き直った光蔵に悪びれた様子は一切無い。

「亡くなられた？　六条正臣さんは、では、この世にはもういらっしゃらない？」

寝耳に水とばかりに困惑する旅人に、百合が答えた。

「そうなるわね。どんなご用件だったか知らないけれど、同情するわ。この偏屈な人のせいで面会する機会を永遠に失ったのだから」

その上、その事実を知らなかったためにこうして無駄足を踏んだのも哀《あわ》れだった。

「はは、参ったな」旅人は笑みを浮かべてはいるものの途方に暮れていた。嵐のせいで全身は濡《ぬ》れ鼠《ねずみ》だし、和葉は何だか可哀相《かわいそう》になり助け船を出してみた。

「おじいちゃんに訊きたいことって何だったの？」

「おじいちゃん？」

「六条正臣の孫なのよ、私。六条和葉です」

「で、アタシが正臣の娘の百合で、あっちに居る人がこの家の執事で在家光蔵さん」

和葉と百合の紹介で関係性を把握した旅人は、一人一人を順に見つめて、頷《うなず》いた。

「――うん。ご家族の方なら何か知っているかもしれませんね。では、一つお伺いしてもよろしいですか？」

「いいわよ。嘘吐《うそつ》いちゃったお詫《わ》びってことで」

光蔵はすました顔で平然としている。旅人は苦笑しつつ、質問した。

「以前、こちらに飛田貴大さんという方が来ませんでしたか？　飛田さんのことご存知ありませんか？」

知らない名前だったので和葉は首を横に振る。百合も光蔵も聞き覚えがないと口にした。

「初めて聞く名前だわ。アタシと和葉ちゃんはここに住んでいるわけじゃないし、在家さんも知らないとなると誰にもわからないわね」

「その人のこと調べてどうするの？」

「探しているんです。行方《ゆくえ》がわからなくなってしまったもので。彼に関する情報をもしかしたら正臣さんが握っていたかもしれない」

光蔵が重ねて否定した。

「先ほども申し上げましたとおり、旦那様の交友関係はすべて把握しております。そのような名前の方は存じ上げません」

「どうかしらね。知っていて知らんぷりしているか、在家さんですら知らない知人が居たか、どちらかの可能性だってあるわ」

百合の光蔵に対する信頼性は低い。

唐突に百合が旅人の腕に絡みついた。

「ねえ、今晩ここに泊まっていきなさいよ。家捜しすれば、もしかしたらお父さんの日記の一つくらい出てくるんじゃないかしら。手掛かりを摑めるかもしれないわよ？」

百合の提案に、旅人ではなく光蔵が目を剝いた。

「百合さん、何を？」

「何って、協力してあげるのよ。人探しでしょ？　別にこっちが損するわけじゃないんだし、それくらい親切にしてもいいんじゃない？　それに、この嵐の中に放り出すのも気が引けるわ。そういえば、日暮さんはどうやってここまで来たの？　帰りはどうするつもりだったのよ」

「バスで麓《ふもと》にある終点の営業所まで、そこからは歩いて来ました。帰りは……どうしましょうか。バスも台風で運行休止だと言っていましたし」

「嵐の晩にやって来るのがそもそも不自然なのよ。初めから泊まるつもりでいたんでしょう？　家捜しもするつもりだった、と。悪い探偵さんね。でも、気に入ったわ。噂どおりというわけね」

「恐縮です」

「ふふっ、褒めてないってば」

百合はすっかり旅人のことを気に入っていた。そんなに若い男が好きなのだろうか、と和葉は真顔でそんなことを考える。ん？　噂どおりって？

「在家さん、客室の準備をお願いしますわ。六条家の次女が招くのです、この人を客分として丁重にお持て成しなさい。それとも何、アタシに恥をかかせたいのかしら？」

「……百合さんがそこまでおっしゃるのなら、仕方がありません」

光蔵が渋々了承した瞬間、旅人の一泊の滞在が決定した。

「ありがとうございます。お世話になります」

＊

和葉、百合、旅人の三人は沙耶が用意した食事をリビングで取り、食後はそのまま飲みの席となった、探し人の手掛かりを捜索したかった旅人は、残念ながら百合に摑まってしまった。二人に何かあるとは思わないけれど、和葉も一応付き合うことにした。

六条正臣が無頼の酒好きだったこともあって備蓄している酒は種類が豊富だ。和葉はカクテル党で、カンパリにグレープフルーツジュース、トニックウォーターを加えたスプモーニを繰り返しおかわりしている。百合の飲み方は焼酎《しょうちゅう》がメインで、芋《いも》、米、泡盛《あわもり》など品種を変えつつ飲み比べしていた。旅人はウィスキーのストレートを、チェイサーには常温の水を用意し、ゆっくり時間を掛けて交互に飲んでいく。

真っ先にくだを巻き始めたのは百合だった。

「ほんっと気に入らない！　仕事での面倒事は多いわ、部下は頼りないわ、在家さんにはイライラさせられるわ、台風は直撃するわ！　もう！　何もかも気に入らない！」

旅人に纏《まと》わり付いて愚痴《ぐち》を吐く。完璧《かんぺき》な絡み酒。六条家の家系って元々あまり酒が強くない血筋なのかもしれない。和葉も二杯目の時点ですでにほろ酔いだ。反して、旅人は嗜《たしな》むような飲み方をしているせいか、まだまだ素面《しらふ》に近い。

旅人は巧《うま》いこと百合をいなしつつ会話を運ばせた。

「それで遺産問題は結局解決しなかったんですか？」

「そうよ！　あの人はお父さんの言いなりだもの！　こっちがどんなに反対したって死んだ人間の命令だけを忠実に守るのよ！　忠犬ハチ公でもあるまいし！　見てくれがジジイじゃちっとも可愛げなんてないわ！　ジジイがジジイの遺言守って何がしたいのよ！　気色悪い！」

「百合さん、聞こえるよ……」

　幸い、光蔵も沙耶も百合に遠慮したのか自室で待機している。が、百合の声が大きすぎるので屋敷中に響いていないかと冷や冷やする。旅人が「大丈夫ですよ。『音』はリビングの壁に吸収されて外まで漏《も》れていませんから」と意味不明なことを言い、しきりに遮音性を褒めていた。が、はたしてどうだか。

　和葉の心配を酌《く》んでのことかどうかはさておいて、百合は矛先を旅人に変えた。

「ね、ね、聞かせてよ。アンタって、あの『探し物探偵事務所』の探偵なんでしょ？　五感が無いっていう、あの都市伝説の。でしょ⁉　今までに解決した事件で面白い話聞かせなさいよー」

「五感が無い？　……都市伝説？」

「和葉ちゃん、この人ったら実は有名人なの。定期的にいろんな業種の経営者が集《つど》って交流会を開くんだけど、そこでよく話題に上るのよ、探し物探偵のことが。その探偵は視力以外の感覚が無くて、……何だっけ？　何だって見つけ出せるのよね？　ね？」

「ええまあ、そんな感じです」

　さっぱり伝わらない。視力以外の感覚が無い？　それって聴覚もってこと？　――

そんなの嘘。だって今、普通に会話ができているのに。それにさっきも『音』がどうとか言っていたし。

「僕は『音』や『匂い』を目で視て把握しています。視覚だけですべての感覚を補っているんです」

「そうなんだって！　実際に関わった人に会ったことないから都市伝説化しちゃってんだけど。なんでも超大手企業の社長とか暴力団の組長とかが贔屓にしてるって話で、たぶん産業スパイとかそういうのもやってくれるんじゃないかってもっぱらの噂ね。

――ね、ね、どうなのよ、ホントのとこ？」

「クライアントのことは秘密にさせて頂きます。ただ、スパイとかそういったことは致しません。逃げたペットの捜索がほとんどです」

「えぇー？」

不満げな百合には悪いが、旅人の話を聞いて、まあそうだろうな、と思った。探偵と言ったって、小説のようなハードボイルドが実際にあるわけじゃなし。大抵が庶民のお悩み相談だろう。浮気調査とか、そういうの。

それにしても、五感が無いって……。

「日暮さんって実は結構チャラいですよね？」

「……そういう評価を頂いたのは初めてです」

「つまんないー。じゃあ目には見えないモノが見えるって噂も嘘なのお？　こうやって抱きついても感触わかんないのお？　ねえ、ねえ？」

　百合がしきりに胸を押しつける。

「ああ、この場合は目で『感触』を視ているんです。見えないモノを視るのは本当です」

「ほら、やっぱり。百合さんに話合わせてる。ボディタッチさせようと誘導してる。そうやって女性を口説くんだ。嫌らしい」

「い、いえ、そんなつもりはありませんよ。……あの、百合さん、服を脱がそうとするの止《や》めてもらえませんか？」

　旅人は酔っぱらい二人に交互に絡まれて困り果てている。女が多数を占める酒宴では若いイケメンは酒の肴《さかな》になるのが宿命なのである。諦《あきら》めてほしい。

　とはいえ、百合の絡み方が目に余ったので、和葉は無理やり話題を変えた。

「人探しって言ってましたよね？　えーっと、何て名前でしたっけ？」

「飛田貴大さんです」

「そう、その人。どうして六条邸に来たと思ったんですか？　何かご用でもあったん

です か?」

　クライアントだけでなくそれ以外にももちろん守秘義務はあるだろうけど、大胆にも訊いてみた。

「理由は答えかねますが、ここを訪れた可能性は高い。いや、近辺に潜んでいるのかも」

「潜むって、犯罪者じゃあるまいし」

「あるいは、もうこの屋敷の中に忍び込んでいるなんてことも……」

　旅人の目つきが険しくなった。和葉は背中が急に寒くなった。

「ちょ、ちょっと、止めてよね。冗談でもそういう話なら聞かないから」

　釈明はない。静まり返ったリビングに嵐の風音が微《かす》かに聞こえてきた。

「……」

　旅人の首元に絡みついていた百合が、不意に旅人から離れた。

「日暮さん、怖い話のついでに訊くけれど、貴方の五感の噂が本当だって言うなら……『呪い』も見えたりするわけ?」

　声のトーンが低くなった。見ると、百合の顔は真剣そのもので、酔いが醒《さ》めたみたいに白くなっていた。「呪い?」旅人も怪訝そうに百合を見た。

「怪談よ。この家に伝わるね。いえ、創作と言っていいかしら。兄さん――和葉ちゃんのお父さんと在家さんから聞かされた、生意気だったアタシを怖がらせるための与《よ》太話《たばなし》」

　屋敷に到着したときに聞かされた話をもう一度した。初耳だった旅人は話終わりに「ああ、そういえばこの屋敷の玄関にも甲冑が飾ってありましたね」と相槌《あいづち》を打った。

　そして、「ん？」と小首を傾《かし》げた。

「でも、そのお話が在家さんたちの創作だと百合さんは知っています。でしたら、特別怖がることはないんじゃないですか？」

　そうだ。作り話なんだから『呪い』なんて無いとわかっているのに、何をそんなに怖がる必要があるのか。

「そうね。小さい頃は信じていたけど、大きくなるにつれてそれが作り話だってわかるようになって、悟ったときは鼻で笑ったものよ。――でも、でもね、アタシ、実際に見てしまったのよ。夜中に独りでに徘徊する甲冑の姿を」

　それは、百合がまだ中学生だった頃の出来事だという。

　六条邸には一家で暮らしていた。父・六条正臣は、悪人ではないが我が強いばかりにやや協調性に欠けており、近所付き合いではいつも傲慢《ごうまん》な態度を取っていた。無自覚に増長していく正臣の評判は、地区のコミュニティ内ではすこぶる悪かった。

百合たち兄妹は、六条邸に住んでいるというだけで近所から白い目で見られていた。直接的な虐《いじ》めは無かったものの、地元の公立学校に通っている間は友達がひとりもできなかった。百合自身にも問題はあったのかもしれない、しかし不貞腐《ふてくさ》れて捻《ね》じ曲がった性格になったのは偏《ひとえ》に父・正臣のせいだと思っている。

反抗期には大いに荒れた。屋敷が嫌いで、父や家族が嫌いで、とにかく周囲に当たり散らしていた。そのうち家出も決意したが、歳の離れた長兄と在家光蔵に見破られ、問題を起こさぬようにと四六時中監視されるようになった。息苦しさがピークに達したとき、百合は玄関ホールに飾ってあったプレートアーマーの立像を投げ飛ばしていた。

「こんなもの、こうしてやる！　アタシはもうアンタらが作った怪談にいつまでも怯《おび》えている子供じゃないんだから！」

バラバラに散らばったプレートアーマーのパーツを一つ一つ踏みつけて蹴《け》り飛ばす。音を聞きつけた兄や光蔵から逃げて、二階の自室へ駆け込んだ。清々《せいせい》した。そのときは。

数日後、寝付きの悪かった夜に、百合は一階のキッチンに水を飲みに行った。そして、自室への帰り際、再び通りかかった玄関ホールでふと気がついた。いつもの場所にプレートアーマーが無い。百合が壊してしまったが、あのあと兄と光蔵が直して元に戻していたはず。なのに、そこには台座があるのみで肝心の甲冑が見当たらない。がしゃり、がしゃり、と音がした。振り返ると、暗い廊下の向こうからプレートアーマーが歩いてきた。手には大剣を握り締め、百合に対して真っ直《す》ぐに切っ先を向けている。

幼少時に聞かされて、トラウマにまでなった怪談のイメージが脳裏を過《よぎ》る。首をはねられた商人の顔が、ごろん、とこちらを向いている。

百合は悲鳴を上げて階段を駆け上がった。自室に入り内側から鍵を掛け、ベッドに潜り込んでひたすら耳を澄ました。足音がすぐそこまで迫っている気がした。結局、その晩は一睡もできなかった。

翌朝、プレートアーマーは元通りオブジェとして踊り場にあった。動き出す気配はない。兄と光蔵の悪戯かと思い、それとなく訊いてみたが、二人して怪訝な顔をされた。惚《とぼ》けているような様子じゃない。あれは、本当に知らない顔だった。もしかしてすべて夢だったのかしら。

それからというもの、百合はこの怪談を毎晩夢に見るようになる。そのうち、あの出来事はぜんぶ夢だったのではないか、と思い始めた。けれど、植え付けられた恐怖心はいまだに払拭《ふっしょく》されずにいる。

高校を卒業するとすぐに家を出た。

二度と実家で眠るものかと心に決めて。


話しながらも、百合は酒を呷《あお》るようにして飲んだ。相当のトラウマらしく、時折リビングの外の廊下を窺うように視線を外していた。

「アタシがこの家を嫌っている理由よ。泊まりたくないのも夢を見たくないからよ」

そう言ってから、あーあ、と後悔したように項垂《うなだ》れた。要するに、オバケが怖い、と告白したわけで、それに気づいて恥ずかしくなったらしい。

「で、でも、子供の頃の話でしょ？　さすがにもう大丈夫なんじゃ……」

「……久々にここに帰ってきて、玄関開けたときに思っちゃったのよね。お父さんからしてみたら、アタシは死体から財産をせしめる商人なんじゃないかって」

屋敷に入って真っ先に怪談を話し始めたのは、自分自身に怖くないと言い聞かせるためでもあったらしい。

そこでようやく納得できた。なぜ旅人を泊めたのか。

　和葉は、百合は旅人のことを都市伝説として名前だけは知っていたから興味本位で六条邸に引き留めたのだと思っていた。でも本当は、外部の人間を引き入れることで恐怖心を少しでも紛らわせようとしていたのだ。でなければ、いくら百合でも実家に見知らぬ若い男を泊めたりしないだろう。

　それからしばらくすると、和葉の瞼《まぶた》が重たくなってきた。百合が急に大人《おとな》しくなったので沈黙する時間が増え、徐々に睡魔が襲ってきたのだ。普段なら寝るには早い時間だが、酒が入っているせいか限界が近い。

「そろそろお開きにしましょうか」

　旅人が提案した。探偵としての調査は翌朝行うと決めていたので、今夜は早めに就寝したいのだろう。そのタイミングで廊下から光蔵が現れた。

「お部屋の準備が整いましたのでご案内いたします」

　和葉と旅人は席を立ったが、百合だけは深々とソファにもたれかかっていた。

「アタシはいい。ここで起きてる。この家で眠りたくないの」

「……かしこまりました」

　初めからこうなることを読んでいたのか、光蔵は手に持っていた毛布を百合の膝《ひざ》に掛けた。このままソファで寝られるようにという気遣いだ。百合は無言でいたが、毛布を撥《は》ね除《の》けようとはしなかった。

光蔵の後に付いて廊下を渡る。客室は二階に用意されていた。階段を上る途中、例のプレートアーマーをまじまじと眺めた。やっぱりどう見てもただの置物だ。

「呪いはございますよ」

背筋がぞくりとした。顔を上げると、上段から見下ろす光蔵と目が合った。

とても冷たい目。

「百合さんからお聞きになられたと思いますが、呪いは確かに存在します。財産を取られた男の怨念《おんねん》が甲冑を動かし、返せ、返せ、と呻き声を上げながら夜な夜な屋敷を徘徊するのです」

光蔵が別人に見えた。まるで何かに取り憑《つ》かれたみたいに。

暑くもないのに、汗が。

「怪談自体は私の創作でした。しかし、旦那様の未練が呪いを実現させてしまった。旦那様が亡くなられてから今日までの間に、私は何度もソレを見た……！」

「……」

六条正臣が居たという証。成功の証。財産。

身ぐるみ剝がされた死体は追い剝ぎとも言える相続者たちに怨嗟の声を上げた。

「旦那様は屋敷を売り払おうとする者に裁きを下さんとしています……！」

〝騎士の甲冑に呪い殺されても知らないから〟

〝アタシは死体から財産をせしめる商人なんじゃないかって〟

沙耶と百合の言葉を思い出し、和葉はごくりと唾《つば》を飲み込んだ。

――財産を守らなければ殺される？

「脅かすのはそれくらいにしませんか？」

背後から聞こえた旅人の声で、ハッと我に返る。

「今の話だと、百合さんが中学生の頃に見たという甲冑は『旦那様の未練』ではないということになります。だって、その頃はまだ正臣さんは生きていたのですから」

光蔵も意識を取り戻したかのようにいつもの表情に戻った。

「何のことでしょう？　百合さんが何かおっしゃいましたか？」

「ええ。昔話を少々。悪い夢を見たようで」

「そうですか。なるほど、百合さんが眠りたがらなかったわけがわかりました」

話はそこで打ち切られ、光蔵は何事も無かったように再び階段を上り始めた。旅人を振り返ると、のほほんとした笑顔とぶつかった。

「在家さんは人を怖がらせるのがお好きなようですね。困ったものです」

「……はあ」

本当にそうだろうか。和葉は光蔵の不気味な様子を思い出して身震いした。

＊

ついうとうとしてしまった。

足元が崩れて暗闇に急降下する夢に引き摺られて、がくん、と意識が現実に落ちてきた。百合はしばし朦朧《もうろう》とし、今が何時でここが何処か思い出せないでいた。まだ夢の中に居るみたい。肩まで掛けた毛布の温《ぬく》もりが徐々に意識を覚醒《かくせい》させる。

六条邸のリビングだった。――ああ、そうだ。眠るのが怖くて朝まで起きていようとしていたのだっけ。なのに、酔い潰《つぶ》れて眠ってしまっては元も子もないではないか。

幸い、例の夢は見ずに済んだのでとりあえずはよしとしよう。

光蔵が電気を消したのか、リビング内は真っ暗だった。すぐに状況を思い出せなかったのは周りが見えなかったからなのだが、目は次第に暗闇に慣れ、ようやく物の輪郭くらいはわかるようになった。

「――誰？」

廊下側の扉から何かが侵入してきたのがはっきりとわかった。がしゃり、という足音が百合の声で止まり、不気味な静寂を保つ。動かない人影に心臓が早鐘を打ち始め、耳は遠く暴風雨の音を聴いている。

百合は、やはり悪夢を見ているのだと思った。

あのプレートアーマーが大剣を手にして立っていたのである。

「イヤァアアアアアアア――――――っ⁉」

和葉はその悲鳴を聞いて飛び起きた。

客室の時計を見ると、ベッドに潜り込んでからすでに二時間が経過していた。光蔵の台詞《せりふ》が頭にちらついて離れず、ずっと寝付けずにいたところへこの悲鳴である、心臓が口から飛び出すかと思った。

「……吃驚《びっくり》した。何よ、一体」

今の悲鳴は明らかに百合のものだった。まさかプレートアーマーが独りでに動き出したのか。――って、何を考えているんだ、私は。そんなことあるわけないじゃない。

呪いや怪談は旅人の言うように光蔵の冗談だと思う。しかし、百合が悪夢を見るのは本当なのだ。もしかしたら今の悲鳴は悪夢にうなされて出た絶叫なのかもしれず、その可能性が一番高い。

「様子、見に行った方がいいわよね。百合さんのこと心配だし、ついでにトイレにも行っておきたいし。——うん。よし、行こう。怖くない、怖くない」

和葉は自分にそう言い聞かせて、ベッドから起き上がり、そっと客室を出た。

廊下は真っ暗闇で何も見えない。ドア付近の壁に手を伸ばし、点灯スイッチを手探りで探す。それらしき物に手が触れると、すぐにスイッチを押した。

「……あれ？　点かない？」

カチ、カチ、と何度もオンオフを切り替えてみたが電気は点かなかった。このスイッチじゃないのか？　でも、ここ以外にスイッチの類《たぐい》はないし、廊下の点灯スイッチとしか考えられないのだけど。——まさか停電？　たしかにこの嵐の中、どこかで電線が切れたとしても不思議じゃない。そうなると、復旧もすぐにとはいかないだろう。

「懐中電灯がどこにあるかなんてわかんないし……。はあ」

仕方がない。ついでのついでに懐中電灯も取りに行こう。光蔵がまだ起きていたらいいのだけれど。

壁伝いにゆっくりと歩き出す。階段に差し掛かると一段ずつ慎重に下りていく。外は嵐だが採光窓からは仄《ほの》かに光が差し込んだ。外の方がまだ明るいようだ。薄暗い玄関ホールが眼下に見えたとき、和葉は思わず声を上げてしまった。

「無い」

プレートアーマーが無い。

そこにあるのは台座だけで、肝心のオブジェがもぬけの殻だった。

「イヤァアア、イヤァアアア、来ないでッ！」

追い打ちを掛けるような百合の悲鳴。和葉はもうリビングで何が起こっているのか想像できていた。

和葉は玄関ホールに駆け下りると、リビングとは反対側の廊下に向かって叫んだ。

「在家さん！　誰かッ！　早くリビングに来て！」

すぐさまリビングに向かって駆け出す。怖いけど、まだプレートアーマーが動いているところを見たわけじゃない。プレートアーマーが無いのは百合が怖がるので光蔵が一時的に撤去したからなのかもしれないし、百合が叫んでいるのはただうなされているだけなのかもしれない。襲われているだなんてそんなこと、現実にあるはずないっ！

怖気《おじけ》づく心を奮い立たせて、いざリビングに飛び込んだ。

「百合さん、大丈夫っ⁉　――――っ」

しかし、そこには予想どおりの光景が広がっていた。プレートアーマーが大剣を振り上げて部屋の隅へとにじり寄っていく。「いや、いやっ」壁を背にして逃げ場を失った百合は、迫り来る影を驚愕《きょうがく》の表情で見上げていた。

和葉も足が竦《すく》んで動けなかった。

今にも振り下ろされそうな大剣。

もう、間に合わない。

「百合さんッ！」

そのとき、誰かがリビングへと駆けつけた。その人は和葉を撥ね除けると、百合とプレートアーマーの間に体を割り込ませ、振り下ろされる大剣を背中で受け止めていた。……よく見えないけれど、皮膚《ひふ》を斬《き》り付けた生々しい感触が音となって伝わってきた。

百合を庇《かば》った背中が呻き声を上げた。プレートアーマーは大剣を引き戻して踵《きびす》を返すと、今度は和葉に襲い掛かってきた。慌ててキッチンに体を滑り込ませ、間一髪のところで大剣の一振りをかわした。

「止めるんだ！」

誰かの叫び声が響く。プレートアーマーは方向転換をして廊下に消えた。足音はそのまま遠ざかっていく。

「はあ、はあ、はあ、――――」

――助かった？

心臓が破裂しそう。こんな恐怖を味わったのは生まれて初めてだ。和葉は震える足を懸命に動かして百合の元へと急いだ。百合を庇った誰かの容態も気に掛かる。

近づいて見ると、その誰かは光蔵だった。

「在家さん⁉　しっかりして！」

光蔵は苦悶《くもん》に顔を歪ませていた。暗闇で傷口ははっきり見えないけれど、表情からどれほどの深手か察することができた。すぐに応急手当てをしないと命に関わるかもしれない。

「さ、沙耶さんを連れてこないと⁉　あ、でもその前に懐中電灯を」

「懐中電灯なら隣室に置いてあります。ですが、いま出て行くのはまずい。どこで『呪い』に襲われるかわからない。危険です」

光蔵の言葉に怖気づく。懐中電灯が手に入ったとしても、沙耶の部屋は玄関ホールを越えた廊下の先にある。途中でプレートアーマーが飾られていた台座の前を通らなければならず、もしもそこにプレートアーマーが戻っていたらもう一度襲われるかもしれない。

「私のことなら大丈夫です。それほど深い傷ではありません。今は、この停電が復旧するのを待ちましょう」

「百合さんは？」

「……気を失っておられます。よほどショックだったのでしょう」

トラウマが現実に現れたのだ、卒倒するのも当然である。和葉は、光蔵がそうするように、百合に寄り添ってリビングの入り口を用心深く見守った。

どれくらい時間が経《た》っただろうか、突然リビングの電気が点いた。停電から復旧したようだ。すぐさま光蔵の背中を見る。肩甲骨《けんこうこつ》辺りから腰に掛けて斜めにざっくりと切り傷が走っていた。光蔵の言うようにそれほど深い傷ではなかったが、噴き出た血液が衣服の破れ目を真《ま》っ赤《か》に染め上げていて、痛々しかった。

隣室に救急箱があるというので急いで取りに行く。リビングに戻ってくると、旅人と沙耶が揃っていた。沙耶は上下黒のスウェットで、ラフな部屋着という感じだ。直前まで寝ていたのだろう、髪に乱れがあった。旅人はジャケットを脱いでいるが、いまだにスーツ姿だった。用意された寝間着には着替えなかったらしい。

「仮眠していたのですが、目が覚めたとき物々しい『気配』が屋敷中に視えたので」

「私はお手洗いに行きたくなってさっき起きました。玄関ホールで彼と鉢合わせして、一緒にここまで」

「何があったんですか？」

旅人に訊ねられ、答えに窮《きゅう》する。どう説明すればいいのだろう。

「か、甲冑が……」

「甲冑？　玄関ホールに飾ってあるあの甲冑ですか？」

客室から下りてきた際、階段の踊り場にはプレートアーマーが変わらず置いてあったらしい。元の位置に戻っていたから気にも留めなかったようだ。

沙耶は光蔵の傍《かたわ》らに座り込むと、和葉から救急箱を受け取って傷の手当てを始めた。

旅人が和葉に耳打ちするように訊ねた。

「彼女は？」

「日暮さんは顔を合わせるのは初めてだっけ。義元沙耶さん。この屋敷でハウスキーパーをしているの。夕食を用意してくれたのも沙耶さんよ」

「そうですか。このお屋敷に居る人間は、ここに居る五人で全部ですか？」

「えっと……」

あれ？

考えたこともなかった。住み込みのハウスキーパーは光蔵と沙耶の二人のみ。訪問客は和葉と百合と旅人の三人で、計五人。間違いない……はず。

光蔵が先ほど起きた出来事を説明した。改めて言葉にされると陳腐な怪談話にしか聞こえず、旅人は困惑した表情を見せた。和葉とて夢だったのではないかと思いたい。

しかし、沙耶だけがくつくつと肩を揺らして笑った。

「やはり旦那様の思念が甲冑を動かしたんです。和葉さんたちを襲ったのは『呪い』に間違いありません。そう、呪われて当然だもの、あの怪談のように」

「沙耶。口を慎《つつし》みなさい」

それきり二人は黙り込んだ。沙耶の発言にも驚かされたが、怪我《けが》を負った光蔵の落ち着きぶりにも違和感があった。これではまるで――。

「まるで、この『呪い』騒動が起こるべくして起こったかのような口ぶりですね。在家さん、沙耶さん」

和葉の心を代弁するかのように、旅人が言った。

「甲冑が独りでに動くなんてありえません。その上、人を襲うだなんて。誰かが甲冑を着込んで仕掛けた悪戯じゃないんですか？」

「ふん。悪戯で怪我を負わせますか？」

「それはわかりませんがね」

そうだ。もしも光蔵たちが悪戯で仕組んだことだとしても、実際に怪我まで負う必要はなかったはず。そもそも悪戯を仕掛ける意味がわからない。

――だとしたら、本当に『呪い』だと言うの？

「誰かが甲冑を着込む？　そんなことはありえませんわ」

沙耶が挑発するように言う。旅人は眉を顰めた。

「ありえない？　なぜ？　『呪い』の方がよほど荒唐無稽でしょう」

「いいえ、『呪い』なのです。旦那様の『呪い』が甲冑を動かしたのです。信じられませんか？　では、あの甲冑を今から調べてみますか？　私の言ったことに間違いはありません。この土地と屋敷を奪おうとする輩《やから》は必ず報《むく》いを受けるのです」

そのとき、光蔵に続いて沙耶もまた、何かに取り憑かれたような顔をした。

気絶した百合をソファに寝かせて、四人で玄関ホールに移動した。

西洋騎士のプレートアーマーは、何事もなかったようにそこにあった。

旅人はオブジェをしげしげと眺めた。

「改めて見ると立派な立像ですね。素材は鉄板。総重量は三十、いや、三十五キロ以上はありそうだ。どうやら儀礼用のようです。怪談のような戦場で使われたものではなさそうですが、中世期の騎士装束がよく再現されています。大剣は、……切れ味はあまり良くなさそうですね。こちらも本物さながら、西洋の剣らしい折れないことを重視して太く頑丈に作られています」

さすが探偵というべきか、それなりに知識はあるらしい。だが、今はプレートアーマーの詳細が知りたいわけではない。誰かが脱着したという証拠が欲しいのだ。

大剣の柄《つか》の部分を指差した。

「血が付着していたようです。拭《ふ》き取られていますが、血脂《ちあぶら》だけは完全に落ちていない。僕の目には『血痕《けっこん》』がはっきりと視えます。つまり、凶器として使われたのはこの大剣で間違いありません」

旅人がそう断言したとき、光蔵が「そんなはずは……」と困惑したように呟いた。『呪い』の存在を肯定している人の反応とは思えず、もしや言い当てられて動揺しているのかと思ったのだが、沙耶が勝ち誇ったように言った。

「そんなはずありません。それではおかしいのです。そして、そのおかしさこそが『呪い』が在《あ》ることを証明しています」

「おかしい？　おかしいところなんて……」

再び旅人が立像を見遣《みや》ると「……なるほど」呆れたように肩を竦めた。

「たしかに、これでは犯行は無理です。よく見ればこの甲冑、支柱に溶接して固定されています。取り外して着るのはまず不可能ですね」

「え？」

和葉もプレートアーマーに近づいてじっくり見た。旅人の言う『血痕』はもちろん、溶接されているかどうかも見ただけではわからない。しかし、いざ手で触れてみると、がっちりと固定されていた。たしかにこれでは取り外すのは不可能だ。

「大剣も握り込んだ手甲《てっこう》に接着されていて外せない。つまり誰にも、この甲冑を着て、この大剣を使って、百合さんを襲うことはできなかったということです。なのに、『血痕』がこの大剣にはある。どういうことでしょうか」

何を言っているの――、和葉はかぶりを振った。

「台座から無くなっているのを私は見たわ。でも、誰もこれを着られない。じゃあ、さっきまで動いていた甲冑は何だったのよ⁉」

プレートアーマーは実はもう一組あるのではとも考えたが、旅人の目を信用するならば、襲ってきたプレートアーマーと大剣は目の前にあるこの立像の物ということになる。

不気味な静寂が漂った。

旅人は和葉、光蔵、沙耶、そしてプレートアーマーを順番に見遣り、お手上げと言うように両手を掲げた。

「甲冑が独りでに動いたとしか考えられませんね。沙耶さんの言うように『呪い』は本当にあるのかもしれません」

どこか投げやりな調子で言い、なぜか不機嫌そうな顔をした。

＊

和葉は考え事をしたくて、祖父・六条正臣の書斎にやってきた。

祖父が愛用していた葉巻の匂いが部屋中に染み付いている。なんとなく祖父がまだ近くにいるような気がした。見守ってくれている？　それとも……。

「『呪い』か……」

本当にあるのだろうか。たしかに、あの大剣に残されていたという『血痕』はこの上ない証拠だが、しかしそんなものは旅人ひとりの証言でしかなく、それだけで『呪い』の存在を肯定してしまうのはやや乱暴すぎる。

〝道具や玩具《おもちゃ》は大事に扱わなければいけないよ。でないと、良くないモノに取り憑かれてしまうからね。カズハちゃんにできるかな？〟

子供の頃、物を大事に扱わないとオバケに祟《たた》られる、なんていうよくある教訓話を祖父から聞かされたことがある。そのときの状況はよく覚えていない。おそらく誕生日プレゼントが毎回似たような人形だったのが気に入らず、無造作に振り回したりしたからそれで怒られたのだと思う。

当時は聞き流していたはずの説教を今になって思い出すとは、よほど自分は『呪い』を恐れているらしい。

祖父は怒っているのだろうか。遺産として譲り受けた家財を、勝手に売り払おうとしている和葉を咎《とが》めているのだろうか。

「あの優しかったおじいちゃんがそんなことするかなあ……」

父や百合がどんなに苦手に感じていても、光蔵と沙耶がどんなに敬《うやま》い慕っていても、和葉にとって六条正臣はただただ孫に甘いだけの優しいおじいちゃんなのだ。

「おじいちゃんが私を呪う？　しないわ、そんなこと。『呪い』なんてあるわけない」

オカルトなんかじゃない。これは単なる刃傷沙汰《にんじょうざた》であり、立派な傷害事件だ。それなのに、皆が口を揃えておじいちゃんのせいにする。思い返すだに腹立たしい。

死人に口なしである。亡くなったのをいいことに、祖父の気持ちを勝手に代弁して都合の良いように仕向けているのだとしたら……。

そんなの許せない。

このままだと祖父だけが悪者になってしまう。光蔵と沙耶は『呪い』肯定派だし、旅人に至ってもすでに半信半疑だ。真実に真っ向から立ち向かえるのはもう和葉しかいない。

では、プレートアーマーの説明をどうつける？　溶接されたパーツを支柱から取り外す方法なんてあるのかしら。……いいえ、難しく考える必要はない。もう一組プレートアーマーを用意しておけば済む話じゃないか。旅人には悪いけれど、『血痕』が見える云々《うんぬん》は荒唐無稽すぎるので却下である。

とすると、屋敷の何処かに隠されてあるはずのもう一組のプレートアーマーを着て和葉たちを襲ったのは誰か、という話になるが。

「考えられるのは、外部からの侵入者の仕業《しわざ》ってことよね」

旅人の話を思い出す。飛田とかいう人が屋敷に忍び込んでいるという可能性。その人のことはよく知らないから絶対に無いとは言い切れないし、『呪い』なんかよりよほど現実的だと思う。

「問題は目的なのよね。私たちを襲う理由って何？　飛田って人、おじいちゃんと何かあったのかしら」

ぶつぶつと独り言を呟いて考えをまとめていると、入り口から声が掛かった。

「和葉さん、こちらにいらしたんですか。おや、ここは正臣さんの書斎ですか？　ここにならこっちの手掛かりがありそうですね」

旅人である。そのまま中に入ってくると興味深そうに室内を眺めた。

「随分と趣のある部屋だ。正臣さんは趣味がいいんですね」

「……おじいちゃんのこういうセンス、私、嫌いじゃない」

「僕も好きですよ。温かみがある。不審者が隠れていそうな雰囲気じゃありませんね」

「うん。落ち着くし、考え事するには打って付けだわ。それより、貴方こそどこに行っていたの？　勝手に歩き回らないで」

「あんなことがあったんですから用心くらいさせてください。お屋敷の中を一通り見て回りました。やっぱりこの屋敷に居るのは僕たち五人だけのようです」

「五人だけ……。じゃあ、甲冑を着て暴れ回っていたのは日暮さんか沙耶さんのどちらかということになるわ。六人目がいないんじゃ消去法でこの二人になる」

もう一組のプレートアーマーを脱着し、立像を元の位置に戻すことができたのは、後からリビングにやって来た二人以外に考えられない。旅人は部外者なので可能性は低いけれど、不審という点で言えば一番怪しい。

「いえいえ、きっと『呪い』の仕業です」

「信じられない。貴方までそんなことを言うの？」

だが、旅人の感情を思えば仕方がないのかもしれない。大見得切って『血痕』がどうのと口にしていたのだ、矜持《きょうじ》が邪魔をして間違いを認められないならば、あとは『呪い』を認めることで辻褄《つじつま》を合わせるしかない。

「それとも、本当は日暮さんが犯人だったりして」

すると、旅人は小さく笑った。肯定も否定もしなかった。……何よ、それ。考えたくないけれど、和葉と百合以外の三人で共謀したなんてこともあり得るのかも。

「お屋敷中をいろいろと巡《まわ》ってみましたが、いくつか気になるモノを見つけました。このお家《うち》の分電盤は外に設置されてあるんですね」

「分電盤？」

「ブレーカーのことです。台所の勝手口から出てすぐ右にありました」

……それがどうした。何を言わんとしているのかわからず首を傾げてみたが、旅人の話はポンポン進む。

「ほかにも変わったお部屋を見つけました。和葉さん、こちらへ。もしかしたら和葉さんに関係あるのかもしれません」

「私に？　何が？　何ですって？」

まるで説明もないまま書斎を後にする。仕方ないので付いていくと、玄関ホールを通り越してさらに延びている廊下の先、光蔵や沙耶が寝泊まりしている使用人スペースの奥まった部屋までやって来た。

旅人が無遠慮に中に踏み込んだので、和葉も躊躇《ちゅうちょ》せずに続いた。

「うわ。すごい部屋。一体誰の趣味よ、これ……」

一見、そこは子供部屋。それも、少女趣味全開の。天蓋《てんがい》付きのベッドや、ふかふかの絨毯《じゅうたん》にレースのカーテン、壁紙にはピンクの花びらが咲き乱れ、戸棚を埋め尽くすのは華やかなドレスを纏った人形たち――いかにもな様相である。

和葉はこの光景に既視感を覚えた。

「昔の私の部屋にそっくりだわ。おじいちゃんたら誕生日にはいつも人形を贈ってくるのよ。去年までずっとね。成人してまでお人形遊びなんてするわけないのに、私の歳なんてお構いなしだった」

思い出す。おじいちゃんの膝の上で初めて開けたプレゼント。和葉は声を上げて喜び、おじいちゃんも嬉しそうにしていたっけ。

それ以来、和葉の誕生日プレゼントは決まってフランス人形で。

部屋の中央に、今にもあの日の自分が見えてきそう。

「いくつになっても、おじいちゃんにとって私は小さな女の子のままだった」

「では、このお部屋は和葉さんのために用意したのかもしれませんね。使われている様子がありませんし、最近になって模様替えされたような新鮮さがあります。お屋敷を譲り渡したいという正臣さんの意思表示だったのではないでしょうか」

和葉もそう思う。百合に言われて考え直しもしたけれど、やはり祖父には屋敷を相続させることに他意はなかったのだ。

可愛い孫のために財産を遺してくれた。それだけだ。……それでいいじゃない。難しくあれこれ考えるから疑心暗鬼に囚《とら》われてしまうのだ。大事なのは祖父の想いと、和葉の意志だけだ。そこに第三者の思惑《おもわく》なんて関係ない。

「おじいちゃんのせいとか――『呪い』のせいだとか言って、今回の一件がうやむやにされたんじゃ堪らないわ。私、おじいちゃんの名誉のためにも犯人を絶対に捕まえる」

そう決意を固めたときだった。

遠雷が轟《とどろ》く中、真顔になった旅人が、背後から和葉の肩に手を置いた。

深夜三時過ぎ。

『呪い』騒動も落ち着き、再び屋敷の明かりが消されていく。

念のためにと見回りをしていた光蔵は、廊下で旅人とばったり出会《でくわ》した。二人は二言、三言、言葉を交わすと、すぐに別れた。旅人は正臣の書斎へ、光蔵はキッチンへ向かった。

キッチンでは沙耶がグラスを洗っていた。水道の音が虚《むな》しく響く。光蔵に気づくと水を止め、振り向いた。

「皆さん、お休みになられました？」

「百合さんはリビングだ。和葉さんも客室に戻られた。だが、日暮さんは旦那様の書斎に居る。電話帳や会社の社員名簿を調べると言っていたから朝まで掛かるだろう」

「？　調べるって何を？」

そもそもあの探偵が何をしに来たのか、沙耶は知らなかった。

「さて。だが、おそらくあの男が絡んでいるはずだ。依頼をしたのはきっとあの男だ」

その瞬間、沙耶の足元がふらついた。慌てて支えた光蔵は、そのまま沙耶を抱きしめた。

「怖い。怖いわ。あの男がいまだに屋敷の外をうろついているのよ……」

「大丈夫だ。この屋敷に居れば奴も手出しできない」

「でも、でも、この嵐の中でもずっと私を見張っているのよ！　私、私……ッ」

「落ち着くんだ。沙耶のことは私が守る。約束だ。──ああ、沙耶。私の沙耶。可哀相に。こんなに震えて」

沙耶の額にキスをする。背中を撫《な》でながら耳元で囁《ささや》いた。

「おまじないだよ。怯えないでおくれ。私はいつだって沙耶の味方だ」

沙耶は光蔵の胸に顔を埋《うず》めて頷きながら嗚咽《おえつ》した。

「探偵も朝にはここを出て行く。それまでの辛抱《しんぼう》だ」

言い聞かせながら、光蔵の目に鈍い光が灯《とも》った。

＊

一際《ひときわ》激しい突風が吹き込んだ。壁が厚くても地鳴りのような轟音《ごうおん》は屋敷中に伝わった。あるいはそれが一つの合図であったかのように、六条邸は再び闇に包まれた。

リビングに灯っていた保安灯も消えた。停電から復旧するまでの間は懐中電灯で暗闇を凌《しの》ぐしかない。しかし、寝静まった邸内で誰が明かりを必要としようか。狼狽《うろた》えているのは調べ物をしている探偵くらいのものだろう。

静かに、だが鮮明に玄関ホールに開閉の音が響いた。外からの侵入者はレインコートを脱いで丸めながら足早に階段を目指す。採光窓からわずかに入る街灯の明かりのおかげで、薄闇程度ではあったが、物の輪郭だけなら見て取れる。真っ直ぐ手を伸ばせば思ったとおりの位置に西洋騎士のプレートアーマーが直立していた。慎重に、バランスを取りながら、背負うような形でプレートアーマーを持ち上げる。焦ることはない。誰も起きて来やしないのだ。大事なのは音を立てないことだ、それさえ守れば誰にも見つかることはない。

静かに息を乱しながら、踊り場から階段下の物置まで移動する。たった十数歩の距離なのにプレートアーマーの重みのせいで果てしなく遠くに感じられる。だが、これも今回で最後だと思えば苦ではない。ついに物置まで辿り着き、目隠しにしていた暗幕を取り外す。中にプレートアーマーを隠そうと、現れた引き戸に手を掛けた。

開けた。その瞬間、人影は背負ったプレートアーマーをずり落としそうになる。

「――――。無い。どうして⁉」

入れ替わりに物置から取り出すはずだったモノが無くなっていた。

がしゃり、がしゃり、と廊下の奥から足音が聞こえてくる。人影は今度こそプレートアーマーを床に落として身構えた。シンバルを鳴らしたような音が響いたが、乾いた安っぽい足音の方が遥《はる》かに耳にうるさかった。

やって来た黒い物体は、足音からしてもやはり西洋騎士の甲冑だ。背後に落としたそれとは、見た目こそ瓜《うり》二つであるが別物の、物置に仕舞っていたはずの脱着可能な軽量タイプのプレートアーマー。

人影は一杯食わされたことに気づいたが、もう遅い。

屋敷の明かりが一斉に灯った。玄関ホールの電気のスイッチも予《あらかじ》めオンに入っていたらしく、一瞬にして暗闇が駆逐《くちく》された。

その場に居たのは二人。鉄靴《てつか》だけを履《は》いた旅人と、そして、

「その髪の乱れは寝癖じゃなく、外を出歩いていたからだったんですよね、沙耶さん」

激しい怒りに目を剝いた義元沙耶だった。

玄関ホールには聞かされていたとおりの光景が広がっていた。

鉄靴を履いた旅人と膝を折って俯《うつむ》く沙耶、そして離れた場所に泰然《たいぜん》と佇む光蔵の姿

があった。和葉が近づくと、旅人が笑顔を向けた。

「ご面倒お掛けしました。雨に濡れませんでした？」

「ちょっとだけね」

旅人に頼まれたのだ――誰にも気づかれずにリビングに潜み、保安灯が消えたのを確認したらキッチンの勝手口から外に出て分電盤の安全ブレーカーを「切」から「入」に戻してほしいと。旅人が事前に調べたとき、分電盤が仕舞われたボックスの鍵が雨で濡れているのを確認した。雨の中、誰かが鍵を使って分電盤を弄《いじ》った証拠である。

『呪い』騒動のときの停電は故意に起こされたものだった。

再び停電を起こした犯人は、鉢合わせを恐れて外を通って玄関から入ってくるだろうと旅人は読んだが、そのとおりになった。

「沙耶」

光蔵が呼び掛けると、沙耶は顔を背《そむ》けた。

予想ならできていた。百合を襲ったときの状況からしても、プレートアーマーを着て大剣を振り回せたのは旅人と沙耶だけだ。旅人がこうして罠《わな》を仕掛け、協力を仰がれた時点で犯人は判明したも同然だった。

わからないのはその動機である。

重苦しい雰囲気の中、旅人がおどけるように足音を立てた。

「訊きたいことはたくさんあるのですが、まずは着替えませんか？　沙耶さんも、レインコートを着ても、やっぱりこの嵐です、ずいぶん濡れてしまいましたね」

沙耶は髪や足元を濡らしていたが、顔を上げることもせず首を振る。

「……いい。もう、どうでも」

「そうですか。僕は失礼して鉄靴を脱ぎますね。結構歩きづらいんですよ、これ」

外した鉄靴を床に置くと、かしゃり、と意外にも軽々しい音がした。手に取ってみると、板金に厚みはなく、黒々として重厚そうな見た目とは裏腹にかなり軽い。

「アルミ合金で出来ています。全身合わせても十数キロの重さしかありません。そこの甲冑とは違い、装着していても十分動き回れます」

「これ、どこにあったの？」

「階段下の物置にありました。兜《かぶと》から鉄靴まできちんと全身揃っていましたよ。もちろん大剣もね。そしてこれこそが、百合さんが中学生の頃に投げ飛ばすことができたレプリカの甲冑です。暗闇だとわかりませんが、明るいところで見ると凹《へこ》みが目立ちます。おそらく百合さんが踏みつけた跡でしょう」

百合の昔話では、たしかに投げ飛ばしたと言っていた。癇癪《かんしゃく》を起こしてパーツごとに踏みつけたとも。

「溶接されてある方の甲冑にはこれらの傷がなく、また女子中学生が投げ飛ばすには重すぎることに違和感がありました。それで、もう一組あると確信したんです。女性でも短時間で甲冑のすり替えが可能な距離を考えれば、隠し場所も自ずとわかります」

しかし、言われてみても、暗幕が掛かっているせいで階段下の物置には気づきにくい。遠目に見ればただの物陰でしかなかった。旅人がいなかったら最後まで見つけられず、本当に『呪い』の仕業として有耶無耶《うやむや》にされていたかもしれない。

「でも、どうしてまたこんなことを……」

「僕が誘導したんですよ。今度は僕を襲わせるように」

「え？　日暮さんを？　何で？」

「僕がここに来た理由、覚えていますか？」

「人探しでしょ？　飛田さんとかいう」

「イヤァアア――ッ！」

和葉がその名前を口にした瞬間、沙耶が悲鳴を上げた。発狂してしまったかのように錯乱し、光蔵が抱き込むようにして沙耶を押さえ付けた。

「僕が書斎で調べ物をしていることを、沙耶さんに伝わるように、在家さんにお話ししました。沙耶さんは在家さんから話を聞いて、こう思ったはずです。――〝探偵は飛田貴大に依頼されて自分を探しに来たのだろう〟と。だから、もう一度この騒ぎを起こし、僕を屋敷から追い出そうとしたんです」

「日暮さん、私たちが悪かった。これ以上はもう……」

「いいえ、在家さん。この際、和葉さんには正直に話した方がいいと思います」

「私？」

名指しされたので驚いた。「初めからこうしておけば良かったんだ」と旅人は光蔵たちを見据えて呟く。その目がどこか哀《かな》しげに見えて、和葉は思わず息を詰めた。

怯える沙耶から視線を切ると、旅人は口にした。

「飛田貴大さん――その方は、義元沙耶さんの旦那さんです」

＊

飛田貴大は六条正臣が経営する企業に勤め、三十代後半にして部長職にスピード昇進したエリート社員である。仕事一筋で少々遊びが足りないところが玉に瑕《きず》だった。有能故《ゆえ》に部下の些細《ささい》な失敗も見過ごせない厳格さは、歳を食うごとに凝り固まって矯正《きょうせい》が利かなくなる。このままでは婚期さえも逃してしまいかねず、ますますゆとりから遠ざかってしまうだろう。飛田の将来を憂えた周囲の人間は、彼に見合い話を持ちかけた。会社の上司からの勧めだったので飛田も無下には断れず、縁談は流れるようにまとまった。

その相手の女性こそが義元沙耶であった。

飛田は何事も事務的な男で、正直、恋愛的な面白みはなかった。しかし、仕事一筋であっても将来有望で生涯食うに困らないのであれば、沙耶に不満があろうはずもない。親族から勧められた縁談だったが、受けて良かったと、新婚当時は思っていた。

夫からの暴力は、結婚して半年経った頃から始まった。

最初のきっかけは、夕飯の買い物に出た帰りが、偶々《たまたま》早く帰宅した飛田よりも遅くなってしまったことだった。妻が出迎えに現れなかったのがよほど許せなかったらしく、飛田は沙耶の頰を打った。そのときは仕事で苛ついていただけだろうと自らに言い聞かせたが、その後も飛田の暴力性は事ある毎《ごと》に顕れた。

日常的に起きる些細なミスさえ飛田は許さなくなった。完璧主義は度を越して、もはや言い掛かりのレベルにまで達して沙耶に暴力を振るった。二言目には誰のおかげで食べていけると思っているのかと問う始末だ。典型的な家庭内暴力に晒されて、沙耶は縁談を持ち込んだ人間に相談した。沙耶の親族から飛田の上司に至るまで、助けを求めた。

しかし、沙耶に味方はいなかった。沙耶は離婚を視野に入れての改善を望んだが、親族は立場上の、上司は仕事上の理由を口にして、離婚に反対した。

「飛田が沙耶さんに異常な執着を見せているのは我々も知っている。しかし、もう少し我慢してくれないか。飛田は今、会社にとってとても大切なプロジェクトを抱えている。沙耶さんを失って、もし彼に腑《ふ》抜《ぬ》けられてしまっても困るんだよ」

沙耶さえ我慢してくれたら丸く収まるという。まるで沙耶のワガママに振り回されているというふうな雰囲気だった。

どれほど切実に訴えても周囲はわかってくれない。飛田の気に障れば容赦ない暴力が降り掛かってくる。人格を否定するような暴言を吐かれる。長袖《ながそで》の衣服の下は全身痣《あざ》だらけ、精神的にも限界だった。

沙耶は家出した。別居して、互いに頭を冷やして関係を見直す必要があったのだ。飛田も、もしかしたら我に返り、離婚にも応じてくれるだろうと信じたのである。

だが、待ち受けていたのは飛田によるストーキング行為だった。沙耶が頼った先の友人宅を見つけ出しては連れ戻そうとした。沙耶を心配してではもちろんない、飛田の執念は自身の完璧主義に由来する。妻に逃げられるなどという不名誉はあってはならなかった。暴力による支配と束縛《そくばく》はむしろ飛田の正当性の主張であり、思い込みは死ななければ何をしてもいいというところにまで振り切れる。狂気は自ら気づけるものではなく、すなわち我に返ることもない。

殺される、本気でそう思った。しかし、警察に訴えようにも虐待の証拠はなく、飛田に味方する者は平気で嘘の証言をするだろう。徐々に沙耶の逃げ場は失われていった。

そして、最後に辿り着いたのがここ六条邸であった。六条正臣は何も訊かずに沙耶を雇い、在家光蔵もまた沙耶を匿《かくま》ってくれた。飛田やその周囲もさすがに六条正臣の屋敷には手出しができず、沙耶の所在を完全に見失うのだった。

こうして沙耶は一年もの間、六条邸に身を潜ませ続けることになる。

＊

「僕は飛田さんに依頼されて沙耶さんを探していました。どういった経緯があって沙耶さんが家出をしたのかも、調べました。……正直、沙耶さんを探し出すのは気が進みませんでしたが、前金を頂いていましたからね、それなりに仕事はしたんです」

淡々と話す旅人であったが、そこで一旦《いったん》苦笑を浮かべた。

「結果、沙耶さんは見つからなかった。それでいいとも思いました。飛田さんに頼まれていた範囲の調査だけを終えて、僕はこの件から手を引こうとしました。けれど、飛田さんは沙耶さんを探し回っているせいでなかなか摑まらなくて」

旅人がこの屋敷にやって来たのは、沙耶ではなく、飛田を探していたからだった。

飛田が訪れそうな場所を独自に調査して摑んだという。

だから、この屋敷にやって来たとき、飛田貴大を知っているかと訊ねたのだ。

「僕を襲っても何の解決にもなりませんよ」

沙耶に言った。襲うように仕向けたのは旅人なのに、その目は哀しげに揺れている。

「飛田さんは沙耶さんが六条邸で匿われた後、以前のように仕事ができなくなり、落ちぶれてしまったそうですよ。社内での評判も地に落ちて、もはや彼の興味は沙耶さんにしか向けられていなかった。それは正臣さんもご存知だったみたいで、飛田さんに対してかなり責任を感じていらしたようです」

沙耶は嗚咽を上げている。同情すべきは沙耶になのに、どうして祖父が飛田に対して責任を感じる必要があったのか。

「書斎にいくつかあった書簡を改めさせて頂きました。沙耶さんに飛田さんを紹介したのはどうも正臣さんが発端だったそうなんです。ですよね、在家さん？」

光蔵は、沙耶の肩を抱いたまま、顔を上げなかった。

「沙耶さんが最後に頼った場所が六条邸だったのには理由があります。沙耶さんの味方になってくれそうな人物はあと一人しかいなかった。そう、実の祖父だけ」

祖父と聞いて和葉は六条正臣を思い起こした。沙耶の祖父もまさか――と考えたが、違った。

「在家さん、沙耶さんは貴方のお孫さんなのでしょう？　だから無条件で沙耶さんを匿った。そして、このことは親族の誰にも言っていない」

「在家さんが……!?」

光蔵は沙耶を力強く抱き寄せた。泣き喚《わめ》く沙耶の頭を優しく撫でている。そこには和葉を相手にしたときの正臣と同様の、おじいちゃんの顔が浮かんでいた。

長らく沈黙した後、光蔵が説明を引き継いだ。

「この子はずっと苦しめられていました。それは私の責任でもある。私は旦那様とは古くから親しくさせて頂いておりましたが、その縁故を利用して私の息子や娘、親戚《しんせき》筋《すじ》の就職の世話までして頂いていたのです。沙耶への縁談も、旦那様が良かれと思い提案してくださったことでした。親族が沙耶を擁護《ようご》できなかったのは恩を仇《あだ》で返してはならないという忠義あってのこと。飛田は会社に無くてはならない存在でしたから、沙耶を切り捨てるしかなかったのです……！」

それが間違いだったというように光蔵は歯を食い縛った。

「一年前、沙耶が六条邸に駆け込んできたとき初めて事情を知りました。旦那様はすぐに離婚すべきだとおっしゃってくださいましたが、私も沙耶もこれ以上会社に迷惑は掛けられないとお断りしました。ただこのお屋敷で、孫と平穏に暮らせればそれでよいと、そう思っていたのです」

しかし、その平穏は一年で幕を閉じる。六条正臣が逝去したのである。沙耶は「この一年間はおじいちゃんが二人も居て、すごく甘やかしてくれて、幸せだった」と言い、正臣の死を思い出してまた泣いた。

「旦那様は亡くなられる直前、このお屋敷を和葉さんに相続させることを決めました。おそらく沙耶と過ごした一年があまりにも楽しかったので、お孫さんである和葉さんへの想いを募らせたのでしょう。正直に申し上げれば、私たちにとってもそれは大変好都合でございました。和葉さんならきっと私たちにお屋敷の管理を任せてくださるはず。そうすれば沙耶もこの屋敷から出て行く必要が無くなる、と」

六条邸に居る限り、六条正臣の名前が沙耶を守ってくれる。故人となっても生前の

影響力は早々に衰えたりはせず、これまでと同様に飛田が押し掛けてくる心配はない
――そのはずだった。
百合が相続の遺留分に異を申し立てたのである。六条邸を売り払い、百合が抱える
トラウマごと思い出を捨て去ろうとしていた。
六条邸を手放すことになれば沙耶は再び飛田の元へ連れ戻されかねない。光蔵と沙
耶は一計を案じた。
「百合さんのトラウマを刺激し、思い直させようと画策したのです」
百合に沙耶の事情を説明したところでわかってもらえるとは思えない。六条家その
ものに嫌悪感を抱いている彼女だ、会社の都合など一顧だにすることなく、飛田と離
婚すればいいと一蹴《いっしゅう》するはず。百合を説得する道は端《はな》からなかった。
「百合さんが昔見たという甲冑のオバケは私です。反抗期の百合さんはとても手が付
けられず、旦那様も困り果てておいででした。少しは大人しくなるかと思い、私は百
合さんが起き出した夜中に、新しく買い揃えた甲冑を隠し、百合さんが壊した甲冑を
着て彼女を驚かしました。先ほど沙耶がしてみせたように」
皆、沙耶を見た。すると、泣き止んだ沙耶が話し始めた。
「おじいちゃんからその話を聞いたことがあったの。百合さんは旦那様が亡くなられ

たときに一度このお屋敷でお会いしたけれど、そのとき確信したわ。百合さんはいまだに玄関の甲冑にトラウマを抱えていらっしゃると。これを利用して、もし百合さんを怖がらせることができたら、この屋敷に関わることから遠ざけられるんじゃないかって、おじいちゃんに提案したの」

そうして今回の『呪い』騒動を起こしたというわけだ。沙耶は死に物狂いで『呪い』を演じてみせた。屋敷から追い出されないためなら百合を傷つけることも厭《いと》わなかった。

光蔵が大剣を背中で受け止めたのは、百合へのせめてもの贖罪《しょくざい》だったのかもしれない。

沙耶は光蔵の背中に腕を回した。

「おじいちゃん、ごめんね。痛かったよね？　ごめんね」

「いいんだ。私こそ沙耶に辛《つら》い役を押し付けてしまった。謝るなら私の方だ」

「勝手なことして台無しにしちゃった」

「おまえは偉い子だ。良かれと思って行動したのなら、私は誇りに思うよ」

和葉は抱き合う二人から目が離せなかった。光蔵に正臣の影が重なった気がしたのだ。

　そのとき、突風が玄関扉を揺らした。あまりにも大きく響いたその音に沙耶は驚き、錯乱した。怯えるようにして光蔵にしがみ付く。

「あの男は今も私を見張っている。外に、外に居るの！　本当よ！　私、見たもの！」

「大丈夫だ、落ち着いて。奴らいない。それに沙耶がここに居るとわかるものか」

　日中はほぼ外出を控え、屋内に居るときも黒色の服を着て目立たないようにしている。徹底して人目を避けているのだ、たとえ飛田が周辺に張り付いていてもそう簡単にわかるはずがない。

　何度そう説明しても、沙耶は激しく首を横に振った。彼女にとって飛田貴大は、その存在自体がすでにトラウマであったのだ。

　不意に光蔵に見つめられ、和葉は思わず身構えた。

「お騒がせして申し訳ありません。厚かましいこととは存じますが、今宵《こよい》のことはどうかお忘れください」

「え？　……ええ？」

　吃驚して訊き返してしまった。忘れてくれって、そんなの無理に決まっている。

　ここまで事情を知ったからには相続問題と絡めないわけにいかなくなる。わかっているくせに謙虚に構える光蔵は、やはり狸《たぬき》であった。

「どうしますか、和葉さん？」

他人事《ひとごと》みたいに振ってくる旅人。いや、本当に他人事なのだけれど、どこか面白がっている節があったのでまた気に入らない。沙耶は依然として怯えているし、光蔵は言葉とは裏腹に縋《すが》るような目つきだ。――まったく、もう。

和葉は大仰に溜《た》め息を吐いた。

「そういう大事なことはもっと早くに言うべきだったわね」

怪訝な顔をする旅人と光蔵。

和葉はにっこり微笑んだ。

「おかげで寝不足よ。どうしてくれる気？」

わずかに弛緩《しかん》した空気の中、光蔵が深々と頭を下げたことで話はまとまった。

＊

朝餉《あさげ》の匂いにつられて目が覚めた。くるまっていた毛布を撥ね除けて上体を起こすと、すでに身支度を整えていた和葉が「百合さん、おはよう」と声を掛けてきた。

「一晩中ソファで寝てたのよ。大丈夫？　風邪《かぜ》引いてない？」

「……何ともない」

和葉は普段どおりの調子である。テレビには朝の情報番組が流れ、台風一過で清々《すがすが》しい青空を映し出していた。昨晩の嵐が嘘だったかのような平和な朝。

「おはようございます。もうじき朝食の準備が整いますので、その前に顔を洗っておいでください」

光蔵の丁寧だが命令的な言い草は昔からだ。反射的に洗面所に向かい掛けて、はっと我に返る。勢い振り返って光蔵に詰め寄った。

「在家さん、貴方、怪我はいいの⁉　昨夜、斬り付けられてたじゃない⁉」

しかし、光蔵は百合の言葉が聞こえていないかのような無表情になる。

「斬り付けられたとは？」

「甲冑によ！　あの剣で背中をグサッて！」

そこでようやく怪訝な顔をした。その顔を覚えている。中学生の頃、壊したはずのプレートアーマーが大剣を構えて襲ってきたあの日の翌朝、これと似た質問をした百合に対して同じような顔をしたのだ。

何のことかわからないという顔だ。

「和葉ちゃんも見たわよね⁉　あのとき最初にリビングに駆けつけたのは和葉ちゃん

だったわ！」

　しかし、和葉も困惑した表情を浮かべた。

「百合さん、やっぱり怖い夢見てたんだ」

「何よ、やっぱりって……」

「え？　だって、自分で言ってたじゃない。このお屋敷で眠ると怖い夢を見るって。昨晩も結構うなされてたんだよ？　何度も起こそうとしたんだけど起きなくて」

「そんな……。じゃあ、昨日のはぜんぶ夢だったの？」

　だが、そう言われるとそんな気がしてきた。何より、光蔵はともかく、和葉がしらばくれるはずがない。たしかに、思い返せば昨夜の出来事はあまりに突飛過ぎていて、夢だったと言われた方がまだ納得がいくというもの。

「……」

　まあ、いい。苦手な夜は過ぎ去った。相続問題は依然として片付いていないのだ、朝食を腹に入れて活を入れたら、再度光蔵に論戦を挑んでやる。

　顔を洗い、すでにテーブル席に着いている和葉の対面に座る。盆に並んだ和食膳《ぜん》を箸《はし》で突《つつ》きながら切り出した。

「今日のお昼までには決着つけるから。なんとしてもこの屋敷を売り払ってやるわ」

和葉は大きく頷いてから、「そのことなんだけど」となぜか照れ臭そうに手を合わせた。

「私、このお屋敷気に入っちゃった。だから、売るのはナシってことで」

ぺろりと舌を出され、百合は放心する。

思わず取り落とした箸が乾いた音を立てて床に転がった。


和葉が相続すると決めた途端、百合はあっさりと引き下がった。元々、和葉にきちんとした相続意志が無かったことが反対理由の核心部分であったのだ、そこを取り除かれると単なる押し付けでしかなくなる。相続人が遺言書どおりに正規の手続きを踏んで円満に相続が為《な》されるのだからこれ以上何を口にできようか。決着は割とあっさりしたものとなった。

説得するために用意した言葉の半分も使い切らないうちに百合が折れたので、和葉は逆にいいのかなと後ろめたくなる。その点について旅人が言うには、

「引っ込みがつかなかったというのもあるでしょうから、あまり言い過ぎるのは却《かえ》って酷ですよ」

とのことだった。たしかに、ばつが悪いところへ入るフォローは、嫌がらせにしか

ならない。

昼前に和葉と百合は六条邸を出た。

来たときとは違い、速度を落として緩慢にハンドルを切る百合の顔は、どこかすっきりとして見えた。たぶん、もう六条正臣や在家光蔵に対して意固地にならずに済むからだろう。六条邸そのものに対する嫌悪感は継続されても、和葉に相続されたらそれはもはや実家でなくただの建物で、気持ちの整理はついたようだった。

光蔵を代理人とした最後の親子喧嘩——百合にとってはそれ以上でもそれ以下でもなかったのである。和葉にとっては迷惑な話だ。

でも、多少振り回されたけど、いい経験にもなった。祖父への敬愛を再確認し、沙耶という新しい友人を得られたのだから。沙耶とは歳が割と近いこともあってすぐに打ち解けられたし、行く当てがない沙耶にとって六条邸は大切な場所だから今後の管理もしっかりやってくれるだろうし、何も心配することはないだろう。

屋敷を出るとき、玄関まで見送りに来た沙耶が深々と頭を下げた。

人助けをしたみたいで何だか面映《おもは》ゆいが、大袈裟でなく彼女は命を救われた。これからはあの屋敷で祖父の光蔵と仲良く平穏に暮らしていければいい。

ふと思う。六条正臣はもしやこうなることを見越して和葉に屋敷を相続させたのではなかろうか。沙耶のことも孫のように可愛がっていたというし、十分考えられた。

わずかに開けたドアウィンドウから優しい風が吹き込んだ。さやと髪を乱したとき、大きな掌の感触を思い出す。おじいちゃんが褒めてくれたみたい。

――おじいちゃんが生きているうちに一緒に過ごしてあげればよかった。

これからがある沙耶と光蔵がなんだか羨《うらや》ましい。

せめておじいちゃんが居たあの空気には、時々浸《ひた》りに行こうと思う。

「建物自体もう古いし、いずれ全館リフォームしようかな。花壇の場所も移し替えて景観をガラッと変えるのもいいわ。ねえ？　そうしたら百合さんも遊びに来てね」

「いいわよ。玄関の甲冑を捨ててくれたらね」

その切り返しにはさすがに苦笑するしかない。

＊　＊　＊

玄関ホールで佇んでいると、在家光蔵がやって来た。

旅人を認めるなり、恭しく一礼した。

「昨夜は沙耶を止めてくださり、ありがとうございました。身内の恥を晒すようで恐縮でしたが、日暮さんがいらしてくださったおかげで問題が解決いたしました」

「おや？　昨夜はたしか、僕を追い返そうとしていませんでしたっけ？」

皮肉をぶつけられても光蔵はどこ吹く風だった。

「何もお返しすることができず心苦しいのですが、せめてバス停までお見送りさせて頂きます」

「どこまでも強引なんですね。まったく」

有無を言わさず屋敷から追い出しに掛かる。言葉の端に感謝の念など欠片《かけら》もありはしない。光蔵からすれば旅人は好都合な道具に過ぎなかったのだから。

もちろん、旅人もわかった上で光蔵の意に沿うように動いていた。

たとえば、沙耶を罠に掛けたことも。

「あのときも、そうだ。甲冑の正体が沙耶さんだと暴《あば》きたかったのは、実は僕じゃない。貴方です、在家さん。貴方の目的は和葉さんにすべてを打ち明けざるを得ない状況を作ることだった。あえて沙耶さんを追い詰め、沙耶さんが置かれた境遇を明かし、同情を誘い、屋敷を相続させるように誘導するのが真の狙《ねら》いだったんだ」

「ふむ」

「『呪い』を怖がって屋敷を相続してくれれば話は早かった。しかし、和葉さんは『呪い』を信じなかった。だから、方針を変えたんですよね。『呪い』の正体をあえて暴露させて泣き落としにすることにしたんです」

「……」

「人形がたくさん置いてある子供部屋。あれを用意したのは貴方でしょう？　数日前に急ごしらえしたかのように家具が空間に『馴染んで』いなかった。六条正臣さんが和葉さんのために用意した部屋なんかじゃない。あれも泣き落としを効果的にするための小細工だ。おかげで和葉さんに祖父への敬愛を抱かせることができました。貴方と沙耶さんの茶番に感動してしまえるほどにね。僕はあの部屋の『歪さ』に触れて、貴方の計画に気づき乗ることにしました。僕も沙耶さんには同情していましたし、協力するのはやぶさかではありませんでしたから。もっとも、沙耶さんには計画自体内緒にしていたみたいですけれど」

「何をおっしゃりたいのかわかりませんが、そのようなお話でしたら道々伺いましょう」

「ここで結構です。僕はここで貴方を待っていたのですから」

玄関に掌を差し向ける光蔵を真っ直ぐに見つめ返す。

光蔵は観念したように嘆息した。

「私の計画、ですか。つまり、『呪い』を再度演じさせるために、日暮さんを襲え、と私が沙耶に命令したと？　日暮さんはそうおっしゃりたいのですかな？」

「命令じゃない。貴方は言葉巧みにそうするように仕向けたんです。僕が協力しようとしていることを見抜いてね。だってそうでしょう？　僕が探していたのは飛田さんであって沙耶さんではない。それは貴方も知っていたはずだ。なのに、沙耶さんは僕を飛田さんの回し者と思い込んでいた。貴方が沙耶さんの恐怖心を煽ったからそう誤解してしまったんです。——在家さん、ここには僕と貴方しかいない。もう惚けるのはやめにしませんか？」

「惚けるとは？　日暮さんこそ煙に巻くような発言はおやめください。この老いぼれが理解するには少々難儀だ」

「……そうですか。わかりました。貴方がそういう態度を取られるのなら、僕ももう気にしません。容赦なく貴方の闇を暴きます」

「……」

嵐はとうに過ぎ去った。

しかし、嵐の残滓《ざんし》はいまだ玄関ホールに吹き荒れている。

「つい最近、飛田貴大さんがお屋敷にやって来ませんでしたか？」

光蔵は首を傾げた。

「私の知る限りここまで押し掛けてきたことはありません。ああ、一度連絡がありました。沙耶が居るかどうか確認してきましたが、適当にあしらってそれきりです」

「あの執念深い飛田さんが電話一本で諦めるでしょうか？　正臣氏が存命だった頃ならいざ知らず、お亡くなりになられた後なら真っ先に押し掛けてきそうなものですが。今頃、どこで何をなさっているのでしょうね」

「さあ。あの男のことは理解できません」

「少なくとも二週間前から誰も彼を見ていない。完全に行方不明なんですよ」

それでも光蔵は澄まし顔のままである。

旅人は不快感を露《あら》わにした。

「恐ろしい人だ。僕の目をもってしても嘘を見抜けなかった人間は貴方が初めてだ」

最初に飛田の名を口にしたときも素知らぬ顔で通し、旅人に気づかせなかった。これほど完全なポーカーフェイスはもはや人間業ではない。

プレートアーマーの前まで歩み寄る。

「しかし、そんな貴方でも素顔を覗かせた瞬間が一度だけありました。昨夜、このオブジェが持つ大剣に血脂が付着していると言ったときです。貴方は『そんなはずはない』と言いました。たしかに、本来置物が勝手に動き回ることはありえませんが、『呪い』を信じる立場にあるはずの貴方が、あのときあの発言をしたのはどうにもおかしいんです。本来なら沙耶さんがしたみたいに、ほらみなさい、と和葉さんを脅かすべきだった。なのに、貴方はひとりで動揺していた。それはなぜか」

旅人は大剣を指差した。

大剣の柄の部分を。

「貴方は僕が指差した箇所《かしょ》に気づいたからこそ『そんなはずはない』と口にしたんです。昨夜のお芝居では在家さんは背中を刃で斬り付けられたはず。なのに、血脂は刃にではなく柄の先端に付着している。これでは説明がつきません」

「日暮さんの見間違いということでございましょう」

「いいえ。僕の目には今もはっきりと視えている。これは昨日今日付いたものじゃない。もっと前に、人間の頭部を殴りつけて付着した『血痕』です。貴方はこれに心当たりがあった。だから指摘されて動揺した」

「……」

光蔵は顔を向けようともしない。平然と旅人の声を聞き流す。

旅人はプレートアーマーを軽く撫でた。

「昔、西洋式の甲冑は重量が三十キロ以上にも及びました。どんな矢も剣も通さないように装甲を厚くしたためです。これに対抗すべく大剣にも工夫が施されました。刃の切れ味を落として逆さまに持てるようにし、柄の部分を太く頑丈にしてハンマーのように殴りつけられる武器に改良したのです。甲冑の重量を逆手に取った攻撃方法。兜の上から殴られたらひとたまりもありません。大剣は、刃の切れ味は最低ですが、鈍器としてなら最強の武器になりました」

本来の用途で使われたのなら『血痕』が付着した場所に矛盾はない。

「甲冑と大剣が一つに溶接されたのはつい最近です。溶接にはアセチレンを使用しましたね。硫黄《いおう》化合物の独特な『匂い』がいまだ全体に燻《くすぶ》っています」

大剣を取り外せなくしたことで凶器を隠蔽《いんぺい》した――長年取り外しができた物をわざわざ溶接した不自然さがその根拠になり得た。

光蔵は旅人を見ようともしない。その目に映し出すのは現《うつつ》とも知れない記憶の滓《かす》。

「飛田貴大さんはここを訪れた。貴方は追い返そうとした。だが、あの人の執念は尋常じゃなく、乱暴をしてでも沙耶さんを取り返そうとしたはずです。だから貴方は――」

そう。

だから、私は。

けたたましく玄関扉を叩《たた》く拳《こぶし》。隙間から強引に割り込んできた半身。血走った目つき、がなり立てた悪態。掴みかかってきた両手は襟元を絞め上げ、土足で蹂躙《じゅうりん》したカーペットが揉み合いの苛烈さを物語る。息絶え絶えに後退し、階段の踊り場で躓《つまず》いた。呪詛《じゅそ》を呻く男の凶相。伸びてくる手に死を予感し、闇雲に払った腕が背後の立像を押し倒した。

幸いにも、孫は不在。

武器があり、殺意があり、相手がいれば、凶行は容易《たやす》く――。

「在家さん。貴方がここを手放したくない理由は一つです。きっとこのお屋敷のどこかに飛田貴大さんの――……」

そこで、旅人の追及は終了した。

にわかに沈黙が訪れ、光蔵はようやく旅人に向き直った。

「昔、百合さんがやんちゃをして壊した甲冑を物置に片付けたその日の夜、私は甲冑が独りでに動き出し屋敷の中を徘徊する夢を見ました。百合さんを怖がらせるために作った怪談とまるで同じ内容です。今でもたまに似た夢を見ます。それは甲冑ではなく沙耶を求めて徘徊するあの男の姿で、呻くように、カエセ、カエセ、と私に迫ってくるのです」

含み笑いをする光蔵を見て、旅人は観念したように目を伏せた。

「……僕は『呪い』なんてモノを信じていませんし、視たこともありません。でも、今にも視えてきそうだ。貴方の背後に」

光蔵はいつもの無表情に戻り、今一度掌を玄関扉の方に向けた。

「お引き取りを」

そして、六条邸から灯《ひ》が消えた、草木も眠る丑三《うしみ》つ時。

今宵も足音が近づいてくる。

がしゃり、がしゃり、がしゃり。

どこで怪談を聞きつけたのか、ご丁寧にも甲冑を着込んでいる。大人しくバラの下で眠っていればいいものを。それほどまでに沙耶が欲しいか。

がしゃり、がしゃり。

いくら徘徊しようとも無駄だ。屋敷なら手に入れた。もう誰にも沙耶は渡さないし、おまえが見つけ出されることもない。未来永劫《えいごう》、悔恨《かいこん》に縛られてもがき苦しむがいい。

がしゃり。

夢と現《うつつ》が交錯する。背後からよくわからないモノに襲われそうになったことがある。目の前に居るはずの沙耶が突然いなくなったこともある。どこからが幻覚で、どこまでが幻聴か。今は何時《いつ》で、おまえは誰だ。

……ああ、私はとうに狂ってしまっていたのだな。

「かえせ」

足音が、ついに枕元にまでやって来た。

（了）

畢生の接ぎ

草埜《くさの》先生はこの集落の『大先生』である。
長年小学校の教員を務め、退職後も校務員として学校運営に携わってきた。集落のほとんどの人間が彼に師事し世話になったことから、いつしか『大先生』という敬称で呼ばれるようになる。老いも若きも皆、草埜先生の教え子であった。

八月の盆の頃、地域の夏祭りがお開きになった後、近所の悪ガキ共が夜の小学校校舎に『肝試し』目当てに忍び込む。それは毎年の恒例行事で、夏祭りで気分が高揚してしまうのか、かなり遅い時間にも拘《かか》わらず少年たちは目を爛々《らんらん》と輝かせてやって来た。

教師や校務員はそんな悪ガキ共をひっ捕まえて説教するために校内に待機するのだが、そんなこと子供たちは百も承知で、むしろこの状況にこそ求めていた『肝試し』の醍醐味《だいごみ》があった。そう、これは大人に見つかるのを恐《こわ》がらずにゴールに辿り着けるか否《いな》かを試す『肝試し』。集落の夏の定番である。

校舎は秘密基地でもあった。悪ガキ共にとって休日や夜中に校舎に侵入するのは遊びの一つでしかなく、先生にバレたら大目玉が飛んだものだが、そのスリルさえ娯楽であった。また、先生たちとて集落で育った人間なので、悪ガキを追い回しながら昔の自分をそこに見つけて懐かしみ、意外と満喫してもいる。子供はやがて大人になって子供を叱《しか》り、そうやって繰り返されるのである。

その年もまた『肝試し』が行われた。

斥候《せっこう》に出た悪ガキの一人が仲間の元へ戻ってきた。

「見回りしてるの草埜先生だった！」

「大先生かあ。捕まったら殴られんぞお！」

「くぉらあ！　って」

「そうそう。くぉらあ！　って」

「でも、いいよ、大先生動くの遅いし。走ればすぐ逃げられるし」

「楽勝だな！」

悪ガキ共は顔を見合わせて頷くと、一人ずつ順番に肝試しを開始する。各々《おのおの》が昼間に仕掛けておいたトラップに細心の注意を払いながら、チェックポイントに用意した石を拾いつつ校舎の内外を練り歩く。たまに、目の前を横切る懐中電灯の光に足を止め、息を潜めた。見回りの先生が通り過ぎるのを待つのである。

ガラガラ、と空き缶の束が音を立てた。仲間の一人がトラップに引っ掛かったらしい。草埜先生の怒鳴り声と仲間の悲鳴が夜の校舎に響き渡る。

「待たんか、くぉらあ！　夜出歩くなと何遍《なんべん》言わすんじゃあ！」

「わああ、こっち来たあ!?」

「逃げろぉーっ！」

いつしか悪ガキ共は一緒くたになって逃げ、足が速い者から順に廊下を駆け抜け校舎を飛び出していった。中でも一番足が遅かった筧正太郎《かけいしょうたろう》は、出だしで躓いてしまいひとり校舎に取り残された。仲間の足音は遥か彼方《かなた》、校庭の向こうに消えていく。廊下はしんと静まり返り、心臓の音だけがやけに耳に響いた。

大人の足音がずかずかと近づいてくる。草埜先生が追って来たのだ。筧は這《は》うようにしてその場を離れ、手近にあった教室に潜り込んだ。教室の中ほどにある机の下に身を隠し、息を潜めた。

草埜先生の足音が教室の前まで近づいた。

「まぁったく、ガキンチョ共め。今度説教してやらんといかんな」

独り言を呟くと、そのまま通り過ぎていく。

ほっと息を溢《こぼ》す。どうやら子供は全員逃げ出したものと思っているようだ、このまま遣り過ごせそうである。自分だけ捕まって怒られるなんてまっぴらごめんだ。

草埜先生は子供らにとって三人目の祖父だった。父方と母方、そして学校にいつも居るおじいちゃん。誰もが草埜先生を慕っている。叱られるときのゲンコツは痛いけれど、こうして近くに居るだけでなぜか安心できた。

とはいえ、今は肝試しの真っ最中。早くどっか行けと念じた。

しかし、草埜先生の足音はなかなか遠ざかる気配を見せず、なぜか教室の後方扉のそばで立ち止まった。

まさか筧の息遣いに勘づかれたのか。こちらを窺っている気がして、必死に呼吸を止めた。この位置から草埜先生の姿は見えないが、あちらからも筧の姿は見えないはずだ。それなのに、見透かされているみたいで不安になる。

「――――」

しばらく、物音一つ立たなかった。あまりにも静かすぎて、そこに草埜先生が居るのかどうかさえわからなくなってくる。……居るはずだ。でも、どうして立ち止まったままなんだ？　草埜先生は何をしている？

段々恐くなってきた。教室の外に居るのは草埜先生ではなくて、もしかしたら地獄の鬼なのかもしれない。それとも足を無くした幽霊か。筧を食べようとして、机の下から出てくるのをじっと待っているのではなかろうか。

「……」

静けさが恐ろしい。

身動《みじろ》ぎ一つできない。

「痛いよなあ、こおんなに怪我して」

「？」

草埜先生が声を掛けた。筧にではない。教室の外で誰かと口を利いていた。

「見せてみろ。わしゃこれでも名医だ。怪我して泣き喚く生徒に絆創膏《ばんそうこう》貼《は》っつけるのは慣れてんだ。しっかしガキンチョめ、ぶつかっておいて謝りもせんとは。まぁったく」

……誰が居るのだろう。こんな夜更《よふ》けに学校に居て、しかも草埜先生が怒っていないということは大人の人だろうか。しかし、それだと子供にぶつかって怪我をするというのは妙な話だ。

「よしよし。こんなもんだろう。痛くなったら言うんだぞ。また見てやるからなあ」

相手の声はいまだ聞こえてこない。首振りだけで受け答えをしているようだ。

草埜先生の声が普段よりずっと優しいのも気になった。

「なんで誰もおまえに気づかないんだろうなあ」

しばらく沈黙し、草埜先生は嘆息した。

「──まあなあ、仕方ないよなあ。おまえのこと見えているの儂《わし》だけだものなあ」

一際優しい声音。

親しい友人に語りかけているかのような。

真夏の夜だというのに、ひんやりとした冷気が漂った。

もう、そこに居るのが草埜先生だとは思えなかった。

草埜先生は老齢だが、呆《ぼ》けるにはまだ早いはずだ。昼間に見たときは違和感がなかったし、厳しくて優しいのは今このときも変わらない。

なのに──あれは誰だ。

そして、誰と話しているんだ。

身震いした弾みで腕が机の脚にぶつかった。小さな音だったのにやけに響き渡った。

軋《きし》んだ音とは違う、物と物がぶつかり合った音を草埜先生は聞き逃さなかった。

「そこに居るんは誰じゃあ⁉　隠れとらんで出てこんか！」

教室の扉を開けて怒鳴った。筧はすでに机の下から抜け出し、草埜先生が塞《ふさ》いでいる扉とは反対側の、教壇側の扉に向かって走った。机や椅子《いす》を蹴飛ばして、蹴破る勢いで扉を開け放つ。捕まったら殺される。本気でそう思った。目に涙を浮かべながら必死になってひたすら廊下を突っ走る。校庭に出られても駆け足は止まらない。一瞬だけ振り返る。無我夢中だったのか、いつの間にか校舎は遥か遠くにあり、草埜先生を引き離していた。

廊下には草埜先生ひとりしかいなかった。

草埜先生が話していたアレは、幽霊だったのかもしれない。校舎に取り憑いた幽霊――。学校の怪談にはありがちな話だが、その分信憑性《しんぴょうせい》も高い。いない、とは言い切れないし、草埜先生が見える人である可能性もなくはないのだ。

筧は何度かこのことを仲間たちに話したが、信じてもらえなかった。草埜先生に直接訊こうとしたこともあったが、見てはいけない物を見てしまったような居心地の悪さが土壇場で筧を躊躇《ため》わせた。真相はいまだに解明されていない。

――そして、現在。大人になった筧はだらしないビールっ腹を突き出して、朽ちかけた木造校舎を散策していた。仕事の一環だったが、懐かしい風景に当時の気持ちが蘇《よみがえ》り、思わずあれこれに視線が泳いだ。柱に落書きしたことも、廊下で追いかけっこしたことも、そのたびに草埜先生からゲンコツをもらったことまで、鮮明に思い出された。

ふと幽霊のことまで思い出してしまい、ぶるりと身を震わせた。大人になってもあのとき感じた恐怖はまだ残っている。懐かしいだけの校舎が突然異世界に繋《つな》がった気がした。忘れろ、忘れろ、あれは見間違いだったんだ。そうに決まっている。

「ひゃあ⁉　な、なんだあ⁉　なんだよ、もう！」

廊下の隅に見つけた白い物体に思わず飛び上がった。よくよく見れば、腐りかかった床板の一箇所に「×」印がチョークで書かれてあるだけだった。ふう、驚かせやがって。

「んん？　あれ？　おかしいぞ？」

この校舎はもう立ち入り禁止のはずなのに、一体誰の仕業だろう……。

あの夏から三十年が経っていた。

草埜先生は九十四歳を迎えた立冬の頃にこの世を去り、

木造校舎はそれから半年後に取り壊される予定である。

＊　＊　＊

その集落に学校と呼ばれる施設は一つしかなく、必然、校舎では小中一貫の教育が行われていた。学校の歴史は古く、集落の住人は皆この学校を卒業した同窓生で、いつの時代も児童数は少なかったが、校舎や校庭には子供たちの笑顔で溢れていた。春はお花見、夏はお祭り、秋には運動会と文化祭、そして冬は餅《もち》つき大会の会場としても使われた。皆の憩いの場であり、誰も彼もここを訪れるとついつい子供に戻ってしまう不思議な場所。大人も子供も一緒になってはしゃぎ回り、この地に思い出を積み上げていく。

現在、敷地内には校舎が二つあった。およそ三十年前に建てられた鉄筋コンクリート造りの校舎と、それと交替する形で現役を退いた、正確な築年数さえわからない老朽化した木造校舎。耐震性の問題から通常授業は鉄筋コンクリート造りの新校舎で行われ、木造の旧校舎は現在物置と化しており、実質立ち入り禁止となっている。

そして来年の春にはとうとう旧校舎は取り壊される予定だ。

　旧校舎には誰も近づかない。新校舎の周りで駆け回る子供たちを眺めながら、筧は陰鬱《いんうつ》とした気持ちになった。

「筧さん？」

「おっと、すみません。ここに来るとどうもいろいろ考えてしまいまして」

「筧さんもこの学校の卒業生なんですか？」

「はい。と言っても、私の学び舎《や》はこっちの旧校舎の方だったんですがね」

　視線を戻す。旧校舎の昇降口にはすでに案内した親子が靴を脱ぎかけて待機していた。思わず苦笑し、「床板なんかは腐って危険ですので、土足のままで結構ですよ」と断りを入れた。

「じゃあ、入りましょうか。日暮さん」

「よろしくお願いします。――さあ、テイ。中は暗いから足元気をつけて」

「気をつけるのはパパの方よ。仕方ないから手繋いであげる」

　鍵を取り出して旧校舎の中に入る。探偵の日暮旅人は娘・灯衣《てい》の手を引いて筧の後に付いてきた。

　古い建築物が重要文化財に指定され、保護されるケースは珍しくない。しかし、建築史的文化的意義が無く、学術的価値も無いとなるとそれも難しい。ただ古いだけの建物を残しておくには多くの手間隙《てまひま》と維持費を必要とした。相応の価値が無ければ人材も予算も動かないのが世の道理である。

少子高齢化が急激に進むこの小さな集落では、人も金もそもそも無かった。集落の歴史を体現していた旧校舎であったが、三十年後には集落そのものがあるかどうかもわからないのに、廃屋だけをわざわざ残しておくことに何の意義があろうか。それよりも、旧校舎を取り壊して敷地を広げ、やがて今いる子供たちが全員卒業して用済みになった新校舎を老人ホームに改築し、整備した方が遥かに効率は良いのではないか。町議会で議題にされ、町役場に下りてきた案件である。集落の人間にとって旧校舎は特別な建物だ。取り壊すなんてとんでもない話だが、現実問題としていつ倒壊してもおかしくなく、また、建物の保存を目指すには何もかもが足りていない。

結果として、旧校舎の解体は滞《とどこお》りなく決定した。

「寂しくなりますね」

仄暗い廊下を歩いていると、背後で旅人がどことなく残念そうに言った。

「集落の人にとっては歴史の証人だったのでしょう、この旧校舎は」

「そうなんですよ！　百年近い教育史がここにはあるんです！　なのに、それを解体するなんて！　この辛さは集落出身の人間でないとわかりません！　皆にどう説明すればいいのか……」

頭を抱えたくなった。嫌な役目を押しつけられた思いだ。

筧は町役場の学校教育課の職員である。集落出身ということで『旧校舎解体案件』の担当にされた。話が回ってきたとき、解体を阻止すべくこっそりと校舎の資料を県庁に送ってみた。文化財登録に望みを賭《か》けたのだ、しかし、徒労でしかなかった。

「見てのとおり、時代に忘れられたかのような木造建築です。デザインが近代的ではないし、時代考証するには何の資料にもならない。私は知りませんが、きっと何度も改築されています。その度に外観が変わっていたなら歴史の証人とは到底呼べません。保全を訴えても笑われるだけでした」

取り壊しは覆《くつがえ》らなかった。何が辛いかと言えば、解体するための準備——解体工事入札の取りまとめや住民への公示などを筧が行わなければならないことである。このままでは集落の皆に顔向けできず、せめて何か旧校舎を残すためにできまいかと考えた。

「それで僕に依頼をされたんですね。この校舎に歴史的資料が残されていないかどうか調査してほしいと」

「私も何度か足を運んで調べてみたのですが、素人《しろうと》には限界がありまして。ここは一つプロの方にお願いするのが良いかと思ったんです。ほら、大昔の記念碑とか隠されてあるかもしれないじゃないですか。壁の落書き一つでも歴史的価値があればその一部だけでも保存されることだってあるんです。それに賭けてみたい」

それで解消されるのは筧の後ろめたさだけかもしれないが、意地になっていた。今日のことは誰にも相談しておらず、探偵への依頼料もすべて筧のポケットマネーである。

「依頼しておいて何ですが、本当によろしいのですか？　報酬が旅費だけって……」

旅人のことはインターネット上のＨＰで知った。『探し物専門』というキャッチに心惹《ひ》かれたのだ。報酬については要相談とあったのでメールで交渉し、【報酬なしの必要経費は旅費の立て替えのみ】ということで落ち着いた。筧は大いに助かっているし、それがこの探偵に依頼する決め手となった。

とはいえ、こんな田舎《いなか》にまで足を運んでもらっておいて報酬なしというのは些《いささ》か心苦しい。一応、民宿ではあるが宿もこちらで用意はした。しかし、そんなことで本当に商売が成り立つのかと、他人事ながら心配である。

旅人はのほほんと微笑んだ。

「地元ではいろいろあってのんびりできませんから。タダで旅行に来られたと思えばむしろお得なんですよ」

「いや、たしかにこの集落にはちょっとした温泉もありますがね。でも、それだけです。観光する所なんてないし、大したおもてなしもできませんよ？」

「温泉！　十分です。それに、僕はテイと旅行に来られるだけで嬉しいんですから」

子煩悩《こぼんのう》なのだろう、娘に「ね？」と微笑みかける姿はだらしない。当の娘はやや呆れたように「そうね。そのとおりだわ」と気の無い返事をしていた。灯衣の表情がつまらないと訴えていることに、旅人は気づいていない。

ぎしぎしと鳴る廊下の床板。雨漏りの跡がところどころで染みになって残っている。いつ床が抜けてもおかしくなく、大人二人分の体重をどこまで支えられるか少しばかり不安になる。

そう思っていた矢先、片足が床板を突き抜けた。

「うわわっ!?」

「大丈夫ですか!?」

「は、はあ。大丈夫です。あれえ？　おかしいな。先週来たときは平気だったのに」

腐った床板を踏み抜いたのは篦である。まさか一週間で大幅に体重が増えたわけでもあるまいし。……まさかね。

「オジサンが太っているのもそうだけど、もうどこもかしこもオンボロだわ」

「テイ、言葉遣いには気をつけよう。あと、怪我しないようにちゃんと前を向いて」

「はあい。でも、わたしはこの建物、なんだか歩きやすいわ」

子供のための学び舎なのだから、子供の方が歩きやすくて当然だ。筧は片足を引き抜くと誤魔化《ごまか》すように咳払《せきばら》いを一つ。

「えー、大して大きい建物じゃありませんし、一つずつ教室を回って行きましょうか」

「ええ。それで構いません。ところで筧さん、一つ気になることがあるのですが」

「何です？」

「立ち入り禁止だと聞いていたのですが、つい最近まで人が通った『跡』があるのはなぜでしょう？」

筧は首を傾げた。そんなもの、筧が調査のために訪れていたからだろう。

思ったことが顔に出たのか、旅人は首を横に振った。

「筧さんじゃありません。別の誰かが侵入した形跡が視えるんです。随所にね」

一番手前の職員室に入る。放置されたままの棚やダンボール箱が片隅にまとめられてあるだけで、あとは何も無かった。事務机などは新校舎が建設されたときに向こうに移動させたらしい。壁に嵌《はま》ったままの黒板に大量の埃《ほこり》が付着している様子はなんとも見窄《みすぼ》らしくて心寂しい。

　職員室にはやはりこれといった物はなく、事前に下見して調べているからそこまで落胆せずに済んだ。旅人は壁や床の何箇所かに手を触れていたが、やはり何かに気づいた様子はない。けれど、

「何度も修繕された跡が見えます。あっちにも、こっちにも。本当に大切にされていたんですね」

　旅人が呟いたその一言が妙に引っ掛かった。

「こんなところに来る人なんて居るのかしら」

　灯衣があまりの埃っぽさに顔を顰《しか》めた。余所《よそ》行き用の洋服を汚さないよう、なるべく壁際に立たないようにしていた。

　鍵が掛かった旧校舎に入れるのは学校関係者か、近頃では覚くらいだ。それ以外となると考えられるのは一つしかない。灯衣を見ていて、不意に悪戯心が湧《わ》き上がった。

「この旧校舎には幽霊が居るんだよ」

「幽霊？」

　誰かに話すのは何十年ぶりだろうか。

筧はあの夏の夜の出来事を語って聞かせた。草埜先生が見えない誰かと話していたあの状況を、臨場感を出すために多少脚色も加えて。

「――そして草埜先生が亡くなった今、旧校舎に住む幽霊は大先生を探して校内を彷徨《さまよ》っていたのでした。ぎゃあ！」

驚かせようと大声を出してみたら、灯衣にキッと睨《にら》み上げられた。そのまま旅人の脚にしがみつき、ジト目でじぃっと筧を見つめてくる。

「あ、あれ？　恐くなかった？」

「テイは、反応は薄いですけれど、しっかり驚いていましたよ。たぶん、今夜は一人で眠れないかもしれない」

灯衣の両目が見る見るうちに潤んでいく。筧は慌てて謝り倒した。

「ご、ごめんね!?　おじさんが大人げなかったね！　嘘だから！　今の話！　幽霊なんていないから！　じ、じゃあ次行きましょう！　早く終わらせてどっか遊びに行こうね！　ね！　そうしよう！」

隣の保健室に向かう途中、廊下の床板がギイィと軋んだ。灯衣の肩がびくりと跳ね、すかさず旅人の脚に抱きついた。……い、居たたまれない。意地悪はするものじゃないな。

こっそり肩を落とす筧に旅人が言った。

「お気になさらず。テイは強い子なので大丈夫です」

灯衣が複雑そうな顔で旅人を見上げた。

「それよりも先ほどの怪談に出て来た草埜先生のことですが、『大先生』というのは？」

「え？　ああ、草埜先生はみんなから『大先生』って呼ばれていたんです。先月亡くなったこの学校の元教師で、享年《きょうねん》が九十歳を超えていましたから、教員だったのは三十年ほど前まででしょうか。けれど、草埜先生は退職された後も新校舎で校務員として務め、ずっと子供たちにいろいろなことを教えていらっしゃいました」

筧は足を止め、天井を見上げた。視線は天井を突き抜けて空を仰いでいる。

草埜先生――、亡くなる寸前まで学校に通い、現役の頃と何ら変わらない声で悪ガキ共を叱りつけていたっけ。七十年以上もの間、あの人はずっと『先生』だった。

「この学校は草埜先生と共にありました。それはたぶん七十年分の記憶です。私の親の世代も草埜先生に教わっていたそうです。新校舎で授業を教えている今の教員たちもそう。大人から子供まで皆が皆、草埜先生の教え子だった。この集落では、だから、草埜先生は『大先生』と呼ばれているんです」

誰もが敬意を払って呼んでいた。きっと、後にも先にも『大先生』は草埜先生だけだろう。

「亡くなっただなんて信じられない。廊下の向こうから今にもひょっこり現れそうだ」

「そんな大先生が幽霊と会話をしていたわけですか」

「い、いやあ、幽霊かどうかはわかりませんが」

「〝おまえのこと見えているのは儂だけだ〟——たしか、そうおっしゃられたんですよね」

「ええ、まあ……」

怯える灯衣に配慮して言葉を濁す。そんな筧の気も知らないで旅人は「なるほど」とひとり勝手に納得していた。一体何が「なるほど」なのかしら。

保健室に入る。ここももぬけの殻だ。わかっていたくせに、今度は嘆息した。

「こうして廃墟《はいきょ》を見せ付けられると、解体が差し迫っている感じがして辛いのです」

旅人は中ほどまで進んでしゃがみ込んだ。床の一部を指で擦《こす》り、付着したモノを確認した。立ち上がり、今度は四方の壁を隅々まで調べていく。

「歴史的資料になりそうな物は見当たりませんね。壁板は二重になっているわけじゃないから物が挟まる隙間がない。床にもね。それよりも気になるのは修繕された跡の方です。そこの床なんかは割と新しい。この×印の意味も」

「は？　修繕？　×印？」

「次に行きましょう。なんとなく見えてきましたよ」

灯衣を連れてさっさと保健室を出て行く旅人。篤は慌てて追い掛けた。

「見えてきたって、何がですか？」

旅人は振り返らずに言った。

「幽霊の正体です」

＊

コの字形の旧校舎を巡る。二度角を曲がると、あっという間に終わりが見えた。小さな建物である、本当は篤ひとりでも十分調査はできた。探偵に依頼したのだって単なる気休めにすぎない。

価値がありそうな物は今のところ見つかっていない。当然だ。そんなこと、初めからわかっていた。無いものは無いのだ、旅人に無駄なことをさせて心苦しくなる。

しかし、旅人はどういうわけか楽しそうだった。

そして、どことなくその目は哀しげであった。

非常口にほど近い教室の前で立ち止まる。そこは開かずの教室だった。

「ここの扉、どういうわけか開かないんですよ。鍵は掛かっていないのに。たぶん引き戸がどっかでつっかえてるんじゃないかなあ。木造だし、曲がったんだ」

「前扉しかないんですね」

「特別教室でしたから。出入り口は一つだけ。窓は侵入防止のために内側から板で打ち付けてあって開かない。完全に密室状態です。……まあ、蹴破れないことはないんですが」

そこまでするのはさすがに抵抗があった。保存を目指して壊していたのでは本末転倒だ。この中にお宝が眠っているとも限らないのに。

「でも、調べないわけにもいきませんよね。どうせ解体するときには開けるんです。いま開けても問題ありません」

「こ、壊すんですか？」

それには答えず、旅人はじっと扉を上から下まで見つめ、そのまま視線を横に滑らせた。窓が嵌った壁の下方を凝視し、指を差した。

「そこ。一部分だけ壁板が新しくなっていると思いませんか？　ほら、正方形に」

覧はしゃがみ込んで見てみたが、全体的に黒ずんでいてよくわからない。言われてみれば、正方形に切り取ったような跡に見えなくもないが。

「破けて穴が開いた壁を修繕した跡です。そしてこれは出入り口になっています」

旅人が正方形の真ん中辺りを指でなぞると、凹《くぼ》みに指が引っ掛かった。すると、正方形の薄い板がまるで蓋《ふた》のように外れた。筧は目を丸めた。

「ここから中に入れますね」

四十センチ四方の穴である。こんな仕掛けがあったなんて知らなかった。いつから作られてあったのか。筧が在学中の頃はもちろんなかったはずだ。

「この校舎には至る所に修繕した跡がありました。それも丁寧な仕上がりで。×印はこれから直す箇所の目印だったのでしょうね。修繕の技量、チョークの筆跡、どれもすべて一人の手によって施されていました」

「一体、誰が……」

「大先生ですよ。×印を書いたのも、壊れた箇所を修繕したのも、全部」

驚きを隠しきれない筧を尻目《しりめ》に、旅人は立ち上がり辺りを見回した。

「よほど大切になさっていたのでしょうね。旧校舎も、この空間も、人を嫌っていない。満たされたがっている。大先生の想いを酌んで、いつまでも子供たちを迎え入れる学び舎であり続けた」

「な、何を言っているんでしょうか？」

「僕には視えてしまうんです。少々変わった目をしていましてね」

「嘘じゃないわ。パパは何だってわかっちゃうんだから」

灯衣が自信満々に言ってのけるが、筧にはわからない。しかし、思い当たる節ならあった。旧校舎に思い入れがあり、壊れた箇所を修繕して回りそうな人物なんて草埜先生くらいしか思いつかない。

「しかし、どうしてこんな仕掛けを。わざわざ壁に穴を開けてまで」

「順序が逆です。穴が開いていたから蓋にしたんですよ。——テイ」

壁の穴を指し示す。子供にしか通れない大きさなので、当然中に入れるのは灯衣だけだ。灯衣は躊躇う素振りを見せたが、「幽霊はいないよ」旅人が優しく諭すと、口元をへの字に曲げてむんと気合いを入れた。

「行ってくるわ」

這いつくばって正方形の壁穴を潜る。一瞬、小さいお尻が躊躇うようにピタリと止まったが、まるで意を決したように教室の中に滑り込んだ。中は陽《ひ》の光も遮られた暗闇であろうから園児には辛いはずである。

「テイ、前扉まで来られるかい？　来たら、内側から扉を押しつつ横に引いてごらん。

開くはずだから」

「やってみる……」

元気を失った返事の後、ズズズと木製の引き戸が横に開いた。これまた驚いた。箟でもびくともしなかった扉がこうも簡単に開くとは。旅人はどうして開け方がわかったのか、謎《なぞ》である。

三分の一ほど開いて止まった。中から出て来た灯衣は、洋服に付いた汚れを見下ろして唇を尖《とが》らせた。

「さいあく」

入るのに躊躇したのは恐がっていたからではなく、埃に塗《まみ》れるのを嫌がっていたかららしい。

「クリーニングに出せば綺麗《きれい》に落ちるから大丈夫だよ。ありがとう、テイ。おかげで中に入れる。テイが居てくれて本当に良かった」

「言葉だけじゃなくて行動で示してほしいわ」

「ショートケーキ食べたくない？　特別にホールケーキだ」

「……仕方ないからそれで手を打ってあげるわ」

仕方ないと言いながら、口元は笑みを溢して喜びを隠しきれずにいる。なんて可愛い子だろうか。……いかんいかん、見惚れている場合じゃない。筧は咳払いをし、気を取り直して特別教室の中に入る。

ここに調査に入るのは初めてだ。期待に胸を膨らませ、わずかに開いた扉から無理やり肥満体を押し込んで侵入すると、黴《かび》臭い空気が纏わり付いた。

「そういえば、どうして扉を直さずに壁板に蓋なんか作ったんだろう？」

「テイが証明してみせたじゃありませんか。これは子供のための抜け道なんです。おそらく、初めに破れて出来た穴は木片が尖っていて潜ると危なかった。旧校舎に侵入しようとする子供はいつの時代も後を絶たなかったでしょうから、怪我をしないようにあえて入り口を作ったんですよ。――このようにね」

教室を横切り校庭側の窓まで辿り着くと、廊下側の壁板と同じく指を這わせた。やはり同じように壁板の一部が正方形の形に外れ、外に出られる抜け穴ができた。まるでネコの出入り口みたいだ。

「大人の目線だと気づきにくいですが、修繕された箇所はすべて子供が手を突きやすい場所だったんです」

「うわあ⁉」

抜け穴の外から悲鳴が上がった。筧が近づいて覗き込むと、旧校舎の外では数人の子供が中の様子を窺っていた。さっき新校舎の周りで遊んでいた子たちだ。

「オッサンたち、何してんだよ!?」

帽子を被《かぶ》った気の強そうな少年が怒鳴った。しかし、どこか不安そうな目つきが逆に筧を怯《ひる》ませた。

「出てけよ！　ここはオレたちの秘密基地だぞ！」

「ばっ!?　何を言っているんだ！　ここは立ち入り禁止だ！　余所で遊べ、余所で！」

秘密基地という単語にドキリとした。思わず怒鳴り返してしまったが、途端に子供たちの表情に険が宿った。余裕を無くした筧が再び怒鳴り散らそうとしたとき、横から旅人が身を乗り出した。

「こんにちは。この抜け穴を作ったのは君たちなの？」

「違うよ！　大先生だよ！　秘密ドアなんだからな！　勝手に使うとデンキが流れるんだ！」

いかにも子供らしい設定だ。そして、秘密基地に籠《こ》もって戦う相手は悪の組織である。筧のような、遊び場を侵略してくる大人たちだ。いま悪の側に立っていることを思い知らされて胸が痛んだ。たしかに自分は、秘密基地を、遊び場を、壊そうとしている悪者に違いなかった。

「ここはもうじき取り壊される。もうここで遊んじゃ駄目だ」

諭すように言うと、子供たちは渋々といった感じで踵を返した。

「大先生が遊んでいいって言ったんだもん！　言いつけてやるからなーっ！」

帽子の子が叫んだ。草埜先生が亡くなったことを理解していないのかもしれない。あの子たちの中では草埜先生はまだ存命しているのだ。

旧校舎と共に。

「草埜先生はとてもお優しい方だったんですね。子供たちにも。そして、この旧校舎にも。格別な愛が注がれているのがわかります」

「……」

草埜先生ならあんなふうに子供たちを追っ払ったりはしない。——何をムキになっているんだ、僕は。自分が酷《ひど》く幼稚に感じられた。

調査に戻る。特別教室を出て、残りの教室やトイレなどを調べながら、筧は旧校舎全体がそれまでと違って見えていた。まるで包み込むような温もりがある。生きているかのような。それこそ草埜先生に見守られているような感覚だ。

とある教室の前扉にも修繕の跡が見られた。あの夏の夜に筧が蹴り開けた扉だとすぐにわかった。

〝――ガキンチョめ、ぶつかっておいて謝りもせんとは〟

苦笑する。

くぉらあ、という声が今にも聞こえてきそうだった。

古い物には魂が宿るなんて言われているが、旧校舎も一個の人格を有している気がした。そうか、これが幽霊の正体か。草埜先生は校舎と会話をしていた。可愛がり、大切にしていた。愛情を注いでいたのだ。

「見えているのは儂だけ、か。たしかに、私たちはそんなふうに見ていなかった。ただの建物としか」

「そうでもありませんよ。集落の皆さんにとってここは秘密基地でもあり遊び場だった。しかしそれは、大先生が管理していたからこそ成り立っていたことです。大先生がいない今、ここはもうただの廃墟です」

「廃墟……」

「建物だけじゃ大先生の代わりにはなれない」

旅人の切り捨てたような台詞が妙に心をざわつかせた。

調査を終わらせて外に出た。所要時間は二時間ほどだった。なんと呆気《あっけ》ない。旅人は結果が伴わなかったことに申し訳なさそうな顔をした。残念ではあるが、歴史的資料の有無は誰の責任でもない。運がなかっただけだ。

でも、こんなにも小さな建物が何十年も建ち続けている奇跡には胸が熱くなる。価値ならそれだけでもう十分ではないか。保存するのに十分な理由にならないか。

「もう、どうしようもないのかなあ。他に方法は無いのかなあ」

「いまだに残されている方がおかしなくらいです。筧さんも感じていたんじゃありませんか？　この校舎、いつ倒壊してもおかしくないと」

小学校の敷地内に倒壊寸前の廃墟があれば即刻解体するべきだ。たしかに、考え方はそちらの方が自然で、今まで残されてきたのが不思議である。

「大先生が愛して止まなかった建物なんです。きっと壊すに壊せなかったんじゃないでしょうか」

「ああ！」

そういえば、草埜先生が亡くなった途端に旧校舎解体の話が浮上した。最長老でもある大先生に逆らえる人はおらず、大先生が旧校舎に通っているうちは手出しできなかったというのが実情なのだろう。

「大先生が亡くなったから壊すだなんて酷い話じゃないか！　ここには大先生との思い出がいっぱい詰まっているんだ！　大先生の形見なんだ！　やっぱり修繕してでも

残しておくべきだ！　そうでしょう⁉」

「……」

旅人は哀しげに目を細めた。筧をじっと見つめ、旧校舎に視線を移す。

「本当に寂しくなりますね」

そう、ぽつりと呟いた。

「お力になれず申し訳ありませんでした」

深々と頭を下げる。どういうわけか、筧はこのとき旅人に見放された気がした。


翌朝、探偵は集落を発《た》った。

*

春になり、その日は特に突き抜けるような青空が広がった。

学校の敷地内では大量の黄黒コーンバーがバリケードを形成していた。囲っているのは種々の重機と旧校舎である。

解体工事の実施日時を示した看板が敷地の外に設置され、そのすぐ横で筧は旧校舎を眺めて立ち尽くした。ショベルカーが唸《うな》りを上げて旧校舎の屋根に爪《つめ》を立てる。腐りかけの木材が軽快な音を立てて面白いように簡単に崩れていく。長い歴史の幕切れにしては何の情緒もなかった、機械的に解体作業が進んでいくだけで見応えも迫力も皆無だ。

この半年間何もできなかった。工事の日時を決め、それに向けて調整してきただけ。日々の仕事の一つとして処理し、うまく感情を乗せられなかった。あのショベルカーは筧そのものだ。操縦されて黙々と集落の宝を、草埜先生の形見を、壊していく。町の決定なのだから筧ひとりでどうにかなることじゃない。次第に思い悩むことさえ馬鹿馬鹿しいと感じるようになった。

そう、元々筧には旧校舎を解体することで文句を言われる筋合いは無いのである。集落の住人に顔向けできないと思っていたのは単なる思い込みだ。筧は仕事をこなしただけ。恨むなら行政を恨んで欲しい。そう思えば、心は幾分か軽くなった。

旧校舎が壊れていく。清々する。ざまあみろとさえ思う。

虚しかった。

この煮えきらない想いは一体何だ。

「あれえ、筧さんトコの正ちゃんじゃねえか？」

実家の近所に住んでいる小父《おじ》さんだった。たしか牛の世話をしていたと思うが、こんなところに来るだなんて昼の今時間は暇なのだろうか。と、それは小父さんも思ったようで「仕事どうした？　ん？」と訊ねてきた。

「仕事中だよ。あの解体工事、僕が任されていたからね」

「ああ、役場に勤めてたっけなあ。そっかあ、嫌な役押し付けちまったなあ」

罵倒《ばとう》も覚悟していたのに、まさか同情されるとは。

小父さんは溜め息と共に吐き出した。

「お疲れ様でした」

労《ねぎら》いかと思ったがそうではない。小父さんは旧校舎に向かって合掌《がっしょう》し、深々と頭を下げた。

「ようやく大先生んトコに逝けんだなあ」

「……何それ？」

「大先生がおられるうちは壊さないでおこうって決めてたんだよ、寄り合いで。でも、去年大先生が亡くなられてもうその必要がなくなった。長い余生だったが、ようやく楽になれるんだ。お疲れ様くらい言ってやらにゃ」

取り壊されることを残念がっている様子はない。むしろ望んでいたかのように清々しい顔つきで工事を眺めた。

「大先生がよ、死ぬまで活《い》き活きと暮らせたのはあの校舎のおかげだ。感謝してもしきれんわな」

あまりに予想外な反応に目をぱちくりさせていると、小父さんに肩を叩かれた。

「正ちゃんはお葬式の準備を任されたってわけだ。ご苦労さん。いやあ、もっと大々的にやるもんかと思っていたが、うん、これくらいがいいな。別にあの校舎も望まれて残っていたわけじゃねえもんな。寂しいけど、これくらいでいいな」

「……」

告別式はなく、解体工事はあっさりと。積み重ねた歴史は一瞬にして崩れ去る。

思い違いをしていた。託されていたのは葬儀の段取りだったのだ。旧校舎へのお別れだけじゃない、草埜先生を本当の意味で弔《とむら》うための儀式にすべきだった。これくらいでいいわけがない。見送る人間が二人しかいない寂しい葬送だなんて。

この結末を招いたのはこの僕だ。

俯きかけたそのとき、

「大先生ーっ！」

叫ぶ声は背後から聞こえた。振り返ると、新校舎で授業を受けているはずの子供たちの姿があった。壊れ行く秘密基地を思い詰めた様子で眺め、同時に草埜先生がこの世にいないことを噛《か》み締めているようにも見えた。

「大先生！　さようならーっ！」

草埜先生の死を旧校舎の解体に見ているのだ。そのときようやく覚は思い至った。草埜先生の死を認めたくなかったのは自分も同じだったということに。だからあんなにも取り壊しを嫌がった。あんなにも子供たちの態度に反発を覚えた。

こんなにも子供だったとは。

徐々に人が集まり出した。集落の人も、余所に引っ越した人も、主婦も学生も会社員も、老若男女《ろうにゃくなんにょ》問わず旧校舎に関わったことのある人間が、最後のお別れをしに駆けつけた。たちまち膨れ上がった人垣が、惜しみ、感謝し、泣いている。瓦礫《がれき》の中に草埜先生の思い出を見つけて笑い合う者たちもいる。誰もが子供に返っていく。

「正ちゃん、顔上げな。もうすぐ終わっちまうぞ」

浅はかだった自分が情けないのはもういい、それよりもお祭りのときみたいに皆の気持ちが一つになったようで嬉しい。

「泣いてないで、ちゃんとお別れ言ってやんな」

偉大なる大先生が本当に亡くなったのは、今日この日。

ようやく草埜先生の死を受け入れた。

＊

探偵事務所のリビングでテレビを観《み》ていた灯衣は、ニュースに映った集落の光景に「あ」と声を上げた。旅人を呼んで並んで旧校舎の解体を見守った。

「ローカルニュースなのに取り扱いが大きいのはドラマ性があったからだろうね。ほら、草埜先生のことも紹介されている」

「あのオジサンも映ってる！　ほら、パパ見て！　あのオジサンよ！」

半年前の出来事を振り返る。途中、民宿や温泉の話題で脱線してしまったが、ローカルニュースが終わったとき、灯衣が旧校舎について言及した。

「あそこが壊されてホッとしちゃった」

「どうして？」

「だって何だか寂しそうだったんだもん」

ひっそりと佇む旧校舎の孤影はどこかうち捨てられた老犬を連想させたらしい。

残される残酷さというものを、漠然とだが、灯衣は感じていたのだ。

「思い出したわ。ねえ、パパ？　わたしが潜って開けたあのお部屋で、何か見つけなかった？　秘密ドア見つけたらすぐに廊下に出たじゃない？」

それはあまりにも不自然だった。他の教室はじっくりと調べていたというのに。

だが、旅人は首を横に振った。

「何も無かったよ。あそこには何も。大先生もそれを望んでいた」

「ほら、やっぱりあったんじゃない」

灯衣はそう言って笑い、旅人の膝を枕にした。こうやって甘えだすのは物事に感化されたときだ。大先生と旧校舎の絆《きずな》に中《あ》てられて、旅人に同じモノを要求していた。

――わかっているよ。君とお別れするときは黙っていなくなったりしないから。

灯衣の頭を撫でながらそう思うのだった。

＊　＊　＊

誕生日を迎えたものの現在自分が幾つなのか思い出せずにいた。大きな問題でもあるまいと、草埜は数瞬後には誕生日を迎えたことすら忘れた。工具箱を持つ手がひやりと冷たい。冬の訪れを肌身に感じて、すきま風を通す旧校舎が寒がっていないかと心配した。

「これぱっかりはどうにもならん。壁を塞ぐわけにいかんし、儂の手に余る」

ギシギシと床板が軋む。それは応えた証。こうやって数十年間対話をしてきた。

開かずの特別教室の前扉は、実は開けるのにコツがいる。下方を蹴って溝からわずかにずらし、手前に引きつつ横にスライドさせると割と簡単に開く。それでも半分ほどしか開かないが、草埜の痩せ細った体なら十分だった。

「今日は儂ひとりだあ。そうがっかりすんな。ガキンチョらが来られるようにせんとなあ。おまえもそっちの方が嬉しかろ」

立ち入り禁止の旧校舎に侵入してくる悪ガキ共のために今日も今日とて大工仕事をおっ始める。ほんの少しの木片が子供の柔肌《やわはだ》を傷つけかねない。あいつらに言ってもどうせ聞きやしないのだから、せめて安心して遊べるようにと危険な箇所を修繕して回った。最初は義務感からだったがいつからか唯一の趣味に変わっていた。その頃からだ、修繕するたびに校舎が感謝を述べているような気がしたのは。

「おお、おお、また派手に散らかしたもんだ。室内でボール遊びはするなと叱ったばかりなのに。床板が剝がれているじゃないか。痛かったなあ」

独り言は旧校舎の壁に吸い取られる。草埜は「よっこらしょ」膝を曲げて剝げた床を調べた。床板の下から古い薄板が覗いていた。そこには達筆な筆文字が隙間無くびっしりと書かれてあったが、見なかった振りをしてすぐに塞いだ。

　床全体に敷き詰められた薄板に書かれた文字は、終戦直後に旧陸軍が焼却した県民の統計資料の内容を書き殴ったものだった。軍事に関わる重要書類がＧＨＱに渡る前に証拠隠滅を図ったものだが、これが県史に多大な瑕疵《かし》を作ると見た当時の県知事は、職員の一人に記録を写すよう命じた。後にその写しすらも見つかり焼却されたが、頭に残っていた資料内容を故郷の集落にある校舎の床に書き殴ったのがこの文字だ。発見されぬようにと床板を被せ、後の世にまでその事実を隠蔽したのである。

　それは県史において非常に重要な文化的資料となり得た。あるいは、旧校舎を保護し残しておけるほどの――。

　だが、草埜は素知らぬ顔で資料の上にケツを乗せ、暢気《のんき》に川中島《かわなかじま》を吟《ぎん》じていた。壁や床板の軋みが合いの手となって響く。高音を出すところで咽《む》せて失敗し、胸を痛めた。苦笑し、寄る年波には勝てぬと嘯《うそぶ》いた。

「お互い、年喰《く》ったなあ。もう長くないだろうなあ。寄り合いで言うとった、おまえをそろそろ解体しようかってなあ。年貢の納め時だあ」

　不思議とその声は穏やかだ。いい人生だったと胸を張る。軋む音から是非《ぜひ》はわからないが、草埜は「そうか、そうか」と満足げに頷いた。

「おまえさんが解体されるまでは生きておるよ。儂だけでも看取ってやらにゃおまえも浮かばれんだろう」

ずっと校舎で在り続けたおまえが居たから、儂はいつまでも教師で居られた。

大先生だ。凄《すご》かろう。

「先に逝って待っとけ」

ギシ、と音が鳴り、草埜は笑った。


この数日後、草埜は明け方布団から起き上がることなくそのまま逝く。

旧校舎はついにその役目を終えた。


（了）

テイちゃんと子猫と七変化

とある歓楽街の一角の、とある雑居ビルの六階の、とある私立探偵の事務所には、五歳の可憐な少女がいました。

少女の名前はモモシロテイちゃん。

利発でミステリアスな彼女は、五歳児らしからぬツンと澄ました態度と大人びた発言でいつも周囲の大人たちを振り回しています。でも、お野菜が嫌いで、甘い物が大好物で、パパのことが大好き！　という子供らしい一面もありました。

本当の親子じゃないけれど、パパと二人で暮らしています。

本当の親子なのに、ママは遠くに居て一緒に暮らしていません。

いろいろな事情がありました。そのことをテイちゃんはなんとなくだけど知っています。ママにはこれから先何年も会えないことも、やっぱりなんとなく、わかっています。

でも、泣きべそなんてかきません。

パパやいろんな人たちに囲まれているので寂しくありませんから。

テイちゃんは今日も元気です。

じまりです。


　というわけで。

　そんなちょっぴりおしゃまなパパ大好きっ娘《こ》テイちゃんの、世にも優しい物語のは

【○月×日　晴れ　ネコの日】

　パパの名前は「日暮旅人」と言います。何を隠そう私立探偵です。

　テイちゃんの名前は「百代灯衣《ももしろ》」と書きます。何を隠そう保育園児でした。

　パパが探偵のお仕事をしている間、テイちゃんは近所の保育園に通っています。

　送り迎えはパパがしてくれるときもあれば、パパのパートナーの金髪頭――ユキジがしてくれることもあるけれど、普段テイちゃんのお世話をしてくれるのは亀吉《かめきち》さんです。お手伝いさんと言っていいかもしれません。パパやユキジの代わりに家事全般をこなしてくれる、前職ヤクザだった人――それが亀吉さんなのです。

　亀吉さんはプロレスラーみたいにおおきな体をしています。

　前歯がありません。

髪の毛もありません。

一見するとものすごくおそろしい姿をしていますが、テイちゃんの言うことなら何でも聞いてくれます。意外と優しいやつです。案外頼れるやつです。

でも、できればパパと四六時中イチャイチャしていたいテイちゃんは、付きっきりの亀吉さんがほんのちょっぴり憎たらしかったりもします。そのことで、たまに亀吉さんに八つ当たりしちゃうこともあります。腰の入った蹴りを食らわせちゃうことだってあるのです。

けれど、亀吉さんはずっとニコニコ笑ってテイちゃんの相手をしているので、二人はとっても仲良しに見えました。……亀吉さん嫌いを公言しているテイちゃんにとっては甚《はなは》だ不本意なことでしょうが。

さてさて。今日も今日とて保育園にお迎えに上がった亀吉さんを従えて、テイちゃんは唇を尖らせながら大股《おおまた》で歩いていました。お迎えはパパが良かったのに――、そう文句を言うように不機嫌な態度でお家である探偵事務所に帰ります。

その途中。

神社の脇を抜ける小道。

背の高い木の枝が神社の敷地を飛び越えて、小道の地面に影を差し込んでいます。

さわさわと揺れる枝の影。

影を踏んで遊んでいたテイちゃんは気づきました。

見上げてみると、やっぱりです、高い木の枝に子ネコがしがみついているではありませんか。きっと、登ったのはいいけれど下りられなくなったのでしょう。子ネコにはよくあることです。今にも落っこちてしまいそうな子ネコにテイちゃんは息を呑《の》みました。

（たすけなきゃ……！）

そのとき、テイちゃんの心に正義の炎が燃え上がったのです。

枝から顔を覗かせてみーみー鳴いている子ネコがあまりにも不憫《ふびん》で、可哀相で、これ以上見ていられません。一刻も早く救出しなければ……！

「カメ！」

テイちゃんが叫ぶと、我が意を得たりとばかりに亀吉さんがテイちゃんの眼前に移動しました。腰を屈《かが》め、テイちゃんを肩に乗せて立ち上がります。

「合体！」

肩車です。

「もっとそっち！　違うわよ、バカカメ！　んーっ、んーっ、んんッ！」

せいいっぱい両腕を伸ばして——、ついに子ネコをキャッチ！

引き寄せてよく見てみると、そのネコは三毛猫でした。目元が黒くて、背中や足が明るい茶色、お腹《なか》や首周りは真っ白です。テイちゃんの腕の中でぐったりしています。

亀吉さんの頭頂部をペシペシ叩いて屈ませて、亀吉さんの肩から離脱すると、子ネコを掲げて不安そうに言いました。

「カメ、この子、どうしたらいいの⁉」

訊ねられても亀吉さんとて動物の扱い方はよくわかりません。それも衰弱しきった子ネコの子供です、ただでさえ難易度の高そうな生物を前にして、亀吉さんはオロオロするばかり。

（……わたしがしっかりしなくちゃだわ！）

テイちゃんは口をへの字に曲げて意気込み、子ネコのためにできることをしようと思いました。とりあえず、事務所に連れ帰ることにしました。

事務所に帰り着くと、テイちゃんは冷蔵庫からミルクを取り出して平らなお皿に注《つ》いであげました。子ネコは舌を出してちびちびとミルクを舐《な》めはじめました。衰弱しているのはきっとお腹が空《す》いているからだと思ったのですが、どうやら正解だったようです。

それから、浴室に行き子ネコの体を丁寧に洗ってあげました。体中汚れていたし、匂いもきつかったのです。子ネコは鳴き叫びましたが、テイちゃんは心を鬼にします。おかげで毛先までキレイになりました。

しばらくすると、子ネコはリビングで寝入ってしまいました。テイちゃんは子ネコを自分のお部屋まで運び、ベッドの上に寝かせます。可愛くて可哀相な子ネコを見ているとなんとも言えない気持ちになりました。

「……」

テイちゃんはネコの着ぐるみパジャマに着替えて、子ネコに寄り添います。

きっと母ネコになったつもりなのでしょう。

テイちゃんと子ネコはすやすやと眠りにつくのでした。

【○月△日　晴れ　レオポンの日】

翌日、子ネコは少しだけ元気になりました。

元気になったのは良いのですが、にゃあにゃあとひっきりなしに鳴くので危うくユキジに見つかりそうになりました。潔癖症のユキジに子ネコを拾ってきたことがバレてしまうと、即刻窓からポイされてしまいます。それくらい酷いやつなのです、あの金髪頭は。

仕方がないので今日はユキジと一緒に保育園に行くことにしました。亀吉さんにアイコンタクトを送ります。

（子ネコのお世話は任せたわ！）

亀吉さんはこくこく頷きました。テイちゃんが帰ってくるまで、まあ、なんとか乗り切ってくれるでしょう。

保育園でもずっとそわそわ。お遊戯《ゆうぎ》にも、いつも以上に身が入りません。先生に注意されたってお構いなし。つんと澄ました表情でも、頭の中は子ネコのことでいっぱいです。

ようやくお迎えの時間になりました。亀吉さんの姿が見えると、テイちゃんはいつもだったらパパのお迎えじゃないことにふて腐れるのに、慌てて駆け寄っていくものだから、目撃した保育士さんたちは目を丸くしました。亀吉さんの忠義がようやく報われたのかと思ったのです。そして、大男のヤクザに嬉々として駆け寄るテイちゃんの将来が、少しだけ心配になりました。

「ネコは⁉　家に置いてきたの⁉」

亀吉さんは上着のポケットから子ネコを取り出しました。なんてところに入れているのでしょう。しかし、テイちゃんは良くやったとばかりに頷きます。

「じゃあ、行くわよ」

昨日、子ネコを助けた神社へとやって来ました。

テイちゃんと亀吉さんは神社の境内《けいだい》を隈《くま》無く歩き回ります。子ネコを胸に抱いたまま、本殿の床下を調べたり、賽銭箱《さいせんばこ》の中を覗き込んだりと大忙しです。

母ネコを探していました。

きっと子ネコを心配しているに違いありません。テイちゃんは子ネコを母ネコの元に帰してあげたかったのです。

「……」

ですが、どこを探しても母ネコは見つかりませんでした。

母ネコどころか猫の子一匹いやしません。

「おまえはどこから来たの？」

にゃあ
「鳴いたってわからないわよ。もうっ」

テイちゃんはその夜決意しました。

いそいそとパジャマに着替えます。今日はヒョウのお父さんとライオンのお母さんから生まれた雑種レオポンの着ぐるみです。なんたってヒョウです。ライオンです。それが合体しているのですから最強です。

レオポンテイちゃんに度肝《どぎも》を抜かれたのか、それまで自分のお腹をぺろぺろ舐めていた子ネコは居住まいを正しておっかなびっくりテイちゃんを見上げます。

びしっと指差して、言いました。

「今日からおまえを飼います！　返事は⁉」

にゃあ
「よし！」

テイちゃんはほくほく顔になりました。

「じゃあ名前は……」

子ネコの三毛をじっと見つめます。全体的に白毛で、ところどころ黄色に近い明るい茶色と黒が混じっている感じでした。

そうなると一際黄色っぽい色が目立ちます。

ぜひとも可愛い名前にしてあげたいですね。

「そうだわ。決めた！」

決まったようです。

「おまえの名前はタンポポ――」

お花を連想したようです。

「――の綿毛みたいだから〝ワタゲ〟ね！」

残念。

白毛の方に着目してしまいました。

子ネコは首を傾げてテイちゃんをじっと見上げています。

テイちゃんは得意げに子ネコを呼ばわりました。

「ワタゲ！　今日からおまえはワタゲ！　よろしくね、ワタゲ！」

ひどい名前を連呼します。

子ネコは欠伸《あくび》を一つ。

「返事は⁉」

ビクッ。

にゃあ
「よし！」

ワタゲに決まりました。

こうしてワタゲはテイちゃんの家族の一員になったのでした。

【○月□日　雨　カエルの日】

今日は朝から雨模様。

世間的に休日で、保育園もお休みです。

テイちゃんの部屋着は雨天限定のカエルパジャマ。フードをすっぽり被るとまるででっかいカエルのお化けです。

カエルのお口から顔をそっと覗かせて、テイちゃんはミッションを開始します。

リビングの奥にある台所に隠されたネコの餌《えさ》を取りに行かなければなりません。

誰にも見られずに。

「……」

原因は亀吉さんのポカにありました。子ネコを飼い始めたことはテイちゃん（と亀吉さん）だけの秘密でした。もしもユキジにバレてしまったら子ネコはポイされてしまいますし、仮に心優しいパパにバレたんだとしても、やっぱりなんだかんだとテイちゃんを説得して、結局ポイさせられることになるでしょう。だから、パパとユキジにはぜったいにバレてはならないのです。ならんのです。だというのに……。

亀吉さんは、亀吉さんが買ってきたキャットフードとネコ用ミルクを、あろうことか台所の収納棚の中に入れてしまったのです。どうしてそんな愚を犯してしまったのでしょうか。これらが見つかれば必然的に子ネコの存在も発覚してしまうというのに。

まったくもう。考えの足りない亀吉さんにはテイちゃんおかんむりです。ぷりぷり怒っています。文句の一つも言ってやりたいところですが、しかし、こんなときに限って亀吉さんは非番でお休みしていました。元々テイちゃんのお世話係で事務所に通っていたため、パパもユキジも事務所にいるときはお休みすることが多いのです。ほんとにほんとに、まったくもう。

いつネコの餌に気づかれるかわかったものではありません。

ワタゲはさっきからお腹が空いたと鳴いています。その鳴き声すら聞かれたらまずいわけで、一刻の猶予《ゆうよ》もありません。

テイちゃんが何とかするしかないのです。

「ワタゲ、わたし頑張るから見ていなさい」

気合いは十分。テイちゃんカエルは足音を殺してそーっと部屋から抜け出しました。

廊下の向こうにはリビングの扉があります。はめ込みガラスから中の様子を覗き込むと、ソファに座って読書をしているパパを見つけました。ユキジの姿はありません。

第一関門——パパにバレずにリビングを突破せよ！

そっと扉を開けて、こそっと中に入ります。パパが座るソファの背もたれの後ろをこっそり静かに移動します。

四つ足で這っていくテイちゃんは見たまんまカエルのようでした。

ソファがぎしりと音を立てました。

テイちゃんはギクリとしてそちらを向きます。

パパが脚を組み替えただけでした。背後のテイちゃんには気づいていない様子です。

(今だ……！)

大胆にも勝負に出ました。フローリングの床をスイーッと滑って一直線、見事台所に到達です。パパの視線は文庫本に釘付けでこちらを見向きもしていません。

——第一関門突破！

台所の陰に身を滑り込ませ、「ふぃ～」ようやく一息吐くのでした。

「…………………」

第二関門はいきなり修羅場を迎えました。

キッチンの前にユキジが立っていたのです。ヤカンをガスコンロの火に掛けていて、カウンターには急須《きゅうす》と湯飲みが並んで置いてあります。一服するつもりでいたのでしょう。

ユキジは滑り込んできたカエルを無言で見つめました。

カエルは微動だにせず、諸手《もろて》を床に付いたままじっと伏せっています。

ユキジは胡散臭そうな目でじぃーっと眺めてきます。

体は硬直し、すっぽりと被ったカエルの頭がだらだらと汗を流します。

どうしたものでしょう。

気まずい空気が流れます。

ヤカンの、シュンシュン、という蒸気を発する音だけが空々しく響いていました。

テイちゃんはそっと顔を覗かせて収納棚を見ました。下段の収納スペースの扉が半開きになっており、中身が見えています。ドキッとしました。なんとネコの顔が棚の中からこちらを覗いているではありませんか。よくよく目を凝らしてみると、なーんだ、ネコの写真だとわかりました。間違いありません、あれはキャットフードの袋です。

テイちゃんの視線を遮るように、ユキジが正面に立ち塞がりました。

恐い顔で見下ろしてきます。

（……もしかして、ワタゲを拾ってきたことバレてるの⁉）

亀吉さんがチクったのでしょうか。だとしたら許せません。

いや、そんなことより、いまはこの状況からいかに脱出するかを考えるべきです。

いかにしてキャットフードを手に入れるか。

ユキジにバレることなく……。

「………」

不可能です、そんなもん。

ユキジがこの場にいる限り、テイちゃんは身動きを封じられてしまうのですから。

一旦退《ひ》くべきか。いいえ、お腹を空かせたワタゲを想うとそうも言っていられません。

どうしよう。

どうしよう。

どうしよう。

そのとき、リビングから声が掛かりました。パパがユキジを呼んでいます。

ユキジは最後まで物言いたげにしていましたが、結局無言のままリビングに行きました。もちろんガスコンロの火をきちんと消して。

無人となった台所を素早く移動し、キャットフードとネコ用ミルク、それに平らなお皿をゲットしました。

リビングを窺うと、パパとユキジの姿はどこにもありません。どうやらリビングの外――応接間に向かったようです。テイちゃんカエルはびゅんと駆け抜けて、あっという間に自分のお部屋へと戻ってこられました。

ミッションクリアです！

「ワタゲ！　おいで！」

お布団《ふとん》にくるまって遊んでいたワタゲが一目散に駆け寄ってきます。キャットフードに敏感に反応していました。ネコまっしぐらです。

お皿にキャットフードを盛りつけると、テイちゃんは「待った」を掛けます。

「いただきますしてからよ！」

しかし、ワタゲに人間の言葉は通じません。

テイちゃんの「待ってまだよ待ちなさい！」を無視してご飯に顔を突っ込みます。

もりもり食べるワタゲを、テイちゃんは恨めしげに見下ろします。

ワタゲにはテイちゃんの苦労がわからないみたいです。テイちゃんはそれが面白くありませんでした。

「んー……」

（これは教育する必要がありそうね……！）

【○月◇日　雨　ネズミの日】

ワタゲに自分の立場をわからせる必要があります。

この部屋におけるヒエラルキーのトップが誰なのか、ここらではっきりさせなければなりません。

というわけで、テイちゃんはネズミの着ぐるみパジャマに着替えてワタゲに挑みます。

……ネコにネズミて。

いえ、水を差すのはやめましょう。突っ込みたいのは山々ですが、テイちゃんは至って真剣なのです。ここは温かく見守ることにいたします。

「ワタゲ、聞きなさい」

にゃあ
「わたしは何？」

ネズミです。

「そう。ワタゲのご主人さまよ。ワタゲより偉いの。でも、わたしはワタゲを飼うと決めたから責任持ってワタゲの面倒を見なくちゃいけないの。ここまではいい？」

ワタゲはネズミ、もといテイちゃんを無視して、転がっていたカラーボールと戯《たわむ》れます。

完全に舐めきっています。

「だからって、ワタゲもわたしにばかり甘えてちゃ駄目だと思うの。飼われるのなら最低限のルールを守んなくちゃいけないわ。いいこと？」

腰に手を当てて、人差し指を立てながら、何度もルールを教え込みます。

「おしっこはおトイレですること」

ネコ用トイレは亀吉さんに頼んで完備済み。ですが、いまだにそこでおトイレをしてくれません。

床の上で何度もお漏らしされています。

ワタゲには早く覚えてもらわないと困るのです。

「ご飯を食べるときはわたしが合図してからじゃないと駄目」

ネコには難しいでしょうが、餌を与えるタイミングはテイちゃんに決定権がありますのでワタゲへのしつけにはなかなか効果的かもしれません。

意外ときびしいテイちゃんです。

「わたしが呼んだらぜったいに来るのよ」

カラーボールを転がしてワタゲを楽しく翻弄《ほんろう》します。

遊び好きのネコは遊んでくれる人が大好きです。こうやっていつも遊んであげれば、きっと、テイちゃんを見掛けただけで近づいてきてくれるでしょう。

「あと、勝手にいなくならないでね」

ワタゲはカラーボールに夢中です。

動く物が大好きで、楽しいことも大好きです。

同じくらいに。

テイちゃんのことも好きになってくれるといいですね。

【○月◎日　晴れ　ペリカンの日】

ワタゲがおトイレを覚えました。

排泄《はいせつ》が終わった証に敷き詰めた猫砂をザシャザシャ引っ掻《か》いています。これは排泄物を隠したがるネコの習性で、この音が聞こえたら成功です。

「ワタゲ！」

呼ぶと、ワタゲは嬉しそうに駆け寄ってきました。テイちゃんのことをご主人さまと思い込んでいる、かどうかは定かでありませんが、遊び相手という認識くらいはしていそうです。

まだまだ教えなければならないことがいっぱいありますが、

（まあ、ワタゲを家族の一員として認めてあげなくもないかな）

と、寛容になるテイちゃんなのでした。

くしゃくしゃに丸めた新聞紙を投げて遊ばせます。

コロコロコロフワフワ。

コロコロフワフワフワ。

はしゃいで遊んででんぐり返りをするワタゲは、本当に綿毛が転がっているみたいでやわらかそう。

テイちゃんの差し出す指に頬を寄せ、お腹を見せてあそんであそんでと訴えます。

「ワタゲってば甘えん坊ね」

呆れるように言いますが、その口元は笑っていました。

「しょうがない子ねー」

一緒になって遊びました。

時間も気にせず、いつまでもいつまでも。

ワタゲにはスキンシップが必要なのです。母ネコがいない環境では、きっと、ストレスが掛かるに違いありませんから。ひとりきりじゃないよ、と体を張って伝えることが一番重要なことだと思うのです。

テイちゃんがそうだったように。

抱き締めてあげることで寂しさを紛らわせます。

「ワタゲはウチの子だもんね」

だから、いっぱいいっぱい愛情を注いであげなきゃ駄目なのです。

ペリカンの着ぐるみを着たテイちゃんはワタゲにプレゼントを渡しました。

お気に入りのピンクのリボンです。ワタゲの首元に結びました。最近覚えたばかりの蝶々結《ちょうちょ》びを、何度も何度もやり直して、ようやく綺麗に結べました。

ピンクのリボンでおめかししたワタゲはとってもオシャレで美人さんです。

「これはあれよ。別におトイレがきちんとできたご褒美《ほうび》っていうんじゃないんだから。

えっと、だから、……そう！　ワタゲのお母さんがワタゲを見つけやすいように、目印よ！」

感謝しなさいよね、とふんぞり返ります。

ただの照れ隠しです。だから、先に言った台詞と矛盾していることに気づきません。

ワタゲが母ネコの元に帰るのが一番正しいことをテイちゃんはわかっています。

ウチの子にしたいという気持ちも強く持っているでしょうが。

目印、と言ったこともおそらく本音だったのです。

テイちゃんはわかっています。

自分が母ネコの代わりになれないことくらい。

テイちゃんはわかっています。

誰も、誰かの本当の母親にはなれないってことくらい。

テイちゃんは。

「……明日、ワタゲのママを探しに行こうね」

わかっているのです。

【○月☆日　曇り　ウサギの日】

保育園からの帰り道、亀吉さんはテイちゃんの言いつけを守ってワタゲを連れて来てくれました。テイちゃんは園児服のまま神社へ寄り道します。

もちろん、ワタゲの母ネコを探すためでした。

本殿の床下も、賽銭箱の中も、あの木の上にだって、やっぱり母ネコの姿はありません。猫の子一匹いやしません。こんなうら寂れた場所にやって来る動物なんていやしません。

だとすると、どうしてワタゲはあの日この場所に居たのでしょう。

やっぱりここに母ネコは居るはずなんです。

(もしかして街中探し回っているのかも……)

ありえる話でした。子供が行方不明なのにこの場でじっとしているはずがないのです。母ネコはいまもワタゲを探して駆け回っているのです。

想像してみると胸が締め付けられました。

神社の境内で母ネコが帰ってくるのを待ち続けます。亀吉さんを先に帰らせて、ワタゲとふたりでお留守番です。

暢気に毛繕いをしているワタゲを撫でました。

にゃあ

どうかしたのか、と訊かれた気がしました。テイちゃんは何だか不機嫌そうな顔をしてワタゲの頭をくしゃくしゃに撫でつけます。

母ネコの気持ちに同調したとき、同時に、ワタゲが自分自身のようにも思えたのです。

テイちゃんは、いま、迷子《まいご》でした。

見つけてほしかったのです。

誰に。

決まっています。

ママに。

「――あ、」

一瞬の出来事でした。隅っこの茂みから一匹のネコが飛び出してきたかと思えば、ピンクのリボンが揺らめいて、その残像に釘付けにされたまま、テイちゃんはワタゲを見失いました。

ワタゲが連れさらわれました。

首根っこに嚙みついてさらって行ったのは、ワタゲを大きくしたような三毛猫でした。

「……」

テイちゃんは固まったまま、消えていった茂みの向こうをじっと見つめています。

頭の中は真っ白で、どう対処してよいのかもわかりません。

呆気ないものです。

別れの言葉も交わさないまま、テイちゃんとワタゲの物語はこうして幕を下ろしたのでした。


その夜、ウサギの着ぐるみを着たテイちゃんはパパのお布団に潜り込みました。

ひとりきりのお部屋が寂しいのでついつい甘えん坊になっちゃいました。

唇をめいっぱい引き結んで、こぼれそうになる涙を我慢します。

泣くもんか、そう決めていました。

泣くもんか。

眠りにつくまでの間、ワタゲのことを考えていました。

【○月♡日　晴れ　カメレオンの日】

朝が来ました。

ワタゲのいない朝です。

「……」

テイちゃんはずっと元気がありませんでした。保育園に行くときものそのそと気怠《けだる》げに支度をし、パパやユキジに心配されてしまいました。

寂しがっていても仕方ありません。

ワタゲは母ネコの元へ帰れたのですから、喜ばしいことです。

そうやって納得するしかありません。


夕方、保育園にお迎えに上がったのはパパでした。

久しぶりにパパと帰れるのに、テイちゃんはやっぱり元気が出ません。

どうしてもワタゲのことを考えてしまうのです。

手を繋いで歩いていると、パパが、一緒に子ネコを探そう、と言ってきました。どういう意味なのか、すぐにはわかりませんでした。

「パパ、ワタゲのこと知ってたの⁉」

パパは優しい笑顔で頷きました。

テイちゃんのパパはただの探偵さんではありません。パパは『声』や『匂い』といった五感で得られる感覚をすべて視つけることができるスゴイ目をしているのです。パパに見つけだせない物なんてありません。隠し事だってできません。

テイちゃんが隠れて子ネコを飼っていたことを実は知っていたのです。あえて気づかないふりをしてくれていたのでした。ジョウソウキョウイクの一環だったのでしょうか。

とはいえ、ワタゲが母ネコに奪われたことは仕方のないことですが、テイちゃんが悲しんでいるのを見るのは忍びなかったようです。パパはワタゲを探すことを提案しました。

きちんとお別れするために。

テイちゃんに気持ちの整理をさせるために。

「行くっ！」

テイちゃんは急いでお家に帰ると、リュックに必要なものをつめこんでいきます。

ワタゲはまだ小さいから、キャットフードは固形のものよりも生のもののほうが食べやすくて好きでした。おおきなものや噛み切れないものを呑み込んで喉《のど》を詰まらせるといけませんし、それにまだ開けていない猫缶もおいしいって評判ですので、きっとワタゲも喜んでくれるでしょう。

黄色いタオルがお気に入りでした。隙あらばくるまって遊んでいました。匂いが好きなのかもしれません。洗剤と干した後のお日さまの匂いが好きだったのかもしれません。黄色いタオルはやわらかくて、いい匂いがして、ワタゲをいつも落ち着かせていました。これもとっても必要です。

ワタゲの体ほどもあるカラーボールです。ワタゲが警戒して戦っていたくしゃくしゃに丸めた新聞紙です。ワタゲが噛みついて離さなかったブラシです。ワタゲが爪で引っかいて駄目にしたイヌのぬいぐるみです。ワタゲといっしょに遊ぼうと思って亀吉さんに買ってきてもらった猫じゃらしのオモチャです――。

いろいろ、いっぱい、つめこんで。

ひとつひとつの思い出を振り返ります。

（ワタゲはまだ子ネコだからぜったい困ってるはず……！）

きっと、いやぜったい、欲しがるはずです。

ぜんぶあげたっていいのです。

ワタゲがいなければテイちゃんには無用なものばかりなのですから。

母ネコといっしょに活用してくれればいいと思います。

最後までご主人さまの立場を貫こうと思います。

しょうがないわねって、困ったように笑って、ぜんぶあげようと思います。

テイちゃんの顔に溌剌《はつらつ》さがよみがえってきました。

「よし！」

準備は整いました。リュックを背負って、パパといっしょに再び神社を訪れます。

ネコはテリトリーを巡回する生き物です。一度でも餌にありつけた場所には再三に亘《わた》って寄りつく可能性がありました。神社はその一つで、時間帯によって寄りつくネコも変わってきます。ワタゲと母ネコがいつやって来るかはわかりません。

テイちゃんは待ちの姿勢で臨むしかないと思っていましたが、パパは違いました。

テイちゃんが保育園に行っている間にも目星を付けていたようで、神社を通り過ぎると住宅街を迷いなく歩いて行きます。

パパの目は『ネコの匂い』を映していました。それだけじゃありません。その中から特に新しく、野良猫にはそうそうありえない洗剤と石けんの香りが交じった体臭を見つけ出していたのです。そう、それこそがワタゲの『匂い』でした。

辿り着いた先は市営グラウンド脇の茂みでした。灌木《かんぼく》がフェンスに押し上げられてちょうどよい高さまで反り返り、小動物には打って付けの屋根代わりになっていました。

茂みの中には子ネコがいました。首には色鮮やかなリボンが巻かれてあります。

ワタゲでした。

「おいで」

テイちゃんが呼ぶと、ワタゲは素直に出て来ました。何の警戒心もなく、またぞろ餌を貰えるものと期待して。テイちゃんはちょっとだけ可笑《おか》しくなりましたが、ワタゲが出て来たその奥に、光る両目に気づきました。

母ネコがテイちゃんをじっと窺っていました。

敵意を乗せて、いつでも飛びかかれる準備をしています。

テイちゃんは一旦下ろし掛けたリュックを、また背負い直しました。

母ネコの眼差《まなざ》しからすべてを理解しました。それまでのご主人さまぶっていた自分がひどく滑稽《こっけい》に思えました。背負ったリュックの中身を思い返して恥ずかしくなります。食べやすくておいしい猫缶もやわらかくていい匂いのするタオルもおおきなカラーボールもくしゃくしゃの新聞紙もブラシもイヌもオモチャも、

名前も、
しつけも、
思い出も、
ワタゲには必要のないものばかりでした。

母ネコがいるだけで。

ほかはぜんぶ要らなかったのです。

ネコがどう思ったかなんて知りません。テイちゃんがそう感じ取ったのだからそのとおりなんだと思います。ワタゲへのお土産《みやげ》はありがた迷惑でしかなかったのです。

少なくとも、いまのテイちゃんは招かれざる客に違いありませんから。

再び我が子を連れ去るアクマ。

母ネコにそう思われても不思議じゃありません。

「ワタゲ！」

だから、お別れです。

「返しなさい！　それ、わたしのよ！」

するりとリボンを解《ほど》きました。ワタゲは不思議そうな顔をして首元に感じた違和感を一生懸命確かめています。その程度の重みであるのならもうワタゲには無用でしょう。

母ネコが見つけてくれたのだから、お役御免です。

次はテイちゃんが身に着ける番なのです。

「じゃあね。バイバイ」

改めるまでもなく、お別れはあっさりしたものでした。

今後、テイちゃんは成長していくワタゲをほかのネコと見分けることが難しくなるでしょうし、ワタゲもテイちゃんのことなど三日と経たずに忘れてしまうことでしょう。

もう金輪際会《こんりんざい》うこともなくなります。

それでいいと思います。

ワタゲが母ネコの元に帰れたのですから。

欲しかったのは慰め合える仲間じゃなくて、本当のママのぬくもりだったのだと気づかされたのですから。

これでよかったのです。

悲しいとか、羨ましいとか、妬《ねた》ましいとか、楽しかったとか、嬉しかったとか、ワクワクしたとか、ドキドキしたとか、いろんな感情の上にワタゲとの日々がありました。

思い返せば愛《いと》おしいと思える一週間を、テイちゃんはパパに語って聞かせます。

帰り道。

ときどき声をつまらせて、ほんのちょっぴり泣きました。

＊

後日。

保育園に行く途中で野良の三毛猫を見かけました。それはあのときの母ネコほどおおきくなくて、ワタゲほどちいさくありませんでした。もしかしたらワタゲが成長した姿だったのかもしれませんが、テイちゃんにはもう判別がつきません。

ピンクのリボンは、ぬいぐるみの黒猫の首に結びました。

蝶々結びです。

ときどき、思い立ったら結び直しています。

昨日よりも今日のほうが上手《じょうず》に結べた気がします。


（おわり）

愛の夢

——もしも、今ある現実がすべて夢だったとしたならば。

誰しも一度は考えたことがあるはずだ。本当の自分はまだ眠っていて、真実の世界ではまったく違う人生を歩んでいるのではないかと。それはもしかしたら過酷な世界かもしれない。あるいは、すべて満たされた幸福な世界かもしれない。どちらにせよ、夢が空想の産物であるならば、いま見えている世界とは異なる景色をしているはずだ。

二度と開くことのない瞼の裏で、ここととは違う物語の在り方を想像する。

たとえば、そう。

日暮《ひぐらし》英一《えいいち》が山田《やまだ》快正《かいせい》と出会うことで起きるさまざまな不幸の連鎖が一切存在しない世界というのはどうか。すべては『山田手帳』の担《にな》い手が誰であるかが契機となった、ならば手帳の行方さえ異なれば一連の事件は発生しないことになる。

すなわち、『山田手帳』の所有者が明確になれば、所持を疑われた日暮夫妻が殺害されることにはならず、連動して起きた幼児誘拐《ゆうかい》監禁事件そのものも存在しなくなり、誘拐事件を共謀した百代灯果《ももしろとうか》はドラッグ『ロスト』を完成させられず、人知れず手帳を手に入れた雪路《ゆきじ》勝彦《かつひこ》がその重圧に耐えかねて自殺することもなく。

そしてまた、日暮夫妻の一人息子が、誘拐・監禁によって五感を失い、唯一残った視覚を酷使して両親の復讐《ふくしゅう》に生きることもない。

それこそ夢物語だろう。理想は夢に見るものだ、目が覚めたら幸福だったなんて話は虫が良すぎる。だからきっと、この現実こそが真実だ。蝶に化けて浮遊する夢は、すなわちここに居る自分の願望を顕したにすぎない。

そうだ。僕には理想も夢もあった。ワガママがあった。視力を失った今だからこそ、望む景色が際限なく生み出されるのだ。子供じみているだろうか。でも、いなくなった人たちと再会できるならば、夢でもいい、また逢《あ》いたかった。二度と叶《かな》わぬと知っているから、たとえ夢であろうと縋りたいんだ。

出逢えたら、あの人たちはどんな顔をするだろう。

声を聴き、それから想いを伝えたい。

目を閉じて。『愛』を抱き、『夢』で逢えたら——。

＊　＊　＊

ここにひとりのフリージャーナリストがいた。

名前を山田快正と云《い》う。

ジャーナリストを名乗ってはいるが、彼は取材して手に入れた情報を『知る権利』や『報道の自由』を謳《うた》って反権力のために公開したりしなかった。では、週刊誌に眉唾なゴシップ記事を書いて世間を沸《わ》かそうとする芸能記者かと言えば、それも違う。

彼は立派な犯罪者であり、主な活動は恐喝行為であった。

金蔓《かねづる》になりそうな人物を見分け、近づき、長い時間を掛けて懐柔し、ついに信頼を勝ち得たとき、持ち寄った情報を盾にして相手の弱みを巧みに突く。弱みと言えば大抵が横領か不貞である。それらのネタを掴み、一旦懐《ふところ》に入りさえすれば、相手のすべてを意のままにできた。

所詮《しょせん》は金蔓である、大抵の人間は「金で解決できるなら」と容易く財布の紐《ひも》を緩ませた。しかし、山田の恐喝は金品を巻き上げるだけに止《とど》まらない。彼はさらに他人の情報を、逆に大金で買い漁り、金蔓を共犯者に仕立てあげた上で、金蔓の周囲にまで強請《ゆすり》を展開していくのである。金蔓に共謀意識があればそれさえ弱みとなり、支払われた情報料すら後からすべて徴収されてしまうのだ。

なんと狡猾《こうかつ》。なんと悪逆。一度でも屈したならば骨の髄《ずい》までしゃぶり尽くす、その悪名は財界や政界の一部にまで轟いていた。

当然のことながら、山田には敵が多い。彼に恨みを持つ人間は山ほどおり、いつ背後から刺されてもおかしくない。そこで、山田は闇討ちされないように予防線を張った。彼は自分の背後に架空のフィクサーの存在を暗に匂わせた。山田が知り得た情報を一括管理しているのはそのフィクサーであり、山田に何か危害があればすべての情報が漏洩《ろうえい》されるものと噂を流し、信じさせた。こうして山田に強請《ゆす》られていた人々は居もしないフィクサーに怯えながら山田に搾取《さくしゅ》され続けていく。

年貢の納め時は割合あっけなく訪れた。

地元のヤクザ、指定暴力団・鳥羽《とば》組に内通していたとある組の幹部を強請ったのが運の尽きだった。幹部は威勢があるだけの能無しで与しやすい相手である。ところが、幹部との取り次ぎを任されていた鳥羽組の若衆・熊谷《くまがい》、この男が曲者《くせもの》だった。熊谷はヤクザ組織の中においても敬遠されるほど残忍かつ暴力的で、幹部が置かれている状況を把握するや否や、山田快正を襲撃したのである。フィクサーの存在など物ともしない、後先考えず、人の迷惑顧みず、ただ欲望に忠実に、嬉々として山田快正に刃を向けた。白昼堂々人目があろうとも平気で凶器を持ち出す熊谷に、山田は恐れをなした。熊谷にはどんな脅迫も通用しなかった。

間一髪難を逃れた山田は妻子を連れてその日のうちに高飛びした。面が割れ、フィクサーがハッタリだと発覚してしまった今、山田を守る物はない。いつでも逃げ出せる準備をしていたのか、熊谷が鳥羽組の若衆を引き連れてアパートに押し入ったときにはすでにもぬけの殻だった。溜め込んだ金もすべて持ち出している。「抜け目ないわね」熊谷は感心して笑った。数千万は優に超えていたはずだ、逃走資金には十分で、海外に飛ばれたら到底捕まらないだろう。おそらく二度とこの街には戻るまい。

「――これなあに？」

和室の畳を剝がし、床板を外す。徹底した家捜しの末、出て来た物は黒い手帳。通称『山田手帳』――金蔓の小物相手に集めた情報とは比較にならない、政界・財界で活躍する大物を脅かすスクープが満載された真の脅迫手帳である。

噂には聞いていた。中身の真偽は判別つかないが、これを恐れて身を縮ませる連中が多いのは事実だ。使い方次第では何人が首を吊《つ》るかわからない代物《しろもの》。噂どおりであるならば持ち歩くだけでも邪魔になりそうだ。

いつか取りに来るつもりで隠していたのか、もはや無用の長物として放棄したのか。どちらにせよ――、拾った時点でアタシの物よ。

このとき、山田快正はまだ日暮英一に接触していなかった。二人の出会いは実現せず、この先二人の人生が交錯することもない。

故に『十八年前の事件』さえ存在しなくなり、物語はここが分岐点となった。

ありり得たかもしれない夢の世界は続く←

【愛の夢　―FAMILY―】

これは灯果という名の女の物語だ――。


灯果は悲惨な家庭環境の中で育った。

母は物心つく前に他界した。残された父は飲んだくれギャンブルに明け暮れ、灯果の育児を放棄し、ときには暴力を振るい、ついには客を取らせて春を売る性的虐待まで行った。中学時代半ば、父が失踪《しっそう》したことでその地獄からは解放されるのだが、心身には取り返しのつかない傷が残された。

心を壊さずに生き延びられたのは奇跡に近かった。しかし、それが幸運であったとは思えない。だって、すでに体は隅々まで汚れきっている。同年代の子供たちとろくに交流してこなかったせいで社会感覚がズレ、金に対する見方まで捻《ひね》くれてしまった。ドラッグデザイナーという職に手を染め、暴力団と繋がりを深めたことで倫理観は完全に崩壊した。心を壊さずに生き延びられたが故に、この歪みは後の人生を大きく左右する。幸運であったとどうして言えようか。

　生きるためだけに送る人生。

　幸福を希求するような正常な感覚はもはや残されていない。

　ただ一つ、目的のようなものは見つかった。逃げ道と言ってもいい。灯果は父親に植え付けられたトラウマ——男性恐怖症を克服したいと考えるようになった。

　幸せにならずともよいが不安は解消したい、その程度の想いである。そしてそれが当時の灯果を支えた唯一のモチベーションでもあった。

　灯果が作った覚せい剤を市場に卸していたのは暴力団の鳥羽組であった。仕入れ係のアゴヒゲ（灯果が勝手に付けた渾名《あだな》である）に、灯果は新薬の効果を試すための検体を用意してほしいと頼んだ。それは、トラウマを植え付けやすい子供が望ましい。

「できれば幼稚園児くらいの幼児がいいんだけど」

「無理だろ。そんなのどっから連れてくるってんだ」

「誘拐とかできない？」

「できるか、バカ。新種のドラッグ作るのにどんだけリスク掛けるつもりだ。つーか、そんな小さなガキに試す意味あんのか？　子供っつっても売るならせいぜい中学生くらいだろ。けど、金持ってねえガキを相手にしたところでなあ」

アゴヒゲの言うことはもっともで、灯果とて商売する気はなかった。トラウマを克服したいがために開発した催眠薬『ロスト』の効果を検証したいだけなのだから。

「でも、考えといて。それっぽいチャンスがあったら教えてよ」

「ねえよ。絶対。……ま、あったら教えてやるけどよ。あったらの話な」

「うん。お願いね」

しかし、そんなチャンスはついぞ訪れなかった。


新種のドラッグを編み出すたびに市場で流行《はや》らせた。売り上げと評判は上々で、鳥羽組からの信頼も厚い。灯果の地位は不動なものになりつつあった。

しかし、若者たちに熱狂と退廃をもたらし一部からはカリスマとして持て囃《はや》されている灯果であるが、月々に得られる収入は微々たるものだった。アゴヒゲか、さらに上の元締めが売り上げからピンハネしているのだ。質素に暮らす分には不自由しないが、足を洗って別の道を歩むための支度金にするには少なすぎる。

——別にいいけど。どうせやりたいこともないし。

人並みを知らないから誰かに憧《あこが》れを抱くこともない。

不自由さえしなければ灯果に不満はなかったのである。

ドラッグデザイナーとして活動し始めて五年が経過した頃、街ではとてつもなく大きな変化が起きようとしていた。

鳥羽組が崩壊の危機に陥っていた。最初はどこぞの組の親兄弟が誰を裏切っただの誰に不敬を働いただのという個人的な諍いでしかなかったのだが、次第に鳥羽組本家の直参《じきさん》、さらにその傘下《さんか》の組織間で相互に猜疑心《さいぎしん》を抱き始め、局地的に抗争が頻発した。本家はいくつもの三次団体を潰して沈静化を図ったが、そのことが直参組織内で本家に対する不平不満を煽る形となった。幹部の相次ぐ刺殺事件で鳥羽組内の勢力図は次々と書き変わり、内紛にかまけている間にも別地域の暴力団や海外のマフィアが潜り込んできてしまい、鳥羽組の支配力は瞬《また》く間に衰えていった。

「どっかの誰かが俺たちを仲違《なかたが》いさせてるような気がすんだよな。不自然すぎるぜ。余所モンが流れてくるのもタイミング良すぎ」

アゴヒゲは首を捻ってひとりそうぼやいていた。

鳥羽組に飼われている灯果にとっては一大事である。ただでさえ余所から入ってきた麻薬密売人に市場を荒らされ商売は上がったりなのだ、後ろ盾の鳥羽組がこんな調子ではドラッグデザイナーを続けていくことさえ難しくなる。

潮時かもしれない。

「ねえ、私のお母さんのこと知ってる？」

ある日、何気ないふうを装ってアゴヒゲに訊ねた。アゴヒゲはドラッグが入った袋の数を数えながら「知らねえ」呟いた。

「見たこともねえよ。おまえの親父に訊きゃわかるんだろうが」

「じゃあ、お、……お父さんがどこから来たかってことはわかる？　お母さんと出会った場所もそこって可能性……ない？」

「ああ、それだったら」

アゴヒゲは答えてくれた。どうして父の出身地を知っていたのかわからないけれど、これで母に一歩近づけた気がした。

「おいおい、まさか行く気かよ？　仕事ほっぽり出すつもりか？」

「行かないよ。行く暇ないってば。でもさ、お母さんのことだもん、ちょっとでも知っておきたいって思うよ」

「……うん、まあ、そうだよな」

意外と情にもろいアゴヒゲは素直に納得してくれた。暴力団のチンピラだけど、灯果に対しては悪い人じゃなかったから裏切るみたいで心苦しい。

でも、これでようやく踏ん切りがついた。

翌日からコツコツと、半年も掛けて準備した。

灯果は誰にも悟られることなく街から出て行くことに成功した。


見事に痕跡を無くしていた。そこまでやるか、と苦笑する。

置き手紙一つ無かったが、アゴヒゲは灯果が向かったであろう方角を向いてしみじみと別れを受け入れた。母親のことを訊かれた時点でこうなることは予想していた、必死で雲隠れしたのだから精々《せいぜい》幸せになってほしい。

ドラッグデザイナーを一人、それも稼ぎ頭《がしら》の灯果に去られたのは正直痛かった。親分にどう報告したものか、事務所に帰る足取りは重い。

だが、消沈するアゴヒゲを出迎えたのは親分ではなく、偶々事務所に顔を出していた叔父貴《おじき》分の熊谷であった。親分は不在で、話し相手にさせられたアゴヒゲは無理やりシノギの実情を喋らされた。熊谷は上機嫌に手を叩き、

「あっは！　クスリの売人にまで逃げられるなんていよいよヤバイわね！　鳥羽組の看板を下ろす日も近いんじゃない？」

冗談でも決して口にしてはいけない言葉である。言う方も聞く方も指詰めモノだ。

しかし、目の前にいるスキンヘッドの男は、へらへらしながら女言葉で軽口を叩き続

けた。

「売人の一人や二人放っておきなさいよ。そんなこと気にしてる場合じゃないでしょ。組に威厳なんてもう無いの。一般人にも舐められるレベルなんだから。看板なんていくらでも下ろせばいいわ。頭を切り替えなさいな。これからは個人の時代よ。人を一人でも多くぶっ殺したやつだけがのし上がれる。まさにバトルロワイヤルってわけ。わお、何それ、ちょーシンプル！　ドキドキしてきちゃう！　古き良き仁義なき戦いの再来だわ！」

アゴヒゲは、自分が比較的まともな人間であると、この男を見るたびに気づかされる。決して関わり合いになりたくないところだが、

「あら？　アンタってよく見るといい男じゃない？　ハンサムね、アタシのタイプ。ねえ、アタシの舎弟になりなさいよ。大丈夫よ、組長にはアタシから話つけておくから。これからよろしくねン♪」

アゴヒゲは自分の顔を生まれて初めて呪った。

＊

東北地方。

具体的な場所まではわからないが、父と母の故郷はこの地域であるらしい。初めて来た気がしないのはそのせいか。単なる思い込みかもしれないけれど、肌に合ったらしく、灯果は割合あっさりと風土に馴染めた。

ドラッグ作りはもう辞めた。鳥羽組の内紛に日本中が注目し、全国的に暴力団壊滅の気運が高まったためである。地方都市では暴対法をより強化する条例が次々と制定され、闇商売がし難《にく》い状況にあった。反対に、鳥羽組がアングラを治めていた地域には今現在も大量に犯罪者が流れ込んでいるらしい。治安が乱れていれば違法な商売を起こしやすく、その分一攫千金《いっかくせんきん》のチャンスも転がっているという理屈だ。成り上がりたいなら留まればよかったのだ。あの街から逃げ出した犯罪者に再起はない。

――別にいいわよ。どっちみち、使われるしか能が無いんだから。

これからどうしよう。所持金は少なく、格安ホテルで夜露を凌ぐにしても、一ヶ月も掛からずに底を突くだろう。前の街を出るのにやっとで逃亡先での生活基盤を整えていられなかったから、ここから先は行き当たりばったりだ。まずは住まいと仕事を確保しなければ。

でも、私に何ができるだろう。成人しているくせにアルバイト一つしたことがない、それどころか人付き合いというものをしたことがないのだ。社会生活をまともに送れるかどうかさえ怪しい。

夜の仕事は無理だ。手っ取り早く稼ぐには良い手段なのだが、残念なことに男性が恐い。触れられないほどじゃないけれど嫌悪感が半端《はんぱ》なかった。父親と同世代なら特にそう、死んでも相手にしたくない。

とはいえ、まともな職種に就ける自信もなく、なるようになれ、と半ば捨て鉢気味に求人情報誌片手にぶらぶらと過ごして一週間、仕事は思いがけず見つかった。

毎晩入り浸っていた居酒屋は年老いた夫婦が二人で切り盛りしており、若い従業員を欲していたのである。雑談の中で、言える範囲内で、身の上を伝えると、老夫婦は灯果を雇ってもいいと言ってくれた。それどころか、

「新しい住まいが見つかるまでウチに泊まりなさい。心配せんでも家賃は取らんから」

店主の言葉に目が点になる。こんなに気安く他人を上がり込ませていいわけ？　灯果に悪さをする気がなくともこれは少々無用心ではあるまいか。

でも、老夫婦と接していくうちにわかってきた。世間はそれほど冷たいところではなく、灯果自身もまた自分が思っているほど大人びてはいないらしい。端《はた》から見れば灯果の言動は幼稚で、庇護《ひご》したくなるような危なっかしさがあるようだ。

「あんたみたいな子が夜道をブラブラしてたら危ないでしょ！　変な人に声掛けられたらどうするの⁉」

心配性な小母《おば》さんに、灯果は呆れ返った。

「危険なやつかどうかくらい見ればわかるってば」

裏社会に身を置いていたせいで無駄に肝が据わっていた。それがまた危うさに拍車を掛けているのだが、灯果にその自覚はない。この老夫婦が一際お人好《よ》しなのだろうと勝手に納得した。

住み込みで働き始めたのも束《つか》の間、情けないことに風邪を引いた。街を出ると決めてから半年間、張っていた気がここに来てようやく緩んだようだ。飲食店で風邪っ引きはご法度《はっと》である、老夫婦に引っ込んでいろと言われて素直に従った。

布団に入って休んでいると、小母さんが粥《かゆ》を作って持ってきてくれた。

「うわあ。こういうのって初めて」

テレビドラマでしか見たことがない。粥もコンビニで買えるレトルトしか食べたことがなかったから、薬味が入ったものを頂くのも初めてだった。

「初めてって……、お母さんに作ってもらったことないのかい？」

「……」

もそもそと食べる。とても美味《おい》しいそれをゆっくりと堪能《たんのう》しながら、普通とは何かを考えた。普通の家庭では父親が働きに出て、母親が料理を作って、子供は子供らしく無邪気に遊ぶのだろうか。最近では共働きが多いと聞くから安易に定義はできないけれど。

記憶にあるのは家庭とは呼べない狭い箱。最低の檻《おり》。最悪の誕生日。十歳を迎えたその日、父の代わりに金を稼いだ。母の代わりに作った料理をひっくり返された。子供らしくいられた時間は終わりを告げて、なのに大人になりきれなかった世間知らずがここに居る。

「食べ終えたらきちんとお薬飲むんだよ。後でまた様子見に来るからね」

おかしな夢が続いていく。

この家で過ごす際、灯果にはいくつかルールが設けられた。一つ、食事はいつも老夫婦と一緒に取ること。一つ、就寝時間は守ること。一つ、行儀を良くすること。

老夫婦はとても優しくて、同時に厳しかった。行儀だけでなく言葉遣いも直された。仕事中ならいざ知らず、普段の口調にまで言及されるとさすがに嫌気が差す。でも、大事なことだからと老夫婦は引かなかった。一緒の時間を共有し、同じサイクルで日々を過ごす、それを欠かしてはならないと言うのだ。

そして今日、看病をされて思い知った。きっとこれは得られなかった『普通』を両親に代わって老夫婦が与えてくれていた。大人になりきれていない灯果の行く末を彼らなりに心配しているのだ。

「別に欲しかったわけじゃないんだけどな……」

こんなものを求めてあの街を出たわけじゃない。生きるためだけに人生を送っているのは現在も継続中である。何もこの家に居座り続ける必要はないし、居心地が悪くなればいつだって出て行ってやるつもりでいる。何もかも大きなお世話なのだ。

ただ、今のところ、居心地の悪さは感じていないので新居を探して出て行く理由がなかった。金も勿体《もったい》ないし、しばらくは厄介になってやってもいいと思った。

「あーあ、とんでもないトコに来ちゃったな」

布団を頭から被って悪態を吐く。

口元が緩んでいるのだけは自覚していた。

老夫婦の下で暮らし始めて五年が経った。

居酒屋での働きぶりも板につき、今や看板娘として常連客に人気である。

ときには口説かれることもあり、それは決まって同じ人物だった。百代卓馬《ももしろたくま》。土木会社の現場作業員で、いつも汚れた作業服を着ている。でかい図体《ずうたい》とでかい顔、ゴツゴツした肌に濃い体毛、絵に描いたような男臭さで見るからに暑苦しい。灯果にとって一番苦手とする人種である。いや、人かどうかすら怪しい。実は熊《くま》が人語を喋っているんじゃあるまいか。

「一目惚《ぼ》れだ！　おまえが好きだ！　結婚してくれえ！」

酔っ払いの戯言《たわごと》である、無視を決め込む灯果だが、悪い気はしていなかった。老夫婦と一緒に暮らしてきたせいで丸くなってしまったのか、人からの好意を素直に嬉しいと思えるようになっていた。トラウマは消せないが、ずいぶん生きやすくなったと実感する。

あまりにしつこいので、男嫌いであることを卓馬に告白した。

「だから、お付き合いとかも無理。諦めて」

「なんだそりゃ。そんなもん断る理由にならんだろ。男が嫌いなのはしょうがない、だったら俺を好きになれ。簡単なことだ」

「……」

すごい屁理屈《へりくつ》。けれど、なぜか感動した。そして、それは可能なことのようにも思えた。何せ、卓馬は男臭すぎてもはや熊に等しく、オスと呼ぶ方がしっくりくるのだ。

卓馬は今まで出会ったどの男とも違い個性が強すぎた。『男』というカテゴリに含まずに接してこられていたのだと今さらになって気がついた。

――まあ、時間ならいくらでもあるし。やりたいこともないし。

こういう『普通』もいいかもしれない。

「じゃあ試してみるわ。私を惚れさせてみなさいよ」

「よし！　もう勝負は見えたようなもんだ。早速結婚の準備に取り掛かろう！」

ばーか。でも、楽しい。

こんな『普通』が灯果にも訪れるなんて夢にも思わなかった。


それから三年後。

灯果は『百代灯果』になった。

＊

普通とは何だろう。

ありふれた、という意味なら、これほど灯果に似合わないものはなかった。そもそも育ちからして普通でない灯果にありふれた将来など訪れるはずがない。

ありふれた幸せな家庭なぞ。

灯果に作れるはずがなかったのだ。

「触らないでッ！」

五歳になる娘の灯衣《てい》を抱えて、卓馬を睨み上げた。その目は狂気に血走っている。胸に抱かれた娘は発狂する母を不安げに見つめている。なぜ自分が父親から過度に守られているのか理解していない顔だった。

卓馬は差し出したままの手を引っ込めた。

「……転んだから、怪我をしたんじゃないかと思ってな」

「床はカーペットが敷かれているのよ⁉　怪我なんてしないわ！　お願いだからテイに触らないで！」

大型ショッピングモールの通路の真ん中で、何やら揉めている家族がいるのだから自然と注目も集まった。しかし、周囲のざわめきも気にならないのか、灯果は真っ直ぐに卓馬だけを睨み付けている。灯衣が苦しそうに身動ぎしても構うことなく抱く腕に力を込めた。

「ママぁ」

「テイに何をしようとしたの!?」

「だから、俺は、引き起こそうとしただけで、」

「嘘よ!?　貴方もテイに酷いことをするんだわ！　近づかないで、この[redacted]！」

「――――」

　一瞬、ざわめきは水を打ったように静まり返った。自分が言い放った暴言で我に返った灯果は、灯衣の手を引き慌ててその場から立ち去った。好奇の視線や同情するような囁き、そして叩《はた》かれたように呆然とする卓馬から逃げるようにして。


　自家用車で一足先に帰宅した灯果はリビングのテーブルに突っ伏した。

　帰宅途中ずっと泣き止まなかった灯衣は、今でも癇癪を起こして喚いている。

「おもちゃ買ってくれるって言ったぁああ！　うあああああ！」

「しょうがないでしょ！　あんな状態で買えるわけないじゃないのよ！」

「いあああああああ！」

　嫌々と体を振って駄々を捏《こ》ねる。耳障りな声に思わず手を上げたくなった。

「お願いだから泣かないでよ！　私だって、私だってねえッ！」

　泣きたいのはこっちだ。久しぶりの家族での外出を楽しみにしていたのは灯果も同じだった。なのに、また発作が起きた。いつまで苦しめられなければいけないのか。

男性恐怖症、いや、正確に言えば『父親恐怖症』が発症した。灯衣が生まれて、言葉を覚え始めコミュニケーションが取れるようになったとき、灯果の中で卓馬が『夫』ではなく『父親』に変わったのである。灯衣を抱こうとする腕が、灯果に伸びる汚らわしい魔手を連想させるのだ。フラッシュバックする幼少期の虐待に心までもが当時に退行し、父親から逃れようと防衛機制を働かせた結果、卓馬から娘を引き離すという代償行動を引き起こした。守るのは灯衣ではなく幼い自分であり、卓馬は実父に置き換わっていた。現実の認識は灯衣と卓馬のままなのに、状況そのものは古い記憶の焼き直しであった。

母に守られたい、母として灯果を守りたい、という矛盾する二つの願望が灯衣の存在によって叶えられた形である。卓馬と灯衣が父と娘である限り、接触しようとする度に現実世界が灯果の心象に塗り替えられてしまう。医者にも掛かったが治る目処《めど》は立っていない。

父親に対するコンプレックスの解消には長い時間を要する。あるいは、一生涯付きまとうものかもしれず、灯果は今になって自分の生い立ちを呪った。父を呪った。何よりも、愛する夫と娘を少しでも煩わしいと思ってしまう、自分自身に愛想《あいそ》が尽きた。

「ママぁ！　ママぁあああ！」

灯衣はまだ泣いている。発作が起こったとき、灯果が謝って甘やかしてくれることを知っているからだ。卓馬から守ろうと過保護になりすぎて、それが負い目にもなって灯衣をことさら甘やかして育てた。そのせいか、ワガママで、どこか自主性を欠いた子供になったように思う。泣けば大抵のことが許されると理解してしまっているのだ。

卓馬が父親の役割をこなせていないことも要因の一つだろう。卓馬を敵のように扱い遠ざけていたばかりに父を父として見られず、味方は母親だけだと思い込む。そして、母親は灯衣の言いなりなのだ。そんな子供がまともに育つとは思えない。きっと、今の灯果のようにトラウマを持ってしまうだろう。

この子のために何をしてあげるのが正解なのか、わからない。だからまた灯衣を抱き締めて「ごめん」を繰り返すしかなかった。

「玩具買ってあげるから。明日行こう？　今度はママと二人でお買い物行こうね」

「やだあああ！　今欲しいんだもん！」

「ごめんね。ごめんね。ごめんね。ママのせいでごめんね」

しゃくり上げる小さな顔に頬を寄せる。――私が欲しかったものを、せめてこの子には不自由なく与えてあげないと。

　母の愛情を。

「パパ帰ってきた？」

「……」

　玄関から靴を脱ぐ音が聞こえる。急いで灯衣を子供部屋に押し込んで教育番組を点けて気を逸らさせる。いつも発作を起こすわけではないが、今日はまだ精神が安定しておらず、卓馬と灯衣を引き合わせてしまうと自分がどう発狂してしまうかわからない。

「ただいまー。バスの乗り継ぎがうまくいかなくてな。遅くなっちまった」

　灯衣と一緒に居られない卓馬はひとりで公共交通機関を使ってくれた。面倒を掛けたのに嫌な顔一つすることなくいつもと変わらない様子でリビングに入ってきた。

「……あなた、ごめんなさい」

「謝るな。灯果が悪いわけじゃないんだから」

　卓馬は優しすぎる。ワガママかもしれないけれど、責められた方がまだ気持ちは楽なのに。

「それより、テイは？　あいつ、いじけてなかったか？」

「泣きじゃくってたわよ。……私のせいで」

「だから、あまり自分を責めるな。灯果のそれは病気なんだ。テイももう少し大きくなればわかってくれる。それより、これ、あいつに渡してやってくれ」

受け取った紙袋には有名な玩具会社のロゴが印刷されてある。中身は女の子向けアニメの変身グッズだった。灯衣が好きで毎週欠かさず観ているアニメだが、よく知っていたものだとつい感心してしまった。

「現場に同い年の娘がいる同僚がいてな、そいつから聞いたんだ、いま人気の玩具を。テイが気に入るかどうかわからんが」

「ううん。きっと喜ぶわ。ありがとう」

こんな状況なのに卓馬はいつも良き父親であろうとしてくれた。ごめんなさい、と言いかけて口を噤《つぐ》む。これ以上はきっと卓馬も傷つけてしまうから。

リビングを出て行こうとする卓馬を咄嗟《とっさ》に引き留めた。

「どうした？」

「やっぱりこれ、あなたからテイに渡して。いつも私ばかりがテイを独占しているもの。あなたも、……テイと触れ合いたいわよね？」

「……いいのか？」

「うん。発作が起こらないよう我慢する。気を引き締めておけば大丈夫だから」

発作は、卓馬と灯衣が突発的に関わり合うのを目撃した瞬間に起きてしまう。事前にわかっていればまだ抑え込めた。

卓馬は若干躊躇していたが、素直に紙袋を手に取った。灯果の不安を少しでも取り除こうと、リビングと子供部屋のドアを開けたままにして灯衣の元へ向かった。完全に死角になったが、二人の会話は聞こえてきた。卓馬の弾む声、灯衣のはしゃぐ声。

——誰も灯果を責めていないのにそれらの声で辛くなる。

灯果が居るせいでこんなありふれた団欒《だんらん》さえ満足に叶わないのだ。

自分が憎くて堪らない。

「ママぁ！　ママぁ、来てぇ！」

楽しげな灯衣の声。玩具を見せびらかしたいのかしら。

「灯果、テイが呼んでいるぞ」

わざわざ呼びに来てくれた卓馬に押されるようにして子供部屋へ向かう。予想に反して、買ってきた玩具はまだ包装されたままだった。

灯衣は後ろ手に持ったお絵かき帳を、はにかみながら灯果に差し出した。

「……これ」

「プレゼントぉ！　これね、テイとママとパパ！」

似顔絵だ。『ママ　いつもありがとう』と書かれたそれを見て、今日が「母の日」であったことを思い出す。似顔絵を贈られたのは初めてではなかったが、そこに卓馬の顔まであったことには驚いた。一家団欒が描かれたお絵かき帳を眺めて呆然となる。

「こっちにもね、テイ描いたよ、ほら！」

お絵かき帳を捲《めく》ると次々に現れる家族の顔。どれも笑っていて、三人仲良く寄り添っている。――こういうふうに感じていたのか、それともこうなってほしいという願望か。

灯衣の期待に満ちた目を見れば、答えは一つだろう。

「……とっても上手。ママとパパにそっくり」

「嬉しい？　ママ、喜んでくれる？」

「うん、うん。嬉しい。テイ、ありがとう。ありがとうね」

灯衣を抱き締める。愛しすぎて胸が苦しい。どうしてこんなにも自分に優しくしてくれるのか。みんなみんな、どうして与えてくれるのか。

こんな自分なんかに、どうして。

「おっちゃんからメールだ。今晩は店に食べにおいでってさ」

居酒屋の老夫婦は結婚後退職してからもよく目を掛けてくれる。まるで灯果を自分の娘のように可愛がってくれるのだ。灯衣は老夫婦をおじいちゃんおばあちゃんと呼んだ。

作れるはずがないと思っていた。

ありふれた家庭は無理でも、幸せにならもう十分なっている。

「ママ、どっか痛いの⁉　パパぁ！　ママ、泣いてる！」

「違うの。これはね、嬉しくて泣いてるのよ。テイがすごく良い子だから」

おかしな夢だ。

どこかできっと間違えたに違いない。でなければ、灯果が幸せになんてなれるはずないのに。一体どこで運命は変わったのか。

点けっぱなしだったテレビでは、子供向けの教育番組が終了し、夕方のニュースが始まっていた。地方都市のとある街で起きた発砲事件の続報が流れている。

容疑者の顔には見覚えがあった。

トレードマークの顎《あご》ひげは、十三年前に最後に見たときから変わっていない。

灯果はぐいと目元を拭《ぬぐ》うと、照れ隠しのように笑った。

「泣いたらお腹空いちゃった！　行こっ、おじいちゃんとおばあちゃんのトコへ」

「テイもお腹空いた！　ママぁ、テイもお腹空いた！」

甘えたがりの灯衣の手を取って、玄関を出る。卓馬は一歩後ろから見守るようにして付いてくる。三人が並んで歩くことはない。夜に川の字になって寝ることもない。

灯果の発作が灯衣と卓馬の間を阻害する。灯衣の成長に伴って発作の頻度も多くなるかもしれない。この先ずっと、――私は二人を苦しめていくのだ。

でも、それが代償ならば、とほんの少しだけ受け入れた。

家族ができた。

これすら灯果には過ぎた幸せなのだから。

今が無くならないように、守っていこうと思う。

【愛の夢　―BROTHER & SISTER―】

実母が亡くなったのは小学校に入学して間もなくのことで、継母《ままはは》が家にやってきたのはそれから一年も経たないうちであった。雪路雅彦《まさひこ》が、父・雪路照之《てるゆき》を嫌悪し出したのはこのときからだ。

雪路照之は市長職を三期務め上げた、各界に影響力を持つ市の重鎮である。厳格にして公正な人柄で、人は父を『正義の人』と讃《たた》えるようだが、しかしそれはあくまでも外面《そとづら》だけの話。本性は人を人とも思わない冷酷な合理主義者である。

事実、父は亡き母とすげ替えるようにして愛人であった女を継母に据えた。欠けた穴にパズルのピースを嵌《は》めるが如《ごと》くだ。一応の体裁を保つために籍を入れるのに三年ほど間を置いていたが、母が亡くなった直後に雪路家にやってきた継母のお腹の中には、すでに子がいた。妻の死後数ヶ月の間に余所で子供をこさえた男が厳正な人柄？　正義の人？　皆、騙されているのだ。あの人は――あいつは、最低な人間だ。

そして、同じく非常識な継母も最低な女に違いなかった。雪路は初対面のときから継母に対して異様に敵意を剝き出しにしていた。七歳年上の兄・勝彦は、葛藤《かっとう》はあるものの表面上は受け入れており、それがまた雪路には気に入らなかった。

「あんなの、お母様じゃない！」

「マサの気持ちはよくわかる。でも、麗子《れいこ》さんにだっていろいろな事情があるのだし、思うところもあるだろう。よく話しもしないうちから嫌っちゃ駄目だ」

このとき勝彦はまだ中学生だったはずなのに随分と大人びていた。父からの厳しい躾《しつけ》を一身に受け、さらに両親に代わって弟の面倒を見てきたことで精神が早熟してしまったのだ。当時の兄の年齢に追いついてようやくわかる、年相応に振る舞えないのは不幸なことなのだと。そして、兄の半分も落ち着きがない自分は、年相応だったにしても、あまりに子供じみていた。

どうすればお兄様のようになれるのか。いつかそう訊ねたとき、勝彦は照れ臭そうに笑った。

「僕だってまだまだ子供だよ。成人しても社会に出れば右も左もわからない。こんなんじゃ日暮さんには遠く及ばないな」

「日暮さん？　誰それ？」

「あれ？　会ったことなかったっけ？　日暮英一さん。昔、お父様の秘書をしていた人。

新しい市長に代わってからは市議会議員を務めている。行く行くは市長になる人だよ」

双眸《そうぼう》には敬意が宿っていて、その人のことを目標としていることがわかった。勝彦でもそんな顔をするのだなあ、と少し寂しくなった。それまで雪路に向けられていた視線を奪われてしまったようで……。自覚して、甘えている自分に嫌気が差す。

兄はいつも優しくて、頼りがいがあった
兄はいつだって眩《まぶ》しい。雪路の心に陰を差し込むほどに。

「……俺なんかじゃお兄様みたいにはなれねえよ」

偉大すぎて、最初の一歩からして遠い。

勝彦のように、憧れを追う勇気と自信は最初から持ち合わせちゃいないのだ。


高校生になると、多すぎる額の小遣いを貰っていた。小遣いをくれるのは継母だが、いつも家政婦を通して手渡される。

継母とは直接目を見て会話をしたことなんて数えるほどしかない。金さえ与えておけば十分だと思われていたようで、継母に対する嫌悪感はいや増した。

——上等だ。顔を見るのが嫌なのはお互い様、ありがたく夜遊びさせて貰うぜ！

雪路の生活は荒《すさ》んでいった。不良のレッテルを貼られ、それに似つかわしい悪事を日常的に行った。それらはすべて継母への当てつけだったのかもしれない。しかし、非行に走ったところで何も報われることはなく、継母との溝は深まるばかりであった。

勝彦に比べてだらしのない雪路を一番嫌悪していたのは、妹の麗羅《れいら》である。

小学四年生にもなれば人を見る目も十分養われている。雪路照之の血を一番色濃く受け継いだらしい麗羅からすれば、出来の悪い次男の享楽に耽《ふけ》る様は見ていて不快なものだったに違いない。

麗羅の一言はいつも辛辣《しんらつ》だ。

「アンタが兄ってことだけが雪路麗羅にとって唯一の汚点よ」

屋敷の中ですれ違えば何かにつけて文句を言ってきた。まるで汚物を見るような視線に、思わず手を上げたこともある。あの女の娘だ、相容《あいい》れられるはずがなかった。

雪路には悪態を吐く麗羅でも、勝彦の前では猫を被った。幼い頃から可愛がられていたから、すっかり勝彦には懐いていた。

「わたし、勝彦お兄様が好き。結婚したっていいわ」

「残念。血の繋がりがあるから無理だね。それで？　僕をわざわざ呼んだのは愛の告白をするためだったのか？　勉強を教えてほしいというから来たんだ、その気がないなら僕は部屋に戻るよ」

「わあん、待ってってば！　ごめんなさい、ちょっとしたジョークなの！　さあ、離れに行きましょう。いつもきちんとお掃除しているの。偉い？　麗羅、偉い？」

勝彦が頭を撫でると、麗羅は満面の笑みでその腕に絡みつく。仲が良すぎる兄妹は、そのまま庭を突っ切って離れに向かった。

「……」

一部始終を本邸の窓から見ていた。

離れは父から勝彦に宛がわれた勉強小屋である。文机《ふづくえ》と本棚しかないその場所は、雪路家を背負《しょ》って立つことが定められた者にのみ押し付けられる監獄の檻。雪路照之の厳しすぎる躾の象徴でもあった。勝彦はそこで家名の重圧にもがき苦しめられた。決して笑顔で利用できる場所じゃないのに。

雪路は勝彦の苦悩をずっと見てきた。いつかは自分にもお鉢が回ってくると身構えていたのだが、気がつけば離れの主《あるじ》は妹の麗羅に代わっていた。拍子が抜けたどころではない、嫌々ではあるが雪路照之の子に生まれた以上ある程度の覚悟を持っていたつもりである、それが「おまえにはその資格はない」と突き放された気分だ。

雪路照之は、男子は兄・勝彦だけに期待した。後妻と腹違いの妹は所詮外様《とざま》だったはずなのに、いつしか自分よりも雪路家に馴染んでいた。――俺は一体何なんだ。ここの家の子なのにどこにも居場所がない。まるで空気じゃないか。

母を同じくする弟を無視して、意地汚い継母が産んだ子なんかと仲良くする兄が、堪らなく嫌だった。そんな顔をして笑うな。どうしてそいつらに心を許すんだ。信じられない。

気持ち悪い。

優秀すぎる兄と辛辣な妹、厳正な父と馴染めない継母、家政婦は皆どこか余所余所しく、そんな息苦しさしか感じさせない家族が居る家にどうして留まることができようか。夜遊びは楽しいからではなく、そこにしか逃げ場がないからしているだけ。遊び仲間を本気で信頼したことなんて一度もない。

いつも独りだ。

「なんで雪路家なんかに生まれちまったんだろう……」

一つも楽しいことのない人生。

夢なら覚めてほしかった。

＊

「嫌なことは忘れるに限るぜ、雪路の坊ちゃん」

安原《やすはら》が囁いた。鳥羽組の構成員でドラッグの売人をしている、ロン毛無精《ぶしょう》ひげがトレードマークの男だ。

雪路が出入りするクラブに現れ、雪路の愚痴を聞いていた安原は、脱法ドラッグの包みを投げて寄越《よこ》した。店内奥の仕切りに囲まれたテーブル席が雪路の指定席であり、二人の他には誰もいない。

「何スか、これ？」

「アッパー系。ブレンドで高品質、人気もある。値段もお手頃価格だ」

「俺、やらんスよ。こういうのは」

「違うってば。坊ちゃんに捌《さば》いてもらいたいんだよ。顔、広いだろ？」

「なおさらお断りですよ。コレやるようなやつとは知り合いたくもねえ」

包みを押し返す。正直、触るのも抵抗がある。雪路は麻薬を嫌忌していた。物そのものをではない、安易に手を出す若者がいることに嫌気が差すのだ。ちょっとしたスリルだと嘯き、遠慮する相手を見下しながら中毒に罹《かか》る連中には同情の余地もない。ファッションだか何だか知らないが、破滅に向かうとわかっていながら濫用《らんよう》するその神経が理解できなかった。理解できないモノは気持ちが悪い。

突き返されても安原は笑顔を絶やさなかった。

「相変わらずだなあ。ま、断られるだろうとは思ってたんだ」

ドラッグを懐に仕舞った。雪路は首を傾げる。

出会った当初から夜遊びに連れ出してくれた安原は、気の良い兄貴分のような存在だった。割と心を許していたし、舎弟になる気はなかったが、いつかはこういった仕事を振られるだろうと覚悟していた。そのときが来たらどう縁を切ろうかと悩んでいたので、あっさり身を引いた安原を逆に不審に思った。

「やらせたきゃ、やれって命令すりゃいいじゃないスか？」

「いやいや、それで坊ちゃんにへそ曲げられて付き合い失《な》くす方がこっちは痛いんだ。それ以前に、この話はどっちかっつーと俺から坊ちゃんへの餞別《せんべつ》っつーかね」

シマにしている界隈《かいわい》での商売の一部を雪路に継がせたかったという。餞別という単語からも安原がどこかへ飛ばされるのだと悟った。

「ヘマしての左遷じゃねえよ。むしろ出世。何年か前に盃《さかずき》交わした叔父貴から幹部にしてやるから来いって言われてよ、うちの親分とも話がついてたみたいで、すんなりと引き抜かれた」

「そりゃおめでとうございます。けど、だったら、ちゃんとした舎弟の人に継がせりゃいいじゃないスか？」

「もちろん、そのつもりだよ。どうせ坊ちゃんにはヤクザやる気ねえんだろ？　せめてうちのシノギに関わらせておけば、雪路家と繋がっておけると思ったんだ。坊ちゃんには面白くないだろうが、やっぱり雪路顧問ってのは別格でね。できれば味方に付けておきたいのさ」

　薄々勘づいてはいたが、やはり雪路照之と鳥羽組は浅からぬ関係にあるようだ。政治家と暴力団の蜜月《みつげつ》なんて昭和の頃からの習いである、今さら珍しがることではない。しかし、

「おかしな言い回しスね、味方に付けておきたいだなんて。ずっと昔から一蓮托生《いちれんたくしょう》だったんじゃないんスか？」

「あー、まー、そこはほれ、いろいろ事情があんのよ。鳥羽組と言えど一枚岩じゃないっつーかさ。今後どうなるんだよって感じで、……はあ」

　安原は遠くを見た。何やら複雑な内部事情を抱えているらしく、引き抜きの件も関係しているように思われた。

　どうでもいい。雪路は拗《す》ねたように息を吐く。

「何にせよ、俺は親父のおまけなんだよな。これまで俺の面倒見てくれてたのもそう

いう魂胆があってのことなんでしょ、どうせ」

「不貞腐れるなよ。確かに、顧問のことは組の意向だったが、坊ちゃんを誘ったのは俺の独断だ。余所の組にはヤバいやつがたくさん居る。熊谷って人、知ってるか？　下手《た》すりゃあの人がおまえに近づいてたかもしれねえんだ。むしろ感謝してほしいぜ」

名前くらいなら聞いたことがあったが、安原以外に暴力団に知り合いはいないので、噂の出所はすべて安原であった。感謝しろと言われても、直接熊谷を知らないからいまいちピンとこない。

安原は少し声を荒げた。

「あのなあ、顧問を抱きこみたいなら初めから坊ちゃんをこっちの世界に引き込んでるっつーの。おまえも言ってたじゃんか、やれって一言命令すりゃいいって。けど、坊ちゃんには無理強《じ》いしたくなかったんだ。似合わねえんだよ、坊ちゃんにヤクザ稼業は」

安原があっさり身を引いた理由である。そして、断られるとわかっていながら儲《もう》け話を振ったことから、安原が損得勘定《かんじょう》無しに雪路に目を掛けていたのだとわかった。

もしや憐《あわ》れに思われていたのだろうか。

「安原さんも」

「ん？」

「……いえ、何でもないっス」

既《すんで》のところで言葉を呑み込んだ。言えば、きっと安原を傷つける。

似合わないのは安原も同じだと伝えたかった。ヤクザにしておくには優しすぎる。

こんなに親切では、これまで出世とは無縁であったのも頷けるし、この先も不安である。

案ずる思いが顔に出たらしく、安原は苦笑した。

「幹部の話な、実を言えばあまり乗り気じゃねえんだ。俺は女とガキに飯食わせてやれりゃあそれで十分でよ、出世とか金儲けとかにはあんま興味なかった。なあ、いきなり目の前に見たこともないような大金積まれたことあるか？　ありゃビビるぜ。全部やると言われてもまったく受け取る気になれなかった。恐えもんだぜ、アレは。俺がブルブル震えてたらよ、そんときたまたま隣に居たやつが食いついて、報酬に見合うだけのヤバい仕事したんだ。で、そいつはそっからあれよという間に出世して、今や本家の中枢にまで食い込むようなビッグになっちまいやがった。人生、どこでどう転がるかわかんねえもんだよな」

そうして、今度は自嘲《じちょう》した。

「俺は悟ったんだ。いざというとき覚悟を決められないやつは、その先もずっとこぢんまりとしか生きられねえんだってよ。変わろうっつー努力しなきゃ、そりゃ変わらねえよな。でも、変われなくたっていいだろ、別に。分不相応な生き方なんてしてたらどうせ早死にするだろうし、俺みたいな小物が居ねえと上も威張れねえからよ」

「……」

安原は劣等感を滲《にじ》ませていた、それは雪路にも通ずるところがあった。雪路家の子息として分不相応であるなら、せめて小悪党に成り下がって家名を貶《おとし》め、とことんまで落ちぶれて雪路家から見放されたい――、そんな、随分と捻くれた、やけっぱちな思考を抱えていたのだと気づかされた。構ってほしくて悪戯を仕掛けるのと同等のくだらなさ。それが雪路雅彦の今なのだ。

安原と決定的に違う点は、その生き様を受け入れているかどうかである。

「俺が見る限り、坊ちゃんは裏社会に向いてねえ。ガキの夜遊びからして退屈そうだもんな。いま、高三だろ？　無理して悪ぶってないで、大学行けよ。んで、真面目《まじめ》に働いて、いつかは社長とかになれ。そっちの方がたぶん向いてると思うぜ」

無理して悪ぶっていると言われてギクリとした。

安原は顔から笑みを消した。

「家族が嫌なら出て行ったっていいんだ。それは逃げじゃねえ。嫌なもんは嫌でいいんだよ。ぜんぶ放り出して、行き着いた先で幸せになれたなら、そんときはおまえの勝ちだ。燻ってんなよ。今が覚悟を決めるときだぜ」

出自を不貞腐れる理由に使うのではなく逆に人生の推進剤として利用しろ、とそのように説く。

葛藤はそう簡単に払拭できるものじゃないが、免罪符を与えられたようで心は少しだけ軽くなった。——そうか、俺はお兄様や麗羅を嫌ってもいいのか。兄妹だからといって肩を比べ合ったり、仲良くしたりする必要なんてなかったんだ。

俺の人生だ。

好き勝手生きてやればいい。

「嫌なことは忘れるに限るってもんだ。そのためにも、やりたいことを見つけろよ」

「やりたいこと……」

「頑張ってくれよ。坊ちゃんが出世したら金集《たか》りに行く予定なんだから」

「……」

きっとこれこそが安原からの可愛い弟分への餞《はなむけ》だったのだ。しがらみをすべて忘れて自由になれというアドバイスである。そしてそれは、これから安原の庇護を失う雪路を慮《おもんぱか》っての提案でもあった。

まったく人が好すぎる。

「あのさー、安原さん、いい加減その『坊ちゃん』ってのやめてくれませんか？」

これまで何度となく注意してきたが、ついに直してくれなかった。

「そうだな。やめてほしけりゃ、さっさと自立しやがれ、クソガキ」

安原は嬉しそうに口元を歪めた。雪路の顔に並々ならぬ決意を見つけたからだ。

この日を境に安原が雪路を遊びに誘うことは無くなった。

*

高校を卒業し、都内の大学に進学して二年が経った。

相変わらずやりたいことが見つからなかったので、せめて何事にも積極的に関わるようにした。大学内であちこちのサークルに顔を出して人脈を広げた。有能な人間同士が繋がれるネットワークを構築し、様々なイベントを起こして結束を固めながら、一大コミュニティを作り上げた。

運営する会の代表を務めつつ、仲間たちが見据える将来の展望からこれぞというものを見つけようとしたのだが、心を揺さぶるような何かにはまだ出会えていない。

　今年で大学三回生、早ければ年内から就職活動を始めることになる。実家を出て一人暮らしを始めて、ようやく息苦しさから解放されたものの、自分というものが余計にわからなくなった。雪路の名を省いた一個人としての自分は一体何者なのか。親の権威を笠《かさ》に着ていたつもりはなかったが、遠く離れてみて思い知る、自信や威勢の根拠はやはり雪路家にあったのだと。がむしゃらに活動してきた二年間は、実績とは裏腹に打ちのめされた日々でもあった。

　大学構内にある喫茶室の一角を占拠する一団の中心に雪路は居た。各々、ノートパソコンと携帯電話を活用して今後予定しているイベントの準備に忙しい。偶に振られる雑談が場の空気を和ませる。

「雪路君の地元ってあそこだろ？　悪名高き鳥羽組の本拠地。今すっげえ話題になってるじゃん。どうなるんだろうな？　今度の統一地方選挙」

「統一地方選挙？　って、それ、全国の市町村の議員と首長の選挙を一斉にやるやつ……だっけ？　何でウチの地元が話題になるんだ？」

「ありゃ？　雪路君って政治に興味ない人だっけ？　ちょっと意外。ほら、暴力団撲《ぼく》滅《めつ》政策と治安強化が争点になってて、立候補者が二人しか出て来てないっていう」

「一方はあからさまな暴力団の手先って感じで、対立候補者のネガキャンが半端ないんだって。週刊誌もグルになってるとか陰謀論まで湧いちゃって、ネットじゃ連日お祭り騒ぎだよ。最近はだんだんどっちも胡散臭く見えてきた」

どうやら地元の市長選が特に全国的に注目されているらしく、直接関わりのない余所の人間ほど面白がっていた。政治そのものに不信感が蔓延《まんえん》する昨今においては、構図がわかりやすいものほど人々の関心も集まりやすく、また、暴力団というセンシティブな問題が絡んでくるのだから弥《いや》が上にも注目度は上がるようだ。むしろ、初耳である雪路の方が珍しがられた。

――地元の、それも政《まつりごと》に関わることなんて知りたくもねえよ。

しかし、仲間たちは統一地方選挙の話題で盛り上がる。嫌でも耳に入ってくる二人の候補者の名前のうち、暴力団の手先と思《おぼ》しき候補者に心当たりはなかったが、対立候補者の方の名前には思わず眉を顰めた。

「日暮英一？」

どこかで聞いた名前である。親父の関係者の中に居たかもしれない。雪路はそのとき、それ以上の興味を抱くことはなかった。

二日後、雪路の元に懐かしい人から連絡がきた。

『――よう。坊ちゃん、元気かい？　学生生活満喫してるか？』

その呼び方から安原だとわかった。しかし、声が憔悴していてかつての若々しさが失われていた。同一人物だと思えないほどだ。

『今日電話したのは他でもない。坊ちゃんは日暮英一という男を知っているか？』

「人並み程度には。今度の市長選の立候補者でしょ？」

その程度の、一般的な認識しか持っていない。安原もそれに気づいたらしく、

『……いや、違う。ありゃあ、悪魔だ。騙されんな』

疲れ切った溜め息を耳元で聞く。受け答えの違和感や安原の様子に、知らず息を呑んだ。それから安原は沈黙し、唸るような息遣いだけが続いた。

「安原さん？」

なぜ連絡してきたのか、何を訊こうとしていたのか。ただならぬ雰囲気を察し、雪路は全神経を傾けて安原の言葉を待つ。腕時計の秒針がきっかり六十秒を数えたとき、携帯電話がぽつりと漏らした。

『知らないなら、いいんだ。俺、ひとりで、やるだけだ……』

通話が切れた。それ以降、電話が鳴る気配はなかった。

暴力団が根を張る街での市長選の最中《さなか》、組員の一人が候補者の一人について嗅《か》ぎ回

っている――この事実をどのように解釈するべきか。安原が陥っている状況は判然としないが、雲行きが怪しいのだけは感じている。

「思い出した。日暮英一。兄さんが尊敬している人」

行く行くは市長になる人だと言っていた。勝彦にそこまで言わしめる人物が小物であるはずがなく、組の幹部が探りを入れるくらいには鳥羽組にとっても脅威であるらしい。

安原の声ならまだ耳に残っている。

最悪の事態を想定した。

気は進まないが、無視して面倒事になったら寝覚めが悪い。雪路は勝彦に電話を掛けた。実家を出て以来二年ぶりになる家族との会話である。

「もしもし、兄さん？　俺」

『雅彦か⁉　久しぶりだな。大学はどうだ？　おまえ、全然連絡を寄越さないから心配していたんだぞ』

家族を避けたかったので連絡事項はすべて家政婦に言付《ことづ》けるだけで済ませてきた。

『雅彦？』

「……」

断絶期間を自ら作ってきたせいか、ばつの悪さもあってなかなか次の言葉が出てこない。謝るべきか、開き直るべきか。実の兄弟だというのに何から話していいのかわからない。

『どうした？　何かあったのか？　話してごらん』

先を促しつつ辛抱強く待つ構えを窺わせた。急《せ》かされれば電話を切りたくなっただろうから、雪路をよく理解した対応である。先ほどの安原との電話とは真逆の構図だ、気遣われているとわかって情けなくなる。雪路は、余計な話を抜きにして、日暮英一が狙われているかもしれないことだけを伝えようと思い、話し始めた。

「そっちでやってる市長選のことだけど――」

言うべきことだけを告げて、じゃあ、と電話を切ろうとしたとき、勝彦が待ったを掛けた。

『近いうちに、できれば来月の母の日に、こっちに帰って来れないか？』

＊

勝彦が待ち合わせに選んだ場所は母の墓前だった。五月とは思えない真夏並みの気温に汗だくになりながら霊園を歩く。

　雪路家の墓がある通路に、勝彦の姿を見つけた。

「雅彦、こっちだ！」

「見えてるってば」

　嬉しそうに手を振る兄を見て苦笑する。三十路《みそじ》も近いというのにあの無邪気さは子供のようだ。手の掛かる弟妹《きょうだい》がそれぞれ成長して心に余裕ができたせいだろう。重責から解放されて、満足に得られなかった青春時代を取り戻すかのように年々若々しくなっている。

「二年ぶりだなあ。髪の毛染めたのか？　茶髪も似合ってるじゃないか。うん、なかなかいい男だ。さすが僕の弟なだけある」

「……兄さんは随分お喋りになったな。しかも、調子がいい」

「嬉しいからな。充実していそうで安心したよ。そうそう、日暮さんのこと知らせてくれてありがとう。あの後、護衛を付けるように忠告したんだ。あの人は僕の恩人でもあるから、悪いことは起きてほしくないんだよ。後で紹介しようか？　日暮さんには雅彦と同じ年代の息子さんが居て」

「ああ、ああ、そういう話は後でな。墓前だぜ？　少しは落ち着けよ。いいオッサンがみっともない」

勝彦は我に返り、照れ隠しにこほんと一つ咳払いをした。

「口が悪いな、相変わらず。母さんの前なんだ、せめて今だけは口を慎みなさい」

少しだけ以前の顔つきを取り戻した勝彦とともに、お墓に向かって合掌した。

実母に報告することはない。心配させてはかえって安らかに眠れないだろうから。

こうして兄弟が揃った姿を見られただけで満足してほしい。

雪路が目を開けると、勝彦も同じタイミングで合掌した手を下ろした。

「それで？　何だってこんなところで待ち合わせなんだよ？」

「母の日なんだから母さんに会いに来たっていいだろう？　雅彦、何年もお墓参りしてこなかったじゃないか。いい機会だと思ったんだよ」

痛いところを突かれて押し黙る。実家から逃げ回っていたのにどの面下げて会いに来られるというのか。しかし、勝彦は大して気にした様子もなく穏やかに口にした。

「今度は麗羅も連れて来たいな。兄妹三人で仲良くさ」

「……あ？」

無視できない一言だった。勝彦は真顔で雪路を見つめた。

「雅彦も、今夜は麗子さんと一緒に外に食べに行こう。父さんには断られてしまったけど、まあいつものことだし。中華は好きか？　麗子さんが贔屓にしているお店があるんだ。麗羅のお気に入りでもあるし、きっと雅彦も気に入ると」

「待て。待ってくれ」

我慢ならずに遮った。まさかこんな強引な手を打ってくるとは。

「やめてくれ。そういうのは、なんつーか、……苦手なんだ」

他人同士の家族ごっこは虫唾《むしず》が走る。互いに歩み寄ろうとしているならともかく、嫌い合っているのを無理やりくっ付けようとすればより軋轢《あつれき》は増す。どうしたって体裁を整えなければならず、そのときに生じる余所余所しさが堪らなく気持ち悪い。

勝彦も、いまだに雪路とあの母娘《おやこ》との間を取り持とうとしているなんてどうかしている。

「麗子さんか？　それとも、麗羅か？」

「どっちもだ。いや、違う。兄さんもどこかおかしいぜ」

昔から。どうしてそんなにも物分かりが良いのか。どうして簡単に他人を受け入れられるのか。兄の性質《たち》が異様に思えた。

「聖人君子のつもりかよ。よく母さんの前でそんなこと言えるな」

「母さんを盾にするな。僕はバランスを取っているに過ぎないよ。雅彦、僕がこれまでずっと平気でいたと思っているのだとしたら、それは間違いだ。僕だっていろいろと追い詰められていたさ。自殺しようと考えたこともある」

あっさりとした告白に唖然《あぜん》とした。初耳だった。

勝彦は自嘲した。

「僕だって弱いさ。でも、歳が離れた弟と、さらに歳が離れた妹が居て、兄妹はバラバラ。父親は家庭に興味がなく、麗子さんは正直当てにならなかった。僕がしっかりしないといけなかったんだ。僕が繋ぎ止めないと家族は崩壊してしまう。そう思った。思い込み？　かもしれないな。だけど、僕は思い悩みすぎて心を壊す一歩手前まで行ったんだ」

そのとき、自殺を考えたという。

「そんな僕を救ってくれたのが日暮さんだった。今の雅彦くらいの歳だったかな。僕の努力を認めてくれて、外の世界に目を向けるようにと助言してくれた。いま弁護士をやれているのは日暮さんが励ましてくれたおかげだよ。あの人を目標にしていたらいつの間にか周りを気にしないでいられるようになった。それで、心は随分軽くなった」

「……」

勝彦の口から日暮英一の名前を初めて聞いた、あのときか。

吐露した内容は、あまりにも健全な人の在り方だった。当然だ、完全無欠だと思っていた兄も雪路と同じ人間なのだから。いつも平然としていたのはそう見せていただけ。ちょっと考えればわかりそうなものを、どうして今まで気づけなかったのか。

勝彦だって、……いや、勝彦の方が辛い立場にあったのだ。平然として見せていたその裏でどれほど本心を押し殺してきたことか。安易に想像さえできない。

思うままに反抗期を過ごせた自分はまだ幸福だった。

「……悪かったと思ってるよ。俺も、兄さんを追い詰めた一人だから」

「別に責めているわけじゃないし、こんな話をするつもりもなかった。僕が言いたいのは、これからは家族と仲良くしてほしいってことなんだ。麗羅のためにも」

「麗羅の？　どういうことだ？」

「あの子はもう限界だよ。いろいろと気負いすぎてしまって今にも潰れそうなんだ」

寂しげな呟きには幾ばかりかの憐れみが乗っている。雪路はその発言も、勝彦の様子にも眉を顰めるしかなかった。

麗羅は上の兄たちよりも雪路家に馴染み、兄以上に跡継ぎとしての頭角を現していた。二年前に家を出るときも、最後の最後まで悪態を吐いて雪路を追い出しに掛かり、清々したように小憎たらしく笑っていたというのに。

　この二年の間にどんな変化があったというのか。

「雅彦がいなくなったせいで、麗羅は肩身が狭くなったと感じたんだ」

「はあ？　何言ってんだ。そりゃ逆だろう？　あいつ、俺のこと嫌ってたんだぜ？」

「いなくなって初めて気づくこともあるさ。ま、麗羅の場合、いまだに自覚していないと思うけれど。端から見ていたらよくわかる。あの子は父さんに見捨てられまいと懸命に歯を食い縛っている。まるで数年前の僕のように」

　見下していた兄のようになるまいと必死だったという。自分は雅彦とは違う、きちんと雪路照之の娘として誇れる人間になれると信じていたらしい。

　堪らず舌打ちした。馬鹿馬鹿しい。

「くっだらねえ。そんなモチベーションで勝手に潰れるんじゃねえよ。アホか」

「そうだな。でも、仕方ないよ。あの子は父さんの実の子じゃないんだから」

　一瞬、何を言われたのかわからなかった。

　強かった日差しが翳《かげ》り、涼やかな風が吹きぬけた。じんわり浮かんでいた汗のせいで途端に体温が奪われた。

「——という噂が家政婦さんたちの間で流れている。信憑性が無いでもないところが辛いところかな」

　薄ら寒い気配に思わず唾を飲み込んだ。

「麗子さんは何も話さないけれど、強く否定もしなかった。何かしら思い当たる節があるんだろう。ＤＮＡ鑑定でもすればハッキリするんだが、ま、誰もやりたがらないよな」

「麗羅はそのこと」

「もちろん知っている。だから、苦しんでいる。雅彦がいなくなって、後に残された自分がその分頑張ろうって意気込んでいたときに、コレだもんな。本当は雪路家に要らないのは自分の方だったんじゃないかって、多分そういうふうに考えたんだろう」

　子供のまま無邪気に親の背中を追えた時間が崩壊した。頼りない次兄に代わって受け継いだはずの離れの勉強小屋は、勲章《くんしょう》ではなく、赤の他人が横取りした罪を象徴する牢獄と化した。雪路家の子供で居たいなら血の繋がりさえ物ともしないほどの成果を挙げるしかなく、それを強要されているものと思い込んだ。

　雅彦が放任されているのは血縁という揺るぎない絆があるからだ。

　それが無い麗羅は雪路照之の子で居るための証を用意しなければならない。

「わかるよ。僕もそうだった。父さんは厳しすぎるから、少しでも成績が下がったり素行を悪くすれば容赦なく親子の縁を切られると思っていた」

雪路は、いっそのこと縁を切りたいと思っていたからこそ非行に走れた。だというのにお咎めはなし、無関心に放置されて終わった。雪路にとってはそれが逆にこの上なく辛い仕打ちとなったわけだが。

麗羅はどちらも恐れている。存在を忘れられたらいよいよ雪路家の子で居られなくなると恐怖している。雪路のように逃げることもできず、離れに籠もって取り憑かれたように勉強した。すべて思い込みだった、しかし勝彦と違い、麗羅の足元には確固たる土台がなかったのだ。

見知らぬ男の胤《たね》から生まれたかもしれない子供。

いつ捨てられてもおかしくない。

「――はっ、何より世間体を気にするあの親父様が子供を捨てるわけねえのにな」

「麗羅にそれをわからせるのは難しい。あの子の中で父さんは絶対的だから。だからこそ、血の繋がりがないかもしれないってことがショックだったんだけど」

雪路は疲れたように溜め息を吐いた。状況はわかった、しかしそれで自分に何ができる。力になれることなんて何もない。むしろ、傍に居ることで麗羅のストレスになりかねない。

「家族ごっこをするだけで救えるほど簡単な問題じゃねえだろ」

「ごっこじゃない、家族だ」

強い口調で返されて身を縮めた。きっとこれは雪路自身にも矯正の意味合いがあるのだろう。勝彦は、麗羅だけでなく、不出来な弟のことも常に気に掛けている。

「僕が日暮さんに救ってもらったように、今度は雅彦が麗羅を救ってあげてほしい」

「……」

それは、雪路が安原に救われたこととも重なる。嫌なら逃げろと言ってのけた救いの手。今度は雪路が差し伸べる番だと言う。

「僕じゃ駄目なんだ。麗羅は良くも悪くも雅彦を意識している。こまっしゃくれ者同士、通じ合えたならきっと心強い味方になれると思う」

「ひでえ言われようだな」

不本意ではあるが、確かに勝彦の言うとおり麗羅のことを一番に理解してやれるのは自分のような気がする。あくまでも雪路家の中だけに限定した話だが。

「血の繋がりとか関係なく、麗羅をきちんと妹として大事にしてやってくれ。おまえはお兄ちゃんなんだから」

「ああもう」

なんて都合のいい。

こんなときに「お兄ちゃん」呼ばわりは卑怯《ひきょう》だろう。

やりたいことは依然として見つからない。けれど、遥か昔に憧れたものなら思い出せた。

安原の言う『覚悟の決め時』とは、きっと今だ。

「……わかったよ。今日、あいつに会ってみる。けど、期待すんなよ。俺も麗羅もお互いを苦手に思ってんだから。その上であいつを立ち直らせるなんて一日でできることじゃない。まず変わるべきは…………俺だろうよ」

差し出した手を麗羅が受け入れるかどうか以前に、まず雪路の側で意識改革をする必要がある。心を近づけるにはお互いに認め合おうとする意志がなければ始まらない。

……できるだろうか。まったく目算が定まらない。麗羅を妹として可愛がるなんて考えただけでも寒くなる。だけど――。

葛藤する雪路を勝彦は意外そうな顔で見つめていたが、やがて微笑を浮かべた。

「頑張れ、雅彦」

一度は逃げ出した家族と向き合おうとする弟を励ました。

「気は進まねえけどな」

しかし、なぜか今の自分はそれほど麗羅に嫌悪感を持っていない。むしろ、不憫だとさえ思ってしまっている。多分、雪路照之の血を引いていないかもしれないということが麗羅に抱いていた反感を緩和させていた。たったそれだけで、雪路は麗羅を許せるような気がしたのだ。真実はどうあれ、この程度で変われるのなら大した確執ではなかったということだ。

実母の墓に再度手を合わせた。一応、この決意だけは伝えておこう。

――今度来るときは麗羅も連れてくるかも。クソ生意気なガキンチョだけどさ。

それもまた親父への意趣返しになるような気がした。

雪解けを目指して一歩を刻む。

やりたいこと、なりたいものが遥か先に見えていた。

＊　　＊　　＊

「――どうしてわたしと勝彦お兄様のデートに雅彦がついて来るのよ⁉　いつもいつも邪魔してぇ！　それに、勝彦お兄様と同じ弁護士になるなんて、信じらんない！

わたしがなろうとしてたのに、真似《まね》しないでよね！――」

「――何がデートだ、きめぇこと言ってんじゃねえ！　あと、呼び捨てにすんな！　妹のくせに生意気なんだよ糞《くそ》ガキ！　俺が何の職業に就こうがテメェにゃあ関係ねえだろうが！　なろうとしてたとか、ンなこと知るかバカッ！――」

「――おおい、二人ともいい加減にしないか。まったく、雅彦も麗羅もよく飽きないな。いつでもどこでも喧嘩して。まあ、これはこれで仲が良いのかもしれないけど。今日くらいは我慢しなよ。お墓参りなんだから、せめて大人しくだな――」

兄妹が三人、肩を並べて歩いて行く。

ありふれていてつまらない家族の形に、ようやく追いついた。

【愛の夢　―LOVERS―】

あれは保育園児だったときのこと。

冬のある日、暖房が効いた室内で、わたしは数人のお友達と人形を使った『ままごと遊び』に興じていた。それは、当時わたしたちの間でちょっとしたブームにもなった、世にも奇妙な人形劇。

人形は園の備品だけでなく友達が家から持ち寄ったものもあり、着せ替え人形や動物のヌイグルミや超合金のロボといった具合にバラエティに富んでいてまとまりがない。着せ替え人形がお父さんで超合金ロボットがお母さん。他にも王様と宇宙人と漁師がそれぞれ配役に存在するという、わけのわからない不思議な舞台が組み上げられ、面白可笑しいロールプレイングが繰り広げられていった。物語はいつでもその場の思いつきで振り切られる。わたしたちはくだらない設定を盛り込んでは大笑いしていた。

「あ、たぁ君！　それちょっと見せて！」

わたしが声を掛けると、あからさまにびくりと体を震わせた男の子がおどおどしながら近づいてきた。渾名は『たぁ君』――わたしの一番のお友達だった子だ。

「ほら、そのお人形貸して！」

こっそりポケットから出し入れしていたソレをわたしは目聡《めざと》く見つけていた。

「ええー？　だって、ボク、まだこれで遊んでな、あっ⁉」

半ば無理やり取り上げたのは、仮面ライダーの人形が付いたキーホルダー。プラスチック製で、キーホルダーだから他の人形に比べたら小さいけれど、そこがなんだか可愛くて気に入っていた。最初はちょうだいとねだって泣いて抵抗された。最近両親に買ってもらったばかりだというので、たぁ君は貸すことさえ渋っていたのだ。

だから無理やり奪うことにした。

「かーえーしーてっ」

「いいじゃん、ちょっとくらい。ケチね。みんなで一緒に遊んでるのに、たぁ君だけお人形出さないのずるい！　ズル！　仲間はずれにするかんね！」

べし、と叩くとたぁ君は大声を上げて泣いた。ちょっと頭を押しただけなのに大袈裟なんだから。男の子のくせに、弱いったらない。

「よーちゃんのバカ！」

「なんだとぉ！」

べしべしと連続で叩くともう収拾がつかない。わたしは暴れ回ったし、たぁ君はもっと暴れて泣き喚いた。騒ぎを聞きつけた先生に止められて、不本意ながら謝らされたわたしは、しょうがないので仮面ライダーも返してあげた。

「たびとちゃんもようこちゃんにちょっとだけお人形貸してあげよ？　はい、仲直り！」

「……うん。はい、よーちゃん」

「むう」

美人の先生の言うことには素直に従うたぁ君。ものすごく面白くない。

人形劇が再開される。仮面ライダーは別の子に渡り、どういう経緯なのかモグラという配役で散々遊ばれて、結局わたしの手元に来ることなく遊び時間は終了した。

お片付けをしているとき、わたしはちょっとした悪戯を思いついて、仮面ライダーがたぁ君に返される前にこっそり自分のポケットの中に忍ばせた。たぁ君に意地悪したくなったのだ。たぁ君は無くなった仮面ライダーを一生懸命探すけれど、見つからない。あっちこっち行ったり来たり。次第に不安顔で泣きべそを掻き始めた。意地の悪いわたしはその姿が見られてほくほくした。

――わたしに貸してくれなかったたぁ君が悪いんだもん。

そして、わたしは一日中ポケットに仮面ライダーを仕舞っておいた。閉園時間になるまで探し回っていたたぁ君も、ご両親が迎えに来ると渋々といった様子で帰っていった。どうせ明日には返すつもりでいたから大した罪悪感も覚えず、そのときのわたしは「いい気味だ」とほくそ笑んでさえいた。ほんと、嫌な性格している。

翌日、担任の先生の口から思いがけない言葉を聞いた。

「たびとちゃんはおうちの都合で――」

「……」

仮面ライダーはそのままわたしの持ち物となった。

ちょっとした悪戯のつもりだったのに。

わたしにとってこんなにも重大な事件に発展するとは夢にも思わなかった。

……夢。そう、夢だ。

大人になった今でもわたしはあの罪を夢に見る。

＊　＊　＊

そうして、現在二十三歳の山川陽子《やまかわようこ》は目を覚ました。畳の表面が頬に張り付いていた。随分長いこと寝入ってしまったらしい。

夕餉の匂い。食卓を準備する音。温かな気配に身動ぎし、俯《うつぶ》せから仰向けにひっくり返ると真上から巨大な誰かに見下ろされていた。逆光で顔がよく見えない。よく見えないけれど、誰であるかはすぐにわかった。

「ただいま、陽ちゃん」

弾んだ声が降りてきた。きっと笑みさえ浮かべている。

彼の名前は日暮旅人。夢に出て来た泣き虫君。幼馴染みで小さい頃からの知り合いなのだが、背が高くなってからは昔の面影はあまりない。

旅人は寝転がる陽子の傍らに腰を下ろして、首を傾げた。

「……どうして泣いてるの？」

「え？」

目元に触れてみて初めて気づいた。上体を起こして振り返ると、キッチンからは鼻歌が聞こえてくる。夕食の準備をしているのは旅人の母、璃子《りこ》さんだ。視線を戻すと旅人が心配そうに陽子の顔を覗き込んでくる。――ああ、夢じゃないんだ。

「よかった。さっきまで恐い夢を見ていたから」

「恐い夢？」

「たぁ君と璃子おばちゃん、英一おじちゃんも、私の前からいなくなって、それで」

二度と帰ってこなかった。

そんなありもしない夢の話を口にし掛けて、思い止《とど》まる。こんなのは数瞬後には忘れ去られるものでなければならない。ありえないなら感傷さえ無意味だ。

誰一人欠けていないのに、何を哀しがることがある。

苦笑した。

「何でもない。おかえりなさい、たぁ君」

本来なら玄関まで出迎えてあげるつもりでいたのだが。なんとも間の抜けた挨拶《あいさつ》になり、少しきまりが悪い。旅人は帰りを待ってくれていたことが嬉しかったのか、あるいは陽子の頬に付いた畳目の跡が面白かったのか、笑みをこぼす。

それから打って変わって不思議そうに首を捻られた。

「ところで、どうして陽ちゃんがウチのリビングで寝てるの？」

「――ああ」

当然の疑問に思わず頷いてしまった。うん、まあ、確かにその気持ちはわからないでもない。私も幼馴染みとはいえ他人が自分の家のリビングで気持ち良さそうに寝ていたら吃驚すると思うし。

　確か、座卓に突っ伏して夕方のニュースを観ていたんだっけ。それからついウトウトし掛けて、体勢が気になったので横になったのだった。今は午後七時ちょっと前。一時間近く寝そべっていたようだ。

　スーツの着崩れに気づいて慌てて直した。

「うわちゃー、皺になっちゃった。あーあ、家で着替えてくればよかったかな」

「仕事終わりにそのまま来たの？」

「どうせ帰り道だし、いいかなって思って」

　上着のボタンを外していると旅人が背後から肩に手を置いた。

「はい、袖から腕抜いて」

　陽子の上着を脱がせて丁寧にハンガーに掛けてくれる。自分の着替えもまだなのに。まったくよくできた弟分だ。

「たぁ君こそ今帰ってきたの？」

「そうだよ。まさか陽ちゃんが来てるなんて思わなかったよ。最近、仕事忙しそうにしてたし。つい寝ちゃうくらい疲れてたんでしょ？」

「んー、まー、そうねー」

陽子はちょっといい企業《ところ》のバリバリの営業課に配属されており、上司に扱《こ》き使われて毎日足を棒にしていた。

入社してちょうど一年が経った。二年目に突入し、研修に励んでいる新入社員を見ていると、一年前の夢と希望に満ち溢れたかつての自分が重なって、ひどく虚しい気分にさせられる。多分余裕を無くしたせいだろう、最近は自分自身が使い捨ての駒《こま》になったみたいに感じられるのだ。あの子たちも一年と経たずに社会の歯車の中で部品に変えられるのだろうか。ここに個性は要らず適性だけが求められた。自分の代わりが幾らでも存在する世界で、未来の展望なんて摑めるはずがない。そのように悟ってしまうと、何だかすべてがどうでもよくなった。

「あーあ、何であんな会社に入っちゃったんだろ？　やりたいことって何だろ？」

新社会人が陥りがちな、ありふれていて青臭い苦悩であった。

陽子が溜まりに溜まった愚痴とストレスを吐き出すためにやって来たのだと悟った旅人は、長期戦を覚悟して腰を上げた。

「よし。とりあえず着替えてくるよ」

「逃げるな。こら」

後ろからすかさず腰に抱きついた。そのまま押し倒すと馬乗りになって旅人を上から見下ろす。

「陽ちゃん、スカートなんだからこういう体勢はちょっと……」

「逃げたら殴る。傍に居ないと殴る。あと、覗いたら殺す」

「暴君だなあ」

呆れつつも旅人はされるがまま陽子のストレス解消に付き合ってくれる。その余裕を感じさせる態度にムッとなる。小さい頃は陽子の後ろに引っ付いてくるしかできなかったくせに、成長と共に背丈だけでなく心の大きさまで差をつけられたみたいだ。くそう。

「やっぱり保育士だから？　子供を相手にしてると心が広くなるのかしら」

「広いかなあ？　陽ちゃんとはいつもこんな感じじゃない？」

呟く声も大人びて聞こえた。一つ一つの変化が陽子の心を掻き乱す。

旅人は近所にある『のぞみ保育園』で保育士の仕事をしている。同じ大学を出たのに、旅人だけ国家試験を受けて保育士資格を手に入れて、やりたいことを仕事にし、しっかり目標に向かって前進しているように見えた。陽子は特に思い入れもなく、なんとなくで就職した口である、一体いつの間にこんなにも遠ざかってしまったのか。

旅人がどんどん知らない人になっていくみたい。

「あーん、もう！　腹立つっ！」

旅人の髪をぐしゃぐしゃと掻き回す。「ちょっと止めてよ、陽ちゃん！」割と本気で嫌がっているみたいだけど、陽子を突き飛ばす真似まではしない。まるで子供をあやしているかのように見えてなお腹立たしい。くっそー、自分ひとりだけ大人になりやがって！

「たぁ君には困った顔がお似合いだわ！」

「ちょ!?　何その不敵な笑顔!?　うわ、陽ちゃん、それ止めてってば！」

頬やら鼻やら顔の皮膚をぐにぐに引っ張る。昔から喧嘩になったときの陽子の常套《じょうとう》手段である。旅人はこれをされるととにかく嫌がるのだ。あー、楽しい。

わーきゃー騒いでいると、璃子さんが料理の大皿を手に持ってやって来た。

「ふたりとも何遊んでるの？　ご飯できたわよ」

旅人と共にすかさず起き上がった。

「わーい！　待ってました！」

「……まったく、相変わらず色気よりも食い気なんだから」

璃子さんはやれやれと嘆かわしげに首を振る。どうしてそんな顔をするのかわからないが、運ばれてきた料理を受け取ると途端に旅人のことなんてどうでもよくなった。

璃子さんの料理は美味しいから偶にこうしてご馳走《ちそう》になりに来るのだけど、就職してからはあまり顔を出せていなかったから久しぶりでついはしゃいでしまった。旅人も急いで着替えてきて陽子の隣にお行儀よく座る。腹を空かせたふたりの様子に璃子さんは苦笑した。

「こうしてると、子供のままね。いつ進歩してくれるのやら。ま、そっちの方が貴方たちらしいけれど」

親から見たらどちらもまだまだ子供であるようだ。

昔、旅人は一度引っ越しをした。それは、暴力団鳥羽組が活動を激化し始めた頃と時期が重なる。

県内の主な市町内において鳥羽組系のグループ間で小競《こぜ》り合いが生じ、その隙に県外、国外から別の犯罪組織が入り込んでくるようになり、治安が急激に悪化した。雪路照之が市長に当選した頃でもある、蜜月関係が噂された鳥羽組が所謂《いわゆる》『政治とカネ』の問題にやはり絡んでいたようで、そのとばっちりは市長の周辺に広がった。

どのような経緯と理由があったのか定かでないが、雪路照之の私設秘書をしていた日暮英一は鳥羽組から恫喝《どうかつ》された。同僚の秘書が何人も被害に遭っており、いつその危害が家族に及ぶかわからなかったので、英一は妻の璃子と息子の旅人を親戚の家に預けることにした。旅人が挨拶もなく陽子の前から姿を消した真相である。

陽子が旅人と再会したのはそれから四年後のことだった。小学四年生に進級したときクラスに旅人が転校してきた。すぐにお互いのことに気づいて、毎日遊び、登下校も一緒に通い、そうして離れていた時間をあっさりと埋めた。陽子がお転婆《てんば》をし旅人が巻き込まれるという相互関係が出来上がっていた。それは保育園時代から変わらない関係で、大人になった今でも続いている。

家が近所で幼馴染み。

一番の親友であり、ときには姉弟《きょうだい》のようでもあった。

当然周囲からはからかわれたり、勘繰られたりしたものだが、互いに異性であることを意識したことはなかった。少なくとも陽子は旅人をそういう対象として見ていない。

きっかけならあった。例の仮面ライダーのキーホルダーである。再会してすぐに盗《と》ってしまったことを詫びたのだが、旅人はまるで憶《おぼ》えていなかった。懇切丁寧に当時のことを説明しても、僕じゃない、と頑《かたく》なに否定される。陽子は間違っていない自信があったから、最後には腹を立てて理不尽にも旅人を責めた。「たぁ君のバカ！　何で憶えてないのよ⁉」自分ひとりだけ気に病んで、ばかみたい。このとき以来、陽子にとって旅人は出来の悪い弟でしかなくなった。

こうしてふたりの関係性はますます男女のそれからズレていく。高校、大学と進学するときも陽子の進路先に旅人がくっ付く形で一緒になったが、「目標なんて無いし、陽ちゃんと一緒ならどこでもいいや」とか言って恋愛のレの字も匂わせなかった。図体ばかりでかくなったくせに、手を引っ張ってやらなければ何もできない自主性の無さ。中身は園児の頃からまるで変わっていないのだ――と、陽子は呆れて考えていたのだけれど。最近ではようやく芽生えた旅人の自主性がなぜかかえって面白くない。

きっと、この先もふたりの関係性はずっと変わらない。

望んでのものかそうでないかまでは、考えたこともない。

夕飯をしっかりご馳走になった陽子は、そろそろ、と腰を上げた。

「璃子おばちゃんのご飯食べたら元気出てきたから、もう帰るね」

「旅人、アンタ、陽ちゃん送ってきなさい」

「うん。わかってる」

「いいよー、すぐそこなんだし。走れば一分で着く距離だよ」

山川家の一軒家と日暮家が借りているマンションは直線距離にして百メートルもない。入り組んだ路地を左折右折しないといけないから正確な距離はもう少し延びるだろうけど、近所には違いなかった。住宅街だし、たとえ痴漢に遭遇しても周囲の駆け込める家々は皆顔見知りのご近所さんだ。送ってもらわなければならないほど物騒な地域というわけでもない。けれど、旅人は上着を羽織ってすぐさま準備を整えた。

「ついでにコンビニに行きたいから」と取ってつけた理由で陽子と一緒に外に出た。

ゆっくり歩いても五分で着く距離を、旅人と並んで歩いていく。

旅人は時折後ろを振り返った。

「どうしたの？」

「最近ね、僕んちを狙う人が増えたんだ。一昨日《おととい》なんて母さんが知らない人に話し掛けられた。一応仕事帰りにこの辺りを見回ってから家に入るんだけど、そういうときに限って人っ子ひとり見当たらないんだよね」

「え、ちょ、ちょっと、何の話？」

「父さんの追っかけの話」

「……ああ」
　その一言で合点がいった。そして、市長選が間近に迫っていることも思い出した。
旅人の父、日暮英一はこの春に市議会議員を辞職し、今度の市長選挙に立候補した。
公示日が過ぎ、璃子さんや後援会の人たちを中心に選挙活動を盛り上げていて、近頃
毎日のように名前を見掛ける。
「新聞記者が張り付いてるのね。なんか、反対勢力が多いって聞いたけど」
「何でもいいからスキャンダルが欲しいそうだよ。父さんに問題が無いから今度は家
族の粗探《あら》しに躍起になってるみたいだ。あと、恐い人もね」
「恐い人……。もしかして、鳥羽組？」
　旅人は口元に人差し指を立てて、小さく頷いた。陽子も口を塞いで周囲を警戒した。
いま住んでいるこの町はずっと昔からある一つの爆弾を抱えている。暴力団である。
あるいはそれが市を活性化させた一つの要因であったのかもしれないが、恩恵よりも
不安と恐怖をもたらされた印象の方が強い。
　十数年前から組員同士で発砲事件や殺傷事件が多発していた。連日ニュースで取り
沙汰され、それも数年に亘って何度となく報道されていたので、鳥羽組の名前はもは
や日常的なものとなっていた。調べなくともこの町に住んでいれば常識として彼らの

情報が耳に入ってくる。本家幹部の名前や組が抱えている問題に至るまで。飲み屋で管《くだ》を巻くオヤジの武勇伝や主婦の井戸端会議の中にさえ登場してくるのだから、陽子もそれなりに情勢には詳しいつもりだ。

近年、鳥羽組は分裂の危機に瀕《ひん》していた。系列の三次組織間で小競り合いが頻発し、余所の犯罪組織も入り込んできたことで、鳥羽組は瓦解し始めていた。事態を重く見た鳥羽組組長と幹部勢は、内部抗争を一時休戦にし、小競り合いを沈静化した。個々に動いていた組同士を一旦一つに束ね、組織のまとまりを強化したのである。

しかし、個々をまとめ上げようと働いた幹部陣の思惑が統一されず、最終的に組織内に二つの巨大派閥が誕生することになる。二大派閥の一触即発の雰囲気は街の治安をさらに悪化させた。ここ数年、パトカーのサイレンが聞こえなかった夜はない。

今はまだ二大派閥が牽制《けんせい》し合って大人しいが、もし抗争が始まればそれまでの組同士の小競り合いとは比べ物にならない規模の『戦争』に発展するだろう。そのときは、一般人からも大量の死傷者を出す恐れがある。

「だから、早急にこの問題に対処しないといけない。今度の市長選の争点は暴対法強化の条例案に集約される。実質、鳥羽組潰しに全力を注ぐことになるわけだから、暴力団と関わりが深い企業や団体からの反発はでかいよ」

他人事のように語る旅人であるが、もしかしたらいろいろと嫌がらせを受けているのかもしれない。いま思えば、璃子さんの用心深さも気になった。オブラートに包んでいたけれど、おそらく璃子さんは知らない人から恫喝を受けたのだ。

「大丈夫なの？」

「だからこうして送ってるんだよ。陽ちゃんも、今後は夜の一人歩きはしちゃ駄目だよ」

心配したのはそういうことじゃない。急に心細くなって旅人の手を握った。

保育園に通っていた当時、旅人が突然いなくなったのは、日暮英一が鳥羽組のヤクザに狙われていたからだと聞いたことがある。十八年も前のことなのに、鳥羽組との因縁《いんねん》はずっと続いているのだ。

「何事も起こらないでほしいな」

「そうなるよう祈っててよ。僕ももう陽ちゃんと離れ離れは二度と御免だよ」

ギュッと手を握り返してくれる。大きな手。男の人の手だった。弟みたいに思っていたけれど、こういうときは異性であることを強烈に意識する。安心する。

角を曲がる。二軒先を行けば山川家に到着というところで、旅人が不意に立ち止まった。真っ直ぐに道路の向こうを見つめている。

「どうしたの？」

「……いや、何でもない。誰かが居たように見えたんだけど、気のせいみたい」

「もう、恐いこと言わないでよ」

ごめんと謝る旅人。

しかし、その目はいつまでも暗闇に向けられていた。

＊

翌、四月二日。その日も陽子は早い時間に仕事を切り上がれた。

まだ空が明るいのでひとりで日暮家に向かっても危険は無いだろうが、陽子は旅人と一緒に帰ることにした。日暮家のリビングでだらけていたらきっと寝てしまうし、後から帰ってくる旅人にまた寝顔を見られるのは癪だった。

のぞみ保育園に寄ると、若い女性保育士が園児とその母親を見送っていた。陽子が近づくと保育士が不審そうに目を細めた。

「あのぅ、ここにたぁ――、……日暮さんはお勤めですよね？」

「……ええ、日暮ならおりますが。どちらさまでしょう？」

「日暮さんの、友人？　というか、知り合いと言いますか。あの、山川と申します」

取り次ぎを頼むと、女性は露骨に嫌そうな顔で舌打ちし、「あいつ、オンナいないっ
て言ってたくせに」と吐き捨てて園舎に入っていった。しばらく待っていると旅人が
小走りでやって来た。

「小野《おの》先生に何か言った？　すごく不機嫌そうだったけど」

「さっきの人？　さあ？」

おそらく先輩であろう先ほどの女性に何か小言を言われたらしい。男性の保育士は、
近年全国的に増加傾向にあると聞くが、園単位で見ればまだまだ雇用者数は少ない。

のぞみ保育園では若い男性保育士は旅人しかおらず、きっと肩身の狭い思いをしてい
るに違いない。

「たぁ君も苦労してるんだねえ。大変だよねえ、男女比が極端に偏った職場って」

「何で嬉しそうなの？」

同情はしない。むしろ、溜飲《りゅういん》が下がった。

昔から旅人の困った顔は大好きだ。

「ところで、どうしたの？　直接こっちに来るなんて」

「話があったんだ。どうせたぁ君ちに行くつもりだし、一緒に帰ろうと思って」

「いいよ。ちょっとだけ待っててくれる？　子供たちはみんな帰ったんだけど、まだ片付けが残ってるんだ。あと、この後人と会う約束があって。付き合わせることになるけど、それでもいいなら一緒に帰ろう」

　頷いたものの、この後会う人のことが気になった。追い返されなかったということは陽子が居ても支障はないのだろう。少なくとも女性関係ではなさそうだ。――って、気にするだけ無駄でしょ、たぁ君に限ってそんなことあるわけないのに。あほらし。

　校門に寄りかかって大人しく待つ。そういえば、学生時代にもこうして旅人の帰りを校門で待ったことがあったっけ。クラスが別々だと必ずどちらかが待たされることになり、大抵は旅人が忠犬よろしく佇んでいた。その姿は、中学までは小さくて可愛げがあったけど、高校以降は身長が伸びてしまいちょっと不気味に映った。女子たちに見られて居心地悪そうにしている顔も傑作だった。思い出して、ひとり吹き出した。

　私は待つのが嫌い。でも今は、思い出に浸れるこの時間が不思議と愛しかった。

　にやついていたせいか、通りすがりの小父さんに訝しげに見られた。

「おい。そこの」

　それどころか、話しかけられた。スーツを着た恰幅《かっぷく》のいい小父さんは会社帰りのサラリーマンといった感じだが、通勤鞄《かばん》を持たず歩き方もやたら胸を張り肩を怒らせていたので思わず身構える。手にしていた大判の茶封筒を掲げて叩く真似をしてきた。

「この保育園に何か用か？　見たとこ若そうだし、学生か？　まだ子供がいるようには見えねえな。誰だ、おまえ？」

横柄《おうへい》な口調からまっとうな勤め人とは思えなかった。初対面から失礼な物言い、スーツ姿なのに威圧的、そして年若い娘に絡んでくる無遠慮さからヤクザではないかと疑った。

「何の用かと訊いてんだ？　さっさと答えろ！」

怒鳴られて身が竦む。あまりの恐怖に思わず涙が滲んだ。

「な、何ですか!?　け、警察呼びますよ!?」

「呼べよ。怪しいやつめ。おまえ、誰に頼まれてここに居ンだ？　ああ？」

何を言われているのかわからない。混乱して手元が震えた。鞄から上手《うま》く携帯電話を取り出せず、ぐずぐずしている間に男に塀《へい》まで追い詰められた。逃げ出すのも恐ろしく、目線を合わせまいとひたすら鞄の中を漁り続ける。

腕を強く摑まれて、ぐいと引っ張られた。

「こっちに来い！　全部白状させてやる！　泣くな！　騙されんからな！」

「いやッ!?　誰かっ、助けっ」

このまま連れ攫《さら》われたら殺される――本気でそう思った。

裏返った声に反応したのは、着替えまで済ませて園から出て来た旅人だった。

「もうそのくらいで勘弁してもらえませんか？」

旅人に気づくと、男はムスッとした顔で陽子の手を離した。陽子は反射的に旅人の背後に隠れ、その背中に泣きついた。予想以上に広い背中に一瞬だけ今の状況を忘れた。

旅人は呆れたように男に話し掛けた。

「待ち合わせはここじゃなかったはずですが。あと、時間までまだありますよ？」

「この忙しいときに時間どおりに動いていられるか。コレ渡すだけなんだ、アンタに会えればいつでもいいだろ」

ほらよ、と茶封筒を渡す。受け取った旅人が礼を述べた。

陽子は目を点にするばかりだ。

「陽ちゃん、恐がらせてゴメンね。この人は警察官で、白石《しらいし》警部。暴力団を専門にしている部署の刑事さんだよ。ウチの周りに不審者が出るって話はしたよね？　そのことで相談に乗ってもらっていたんだ」

「カノジョ連れてくるなら事前に知らせろ。俺はてっきり鳥羽組が寄越した女かと思っちまった。監視や尾行するときは強面《こわもて》の男より若い女の方が警戒感は持たれない。場所も保育園だしな、周囲が不審に思わない人選だ」

　それが陽子に強く絡んできた理由である。

　白石は、説明はしたが謝罪はしなかった。ヤクザに狙われている日暮家の事情を察しているらしく、警察官として最善と思われる処置を取ったと自信ありげだ。確かに、それくらいの横暴さを兼ね備えていないとヤクザと渡り合うことなんて到底できないはずで、その理屈はわかるものの、

「ううううう、」

　この悔しさはどうすればいいのか。とりあえず目の前の背中をぽかぽか叩く。旅人は陽子の八つ当たりを甘んじて受け止めながら、改めて白石に話を振った。

「待ち合わせの公園まで移動しますか？　ここだと人目もありますし」

「いや、いい。確認だけだからすぐに済む。おまえこそ、物騒な話をカノジョに聞かせていいのか？」

「構いません。知ってもらった方がむしろ安全かもしれませんから」

「わかった。んじゃ、早速封筒ン中を見てみろ」

　恋人だと誤解されたまま話は続く。訂正することに意味が無いことはわかるが、陽

子はどうにも背中が痒《かゆ》い。なぜか顔が熱くなってきた。泣いたことの悔しさと恥ずかしさのせいだとして隠すように背中に顔を埋めた。

封筒の中にはＡ４サイズのコピー用紙が十数枚入っていた。一枚につき二人の顔写真とプロフィールが印刷、記載されている。

「こっちで絞り込んだ容疑者は三十二人。おそらくその中に夫人を恫喝した奴もいるはずだ。後で夫人にも確認してもらってくれ。で、どうだ？」

ぱらぱらと資料を捲っていく。流し読みする目が止まることはなかった。

「……夜道で暗かったから確かなことは言えません。ですが、この資料に目を通した後にもう一度会えればハッキリすると思います」

「くれぐれも深追いするなよ。嫌がらせ程度なら問題ないが、凶器を持ち出されたら洒落《しゃれ》にならん。いつ刺しに来てもおかしくない連中だからな。あいつらは極道《ごくどう》だ、目的のためならおまえら家族を人質《ひとじち》に取るくらいしてくるだろうよ。間違っても捕まえようなんて考えるなよ。夜道でそこにある顔と遭遇したなら、まず逃げろ。そんで俺か警察に通報しろ」

話に拠ると、警察も犯人に目星を付けているらしい。現行犯で取り押さえられればそれが一番であるが、向こうももちろん警戒している。事前に身柄を拘束するには確かな情報が要る、それを旅人に期待していた。

「この容疑者の絞り込みには何か条件があるんですか？　前科持ちとか？」

「前科アリだけで容疑者挙げたらとんでもない数になるぜ。そいつらは鉄砲玉に吊し上げられそうな中途半端な準幹部だ。カタギになるには半端な歳だし、この先出世も見込めないってやつらな。汚れ仕事こなして臭い飯を十数年我慢すれば大幹部に抜《ばっ》擢《てき》してやるとかなんとか、そういうこと吹き込んどきゃ乗ってきそうな連中ってわけだ。ま、話を持ち掛けられた時点で退路も断たれてるんだが。親分にやれと言われて逃げ出せば今度はそいつが殺されかねない。ある意味、可哀相なやつらだよ」

陽子は思わず喉を鳴らす。白石は凶悪犯罪が起きることを想定して話している。たとえば、殺人、とか。

旅人は「なるほど」と頷いてから、

「でも、それだけじゃない。この人選には意図がある。何か探ってますよね？」

そう指摘され、白石は楽しげに笑った。

「おまえ、いちいち勘が鋭いな。いまからウチに転職しろよ。面倒見てやるぜ」

旅人のことを気に入っているようだ。旅人は「結構です」とつれなく答えた。

「鳥羽組が大きく二つに割れてんのは知ってるか？　組長派と若頭《わかがしら》派だ。だが、実際には組長と若頭が表立って対立しているわけじゃない。二人をそれぞれ持ち上げているやつらが水面下で対抗意識を持っているんだ。組長派の保守的な頭脳・羽扇会《はおう》の小《こ》金井《がねい》と、若頭を擁立する革新派急先鋒《きゅうせんぽう》の熊谷。実態はこの二人の対立だ。お察しのとおり、警察は日暮英一氏を狙っているのがどちらの派閥かを探っている」

「あれ？　この資料にある人たちがどっちの派閥に属しているか、記入されていませんよ？」

「おい、調子に乗るなよ。そっから先は警察の仕事なんだよ。おまえはただそのリストを夫人に見せて結果を俺に報告すればいい。わかったな？」

白石は別れ際、陽子にも忠告を残した。

「コイツの恋人なら、アンタも気をつけろ。関係者は日暮英一氏にとって等しく人質になり得る。選挙も近い。今の支持率なら日暮氏に軍配が上がるだろう。奴《やっこ》さんも手段を選んでいられんくなる」

まだ苦手意識があったので黙って頷くだけに止めた。

白石は苦笑した。

「不謹慎だがな、俺は今ほど充実したことがない。暴力団を根絶やしにできるかもしれない絶好の機会だ、本来の自分を取り戻せたみたいで胸が弾む」

「白石警部」

「おまえの親父は必ず守る。安心しろ」

恐い人だったけれど、立ち去っていく背中は頼もしさに溢れていた。


帰り道、まだ復活できない陽子は旅人の腕にしがみついたままだ。旅人に文句を言って、慰められていないとまた涙が込み上げてきそうになる。

「そんなに深刻な状況なの？」

市長になろうとしているだけで命を狙われるだなんて、それも身近な人の家族の話なのだからなおさら現実味が無い。

「さすがに命を取ろうとまでしていないはずだよ。ただでさえ暴力団への風当たりが強いのに、これ以上反感を買われたら鳥羽組も街に居られなくなるよ」

「でも、何するかわからないって……」

「それくらいの用心はしておけっていう忠告さ。大丈夫。陽ちゃんは僕が守るから」

頭をぽんぽんと撫でられる。身を預けておいて何だけど、子供扱いされるのは嫌い。それに、心配なのは我が身でなく旅人の方なのだ。自分には日暮家の人たちに何もしてあげられないから、その無力さが堪らなく歯痒いのだ。

英一おじちゃんには市長になってほしい。

璃子おばちゃんには元気で居てほしい。

旅人には変わらず傍に居てほしい。

変わっていってほしくない。

「陽ちゃん？　まだ恐い？」

恐いよ。いろんなことが起こり過ぎていてついていけない。

「そういえば話があるって言ってたよね。今訊いていい？」

陽子はぼそぼそ喋った。

「……私、ずっと仕事で忙しかったでしょ？　でも明日の日曜日はきちんとお休みが取れたし、久しぶりにお買い物でもしてストレス発散させようかなって思ってたんだけど、……たぁ君が忙しいなら別にいい」

拗ねて不貞腐れたように言う。違う。こんな言い方したくなかったのに、旅人が相手だとどうしても感情的になってしまう。面白くない気持ちを隠し切れない。

「明日は父さんの選挙活動のお手伝いに行くつもりだったんだけど」

一瞬考えてから、旅人は大きく頷いた。

「いいよ。陽ちゃんに付き合うよ」

「……別にいいって言った」

「僕が陽ちゃんと買い物したいんだ。父さんとより陽ちゃんと一緒がいい」

きっとこれもワガママな子供をあやしているつもりなのだろう。

悔しいけれど、嬉しく思う自分もいた。

日暮家の玄関を潜るまで旅人に寄り添っていた。リビングは温かくて、昔から変わらずにあるものに触れてようやく安心できた。

＊

二週間の選挙戦も折り返しを迎えた、四月三日、第一日曜日。

「英一おじちゃんのお手伝いに本当に行かなくていいの？」

「後援団体の人たちに任せるよ。むしろ、素人が行ったらかえって邪魔になる。でも、後で差し入れには行くつもりだよ」

旅人と二人きりでのお出掛けは一年ぶりだった。お互い仕事ですれ違っていたからこういう機会は今では貴重だ。貴重である、稀《まれ》にしかない、そんな生活がこれからも続くかと思うと心はざわついた。いつかはまったく会わなくなる日が来るかもしれない。

「ほら行くよ、たぁ君。はぐれないでね」

つまらない雑念を振り払うように旅人を引っ張ってデパートを駆け回る。今日の目的は自分用の買い物のつもりだったけど、せっかくだから旅人の洋服をコーディネイトしてあげよう。メンズ専門のブランドショップに立ち寄っては旅人を着せ替えしていく。

「たぁ君、背高いから一応何でも着こなせるんだけど、猫背なのが玉に瑕なのよね」

「いやあ、でも、いいっスね〜。彼氏さん、ちょーかっこいいっスよ〜。モデルか何かしてんじゃないスか？　え？　してない？　宝の持ち腐れっスよそれマジで！」

軽薄そうな店員にでも褒められるとやっぱり嬉しい。彼氏じゃないけれどね。

「ちょっと派手すぎじゃないかな。僕には似合わないと思うけど」

最新の夏服を着て居心地悪そうにする旅人。見栄《みば》えを良くすることに気後《きおく》れする人はよく居るが、旅人みたいに高身長だとそれを勿体ないと感じてしまう。それに、やっぱり隣を歩くならダサいよりオシャレな人の方がいい。

「うん、コレにします。コレください。私が払うわ。たぁ君にプレゼント」

「え、ええ!?　いいよ、悪いって!?」

「いいの。私が着させたいんだもの。たぁ君ってば格好に無頓着《むとんちゃく》すぎるのよ。お姉ちゃんが買ってあげないといつまで経ってもずっと同じ服を着回しちゃうんだから。私に任せなさい」

姉貴分を気取って胸を叩く。すると、店員がわざとらしい素っ頓狂な声を上げた。

「あっれー？　おふたりってご姉弟だったんスね⁉　てっきりカップルなんだと思っちゃいました！　すんませーん！」

「……」

旅人が不本意そうに唇を尖らした。弟扱いされるのはどうやらお気に召さないようだ。

「陽ちゃん、何笑ってるの？」

「なんでもなーい」

ずっと昔から変わらない関係性を再確認できて、ちょっと嬉しくなっただけ。

男らしくなくても、オシャレでなくても、いい。

旅人はやっぱりそのままがいい。

買い物は、旅人をあちこち引っ張り回すことで満喫できた。欲しかったのは旅人とのこうした時間だったのだ。

　午後三時を過ぎたとき、「あー、楽しかった」旅人の手を離した。

「もう満足したからいいや。英一おじちゃんのトコ行こ。街頭演説してるんでしょ？」

　旅人は腕時計を確認した。

「うん。そうだね。……予定より大分早いけれど、行ってみようか」

　デパートが立ち並ぶ中心街の、大通りを南に下った先の駅前広場が次の街頭演説場所である。予定時間は午後四時からだというので、十分間に合う。途中、差し入れ用のお茶やジュースのペットボトルを購入した。レジ袋を両手にぶら下げながら駅前まで近づくと、だんだんと人垣が見えてきた。何の集まりかと思えば、それは日暮候補の演説を待つ人たちだった。

「すごい人……。英一おじちゃんって人気あるんだ」

「父さんに人気があるというよりは、暴力団と市政の対立構図に興味があるんだと思うよ。表立ってそれを口にしている父さんはわかりやすい象徴なんだ。たぶん、多くの人はこの選挙戦をエンターテインメントの一つとして捉《とら》えているんだと思う」

　仮にも立候補者の息子なのに随分と身も蓋も無いことを言う。全員が父親の支持者なのだと良い方に考えたっていいのに。

「たぁ君は英一おじちゃんが市長になることに興味は無いの？」

「そりゃ興味はあるけれど。でも、市長じゃなくたっていいとも思ってる。父さんは融通が利かないからあちこちで敵を作りそうで恐いよ」

そう言って苦笑する。本音はきっとそちらで、常に父の身を案じていた。……そうか。妨害してくる相手は暴力団だけとは限らないんだ。市長に当選すればもっといろんな団体から圧力を受けるかもしれず、そんな危険の矢面《やおもて》に立っている父親に対し、世間はどことなく浮《うわ》ついていた。選挙戦に無責任にも熱狂しているのだ。何らかのトラブルを期待するかのような聴衆を醒めた視線で見つめるのも無理からぬことであろう。

「あら、息子。それに陽ちゃんまで。何しに来たの？」

後援団体の服を着た璃子さんが先にふたりを見つけ、声を掛けてきた。差し入れを他のスタッフに渡しながら答えた。

「応援しにだよ、璃子おばちゃん」

すると、璃子さんは旅人をじろりと睨みつけた。

「せっかくのデートなのに、アンタときたら。お父さんの手伝いは私だけでいいって言っただろ」

「うん。まあ、そうなんだけど」

叱られた。璃子さんは息子の甲斐性《かいしょう》の無さに呆れ果てている。応援に来たいと言ったのは陽子からなので弁解してもよかったのだが、これはこれで親子の仲睦《なかむつ》まじさが見られて心はほっこりとした。

「演説が終わったら陽ちゃんをちゃんとエスコートするんだよ。わかった？」

「はい……」

十分に萎《しお》れてしまった旅人を璃子さんの側に立って眺めて楽しんだ陽子は、区切りの良いところで会話に入った。

「ところで、英一おじちゃんは？」

「そろそろ時間だし、もう出てくるわ。ふたりとも車の近くにいらっしゃい。この人込みの中だと突っ立ってるだけでも割ときついわよ」

選挙カーの周りはわずかながら空間が空いている。ぎゅうぎゅう詰めに比べれば確かに楽で、璃子さんの勧めに素直に甘えることにした。

それから間もなく英一さんが現れ、選挙カーの上に上った。その足元に陽子たちが居ることに気づいていない。真上で聴衆に手を振る英一さんの顔は、逆光でよく見えなかったが、それは日暮家のリビングで起き抜けに見上げたときの旅人の顔によく似ていた。

三十分間にも亘る街頭演説が始まった。

『こんなにも多くの皆さんにお集まりいただきまして、本当にありがとうございます』

発声の癖がどことなく旅人と重なる。そんなちょっとしたことでやっぱり親子なんだなと気づかされた。突如吹き出す陽子を見て、旅人は不思議そうに瞬《まばた》きした。

簡単な挨拶を済ませ、意気込みを語りながら市の現状を説明していく。

『皆さんはこの街が余所から何と言われているかご存知ですか？　無法地帯です。無法地帯、つまり法が無い街です。犯罪者を捕まえるための法が機能していない。そのために犯罪者グループが我が物顔で街中を歩くことができてしまう。どうすればいいか。変えましょう。法律を変えるんです。犯罪者グループにとって生きにくい場所にするんです、この街を。正しく生きている人たちには大して大きな変化ではありません。しかし、犯罪者をこの街から追い出すための巨大な力になり得ます。それは皆さんの力があればできるんです。簡単なことです。ただ投票所に行くだけでいい。それだけでこの街から犯罪者グループを追い出せます』

実名を避けているが、明らかに鳥羽組の話だった。

『犯罪者グループがなぜここまでのさばっていられるのか。それを許しているのは私を含めたここに住むすべての市民です。同じ町内に住むのだから仲良くしましょうと、誰とでも手を取り合える人情味ある皆さんは大変素晴らしい。しかし、犯罪者にはそういった情を与えては駄目なんです。ましてや彼らを笠に着て不正な行いでお金儲けをする企業や個人、言語道断です。犯罪を容認し、利用した者もまた犯罪者であることを自覚しなければならない。これは悲しい罪の連鎖です。関わりたくなくても恐いから関わらざるを得ない。そういう人も居る。そういう人を守りたい。そのための改革です』

横行する不条理を挙げてはその都度具体的な改革案を紹介していく。誰しもの胸にあった不平不満を代弁する度に、聴衆の一部から拍手や合いの手が上がった。いつもとは違う顔をした英一さんがそこに居た。政治にあまり興味はなかったけれど、伝わる熱気が本物であることは感じ取れた。聴衆とも一体感を得られ、何とも言えない不思議な心地に浸る。

こういう人が市民を導いて行くものなのだと肌で感じた。

『昔から麻薬が出回っているのをご存知ですか？　その顧客の対象がまだ年端もいかない少年少女だということをご存知ですか？　もしかしたら、貴方方の周りに居るお子さんが麻薬を手にする可能性があるんです。これを取り締まるには条例を強化するしかない。強化しようではありませんか。そして、この街を正常な街に変えましょう。皆さんのお力で、どうか――』

不意に、隣に立つ旅人が陽子の腕を掴んだ。

「じっとしてて」

「え？　――きゃあ!?」

次の瞬間には抱き寄せられ、選挙カーの車体にそのまま押し付けられていた。旅人の腕の中で行き場を失った陽子は、唖然としながら間近に迫った旅人の顔を直視した。旅人は肩越しに振り返って聴衆をじっと見つめている。

「た、たぁ君？　ど、どうしたの!?」

そして、頬と頬が触れた。――ちょ、ちょっと!?　こんなたくさんの人が居る前で何する気!?　旅人が、混乱して目を回す陽子の耳元に唇を寄せた。

『金権政治ならぬ暴権政治に終止符をっ、今こそ、打つべきなのです！』

緊迫した声で。

「目を閉じてッ。できれば、耳を塞いでいて……ッ！」

疎《まば》らに拍手が上がる中、人垣から一際大きな声が上がった。

「日暮ィイイイ――――ッ！」

ざわめきが一瞬で静まった。人々の視線が集中したその先、叫び声を上げたと思しき男が選挙カーを見上げていた。その手にある銃口が狙いを絞る。

「死ねやァアアアアアア！」

銃声が轟いた。

喧騒と悲鳴と地鳴りのような足音。パニックを起こす聴衆の只中《ただなか》で拳銃《けんじゅう》の男は失望したような表情で立ち尽くした。

選挙カーの上に居た日暮英一の体がゆっくりと沈んでいく。

陽子は旅人に庇われた格好のままそれらを見ていた。

理解が追いつかず呆然としながらも、震える手は縋るように旅人の衣服を掴んでいた。

＊　＊　＊

安原が鳥羽組でチンピラをしていたのは、小金を稼ぎたかったからだ。金が貯《た》まり次第、女を連れて田舎に引っ込み、小さなバーを開店させたいと考えていた。主に学生を相手にドラッグを売り捌いていたとき、同時にヤミ金の取り立ての仕事を任されたことが、いま思えば転落人生の始まりだったのかもしれない。それまでも糞みたいな人生だったが、分水嶺《ぶんすいれい》はやはりあのときだった。

小林《こばやし》灯果という金のなる木を見つけ出した。安い報酬で割高のドラッグを生み出してくれる、組にとってはありがたい存在だ。彼女の世話係に任命され、それに伴って任される市場の規模と範囲も拡大した。自分に入ってくる給料はさほど変わらなかったが、組織内での階級は少しずつ上がっていった。放り出すのも勿体なくて、何度となく売人から足を洗うタイミングを逃してしまう。

立場もそうだが、灯果に対して情が湧き罪悪感が働いたこともヤクザの世界に留まらせた一因であった。同じ頃、連れ添った女が子供を産んだ。女の子だった。灯果を見捨てて逃げ出すことができなくなった。

灯果が蒸発した。積極的に押さえておかなかった自分の責任が一番大きく、儲けに穴を開けたことで、組内で危うい立場に立たされた。そのとき助けてくれたのが、あの悪名高き熊谷であった。転落していく勢いはこのとき加速した。

「しばらくの間、前と同じ商売続けてて。ただし、アタシが呼んだら必ず駆けつけること。いいわね？」

熊谷は貸しを作るつもりで助けたのだ、とすぐに悟った。

それから約十年間、何かにつけては熊谷に良いように使われた。

熊谷に命じられる仕事は不可解なものばかりだった。仲間と徒党を組んである一般人を襲撃したり、意味不明な内容の怪文書を街頭で配ったり、ときには足を踏み入れたことさえない大学の講義室に押し入ったりなど、いろいろとさせられた。誰に対してどのような脅迫になり得たのか、そしてそれがどのような利益を生み出したのか、下っ端である自分には一切教えられなかった。ただ、これらの積み重ねによって治安の均衡《きんこう》が揺らいできているのだけは肌で感じ取れていた。

幸か不幸か、これらの功が認められて、いま居る事務所から熊谷の元へ引き抜かれることになる。幹部への出世を約束されたのだ。上機嫌な熊谷を前にして、自分がしているこ とにどんな意味があったのかを初めて訊ねてみた。熊谷はうっすら笑い、一冊の手帳を見せ付けた。

「お金儲けじゃないわよ。コレはね、もっとでっかい変革をもたらすのよ。アタシはコレの中身を一つずつ小さく突っついて、あっちこっちの藪《やぶ》から蛇を誘い出したいの。そこら中に蛇がウヨウヨしてたら、さて、どうなるのかしらね。共食い始めるのかしら、それとも一斉に駆除されちゃったりして。昔言わなかったっけ？　アタシの目的はただ一つ、仁義なき戦いの復活なのよ」

　意味はわからなかったが、鳥羽組が二つに割れていることと関係しているのだと直感的に把握した。熊谷は抗争を望んでいる。その火種を撒《ま》く手伝いをさせられていたのだ。

　するともしや、熊谷が余所から犯罪組織やマフィアを手引きして、鳥羽組の支配力を故意に弱めたのだとしたら。……いや、さすがにそれは無いと信じたい。

「引っ掻き回すとしたら雪路顧問の関係者が理想的なんだけど。あそこはガードが固いから嫌ンなっちゃう」

「……」

　最近可愛がっている雪路雅彦の顔が脳裏を過った。熊谷に接するたびに打ちのめされる。安原は悪人になりきれないことを痛烈に自覚した。

　熊谷の元へ来て三年が経った。カタギになる夢はとうに捨てた。

　日々、小金井会長を中心とする組長派と喧嘩に明け暮れ、生傷が絶えなかった。入院を余儀なくされるほどの重傷を負ったこともある。なんとくだらない、生産性のない仕事だろうか。ドラッグを売っていた頃の方が、商売になっていた分、まだ健全だったように思う。いつ野垂れ死んでもおかしくなく、一刻も早く抜け出したいと思える暮らしは、しかし思いもよらず唐突に、最悪の形で幕を下ろすことになる。

一丁の拳銃を手渡された。

掌にずしりと重くのしかかる。

「日暮英一を殺《や》れ」

熊谷は報酬と昇格を約束したが、説明は一切しなかった。これまでどおり、舎弟が兄貴分の決定に疑問を持つことはない。言われたことを為すだけだ。しかし、殺しとなれば話は別だった。人生の大部分を刑務所で過ごす羽目になるのだ、相応の覚悟が要る。

「そいつを殺ることにどんな意味があるんすか？」

「はあ？　そういうこと訊く、普通ぅ？」

熊谷はせせら笑うだけで、やはり話してはくれなかった。何のためかも知らずにどうして人を殺す覚悟が持てるだろうか。けれど、安原には熊谷に歯向かう度胸はない。拳銃を大事に仕舞い、期限に追われる生活に身を投じるしかなかった。

日暮英一のことを調べ上げた。聞けば、暴力団にとって不都合な条例を制定しようとする政治家の先鋭分子だという。政治に疎《うと》く頭が悪いなりにも氏がどれほどの影響力を持つのか理解できた。失脚させるのではなく殺す、その意味を、安原は嚙み締める。

――庶民のヒーローを亡き者にしようとする悪役ってトコだな、俺は。

殺せば、当面日暮英一のような人物は出て来なくなるだろう。暴力団を敵に回せば殺されるというプロパガンダでもあるのだ、これは歴《れっ》としたテロリズムである。市内はますます無法地帯と化すだろう。熊谷の言うような仁義なき戦いも現実味を帯びてくる。

「俺が作るのかよ。その状況を」

ドラッグを売り捌いていたときは使用する側も楽しんでいるからとさして罪悪感を覚えることはなかった。熊谷の下に付いてからは喧嘩ばかりしてきたが、相手も理不尽な暴力を加えてくるのでお互い様という意識があった。しかし、今度ばかりは毛色が違いすぎる。安原の行動一つで罪無き人々が流血する事態にまで発展するかもしれないのだ。

この街には妻と子も住んでいる。

葛藤が安原の思考を鈍くする。懐の拳銃が心臓に張り付いたみたいに心はひどく冷え切った。まるで死人だ。足を引き摺って日暮英一を捜索する。日暮英一も襲撃の可能性を考えているのか一箇所に留まってくれなかった。そればかりか、誤情報を流して攪乱《かくらん》までしていた。安原に居所を摑ませないその徹底ぶりが憎らしい。

罪がないと思っていたが、誤りだ。——やつは悪魔だ。そうだ、悪魔に違いない。

悪魔なら、殺しても罪にはならない。

「人間じゃないんだ。だから、俺が退治しないと。退治しないと。退治しないと」

殺人を犯す罪の意識を薄めるための妄想だった。妻と子を守るための戦士となれ。

ある日の晩、日暮英一の妻を襲いかけた。

怯えた目で見られて、逆に怯んだ。我に返ったのだ。いま自分がどうしてこの場に居るのか咄嗟に思い出せなかった。数日間、どこで寝起きしていたのかも定かでない。

——思い出した、あまりの緊張に錯乱し掛けた俺は気付けに酒とドラッグを……。

逃げ込んだ路地裏で声を殺して泣いた。

自分に人は殺せない。

妻も子も、自分さえも見捨てられない。

熊谷の目が届かない遠いところへ逃げたかった。

「おじさん、鳥羽組の人だよね？　こんなところで何してるの？」

誰かが背中に乗りかかるようにして囁いた。至近距離に人が居たことに驚いて、腰を抜かして地べたを這って逃げた。振り返り仰ぎ見ると、そこに居たのは一人の背の高い青年。

見覚えがある。日暮英一を調べたときについでに確認した家族構成。

氏の一人息子、名前は確か、日暮旅人。

「さっき、母さんが怪しい人に声を掛けられたって言うんだ。それっておじさんのことだよね？　ウチの近所で何をしているの？　ん？」

満面の笑み。面白がっているのは明白だった。仮にもヤクザを相手にしているのにどんな神経をしているんだ。逆上するより前にその薄気味悪さに安原は震えた。

「当ててみようか？　父さんを狙ってるんでしょ？　恫喝して選挙を辞退させるつもりか、それとももっと強引な手段に打って出るつもりなのか。ねえ、どっち？　父さんを殺す気だったのかな？　それでウチの周りをウロウロしてたんだ。ご苦労なことだね。父さんは選挙が終わるまで身を隠すつもりでいるのにさ」

「う、うるさい！　何なんだ、おまえ!?」

後ずさった背中が民家の塀にぶつかった。三方を壁に囲まれて、日暮旅人に追い詰められる。街灯に照らされた日暮旅人の顔は打って変わって冷酷だった。

「父さんは殺させない。僕の周りの人に危害を加えようというなら、僕も容赦はしない」

据わった目つきに射貫《いぬ》かれる。相手は二十代前半の若造だというのに、安原には無い凄みがあった。上着のポケットに突っ込んでいた右手を抜いた。そこには街灯の光を弾く鋭利なナイフが閃《ひらめ》いて――。

「ひぃ……!」

「でも、おじさんは泣いてしまうくらい思い詰めているみたいだから、考え直してくれるのなら見逃してあげてもいいや」

日暮旅人は両腕を広げて危害を加えないことをアピールした。……右手にナイフは握られていない。当然だ。アレは、安原の薄弱した精神と日暮旅人の迫力が見せた幻だったのだ。

日暮旅人が優しく肩を叩く。優しい笑みを浮かべて安原の心を見透かした。

「父さんは殺させない。でも、そうするとおじさんが困ることになるんだよね。ヤクザだもの、子供のお使いじゃあるまいし失敗したままおめおめとは帰れないよね」

こくこく頷く。そうだ、それだと熊谷が許さない。やつなら安原だけでなく妻や子も平気で手に掛けるだろう。人の命を何とも思っちゃいないクズだ、だからこそ安原もここまで思い悩んでいた。

「辛いよね。誰も味方がいないんだもの。よく一人で頑張ってきたね。おじさんは偉いよ」

「……偉い？　偉いだって？　俺が？」

「そう思うよ」

手を差し出してきた。自分の境遇をわかってくれる旅人に思わず縋りつく。「助けてくれ！」搾り出す声に旅人は手を固く握り締めて応えてくれた。

「相談に乗ってあげる。父さんもおじさんも助かる道を一緒に考えようよ」

「……」

「おじさん？」

「あ、ああ」

きっとこれも幻だ。

日暮旅人の笑顔があくどいものに見えたのも気のせいだったと思いたい。

＊　　＊　　＊

決行日前夜、日暮旅人とこれまで練ってきた計画の最終確認を行った。そのとき、俺は一度も名乗っていなかったのに、旅人は俺のフルネームを口にした。どうやって探ったのか知らないが、ただの地方議員の息子というだけではなかったようだ。

熊谷ばかりでなく旅人からも魂を搦《から》め捕られたような気がした。もはや逃げられそうにない。もう煮るなり焼くなり好きにしてくれ。


〝僕の言うとおりにするんだ。そうすればすべて丸く収まるよ〟


どうでもいい。失敗しようと成功しようと塀の中だ。だが、もし旅人の言うようにすべてが平和的に解決するのならそれに越したことは無い。旅人の言うなりに動いてやる。

俺は選挙カーに群がる聴衆に混じって拳銃の用意をする。選挙戦が終わるまで——投開票日が暗殺の期日だった。これまで一度も日暮英一の居所を摑めなかったが、街頭演説では必ず人前に出てくる。失敗すれば二度と表に出てこないだろうから、実質、これが最初で最後のチャンスである。日暮英一が、ついに、選挙カーの上に姿を現した。

聴衆の視線は日暮英一に注がれている。俺が拳銃を取り出しても誰も気づかない。

「日暮ィイイイ————ッ！」

さあ、見ておけ。

どこかで見ているんだろう、熊谷。

俺はおまえの命令どおり日暮英一を殺す。さあ、しかと見ておけ！

「死ねやァアアアアアア！」

銃声が轟いた。数秒後、日暮英一の体がゆっくりと傾《かし》いでいく。ああ、俺の腕も大したものじゃないか。無事標的を撃ち抜けたことを確認し、脱力した。

俯きかけたところを背後から思い切り体当たりされた。地面に顔を押し付けられて、右腕は背中にねじ上げられた。耳元で怒鳴られる。この声は白石警部のものだ。厄介なやつに捕まっちまった。こいつ、乱暴だから嫌いなんだよな。そんでもってやっぱり警察が見張ってやがったか。この人込みの中に私服警官が何人いることやら。ああ、やだやだ。

これで俺もムショ送りか。

〝刑務所はこれ以上ない安全な場所だよ。殺人未遂なんだし、きっと数年の辛抱だ〟

日暮英一の背後にあったビルの看板に弾痕が刻まれた。予想外だったのは少しばかり日暮英一の肩を掠《かす》めてしまったことだが、まあ良しとしよう。わざと外したと思われないための小細工だと言えば旅人も納得してくれるだろう。

さあ、どうだ、熊谷。俺は失敗はしたが確かに暗殺を仕掛けたぞ。数年後、釈放される俺をそれでも粛清《しゅくせい》するか？　逃がした妻子にも手を出すか？　どうなんだ？

地べたから顔を持ち上げて、選挙カーの傍に佇む旅人と目が合った。旅人の視線は俺を誘導するかのように車上へと移される。

〝心配しないで、安原さん。誰も貴方には手出しできないから〟

日暮英一が起き上がる。SPと思しき黒服たちが日暮英一を退場させようと引っ張っているが、日暮英一は肩口からの流血も気にせずに、マイクを片手に演説を続けた。

『私は死なない！　信念は折れない！　決して屈しない！　このような凶行がまかりとおってしまうこの街を、必ず変えてみせる！　それができるのは私だけだ！　皆さん、共に戦ってください！　日暮英一は死にません！　ずっと立ち続けます！』

〝安原さんが出てくる頃には鳥羽組は無くなっている。父さんならやってくれるよ〟

万雷の拍手を背に白石に連行されていく。俺の凶行が結果的に日暮英一への追い風となった形だ。これでもう当選確実だろう。氏の信念が本物であると証明されたのだから。

ふと思う。深読みかもしれないが、この展開も計算の内なのだとしたら……。

「俺は利用されたのか」

悪魔という形容は日暮旅人にこそ相応《ふさわ》しい。

＊

一週間後の四月十日を迎えた。投開票日である。

テレビ局や新聞社の出口調査の結果、開票直後に日暮英一の当確が報じられた。車載テレビで報道特別番組を視聴していた熊谷は、つまらなげに溜め息を吐いた。

窓の外、路上駐車した車線の反対側、道路を挟んだ向かいのビルの一階に入った日暮英一の選挙事務所は、多くの報道陣と後援団体の人間で賑《にぎ》わっている。万歳三唱と拍手喝采《かっさい》、カメラのシャッター音がこちらにまで聞こえている。不快とまで言わないが、面白くない光景である。この状況下でも遣り方を変えれば楽しみ方も変わってくるのだろうが、日暮英一が予定通り死んでいればもっと楽しめたことを思うと、やりきれない。

「もうちょいだったのにねえ……」

人選を誤った。やはり熊谷自ら日暮英一を殺すべきだったか。しかし、そうすると下手をすれば無期懲役で十数年塀の中だ、歯止めを失ったこの街を堪能したくて仕掛けたことなのにそれでは本末転倒である。自分が二人居たならば、と詮無きことを思う。せめて小金井が手駒として使えていたなら。敵対していたことを今さらながらに恨めしく思った。

熊谷が欲していたのは混沌《こんとん》だった。敵味方分け隔てなく、ヤクザも一般人も関係なく、日常的に殺るか殺られるかが横行する戦場をこそ望んでいた。自分が歪んでいることを自覚しているが、その歪み自体は誰しも持っている野性であると信じている。社会が倫理やモラルを強要するならば、社会そのものを歪めてしまえばいい。そうすれば、そこらの一般人も熊谷と同じように人殺しの野性を発揮するはず。蓋を開ければおまえらとて俺と同じだと、そう言いたかった。

人として正しいのは自分の方だと証明したかったのだ。

黒い手帳を手に入れた瞬間からそれは夢でなくなった。たとえ実現してもこの法治国家でそんな状況は、長くて一週間ほどの、ほんの一瞬で醒める夢でしかなかっただろうが、それでも手を伸ばせば届く位置まで降りてきたのだ、あと一歩だった、堪らなくもどかしい。

「あーあ、嬉しそうにはしゃいじゃってまあ」

事務所はお祭り騒ぎだ。そのまま腑抜けてもらえると助かるのだが、日暮英一が浮かれるのは今夜だけだろう。明日以降、早速鳥羽組潰しに奔走《ほんそう》するはず。熊谷にとってますます生きにくい世の中に変わる。

アタシの負けね。

ここに居ても虚しいだけだ。車のパーキングブレーキを解除しようとしたとき、歩道をこちらに向かって歩いてくるカップルの会話が聞こえてきた。

「うわあ、すごい報道陣。父さんと母さん、大丈夫かなあ。大変そう」

「そう言うたぁ君は英一おじちゃんの傍にいなくていいの？　息子のインタビューとか聞きたいんじゃない、記者さんたちは」

「いいよ。僕が当選したわけじゃないし、そういうの苦手だもん。だからこうして逃げ回ってるんじゃないか」

「様子を見に来ておいて逃げるも何もないと思うけど。いいじゃない、ちょっとくらい顔出して来れば。テレビに映れる機会なんてそうそう無いんだし」

「そのときは陽ちゃんも一緒だからね。あ、ほら、嫌な顔した！　陽ちゃんだって嫌なんじゃないか」

仲良さそうにじゃれ合っているが、会話の内容が気になった。――日暮英一の息子だと？　カップルが間もなく車のすぐ傍を通り掛かろうというとき、熊谷はフロントガラス越しに青年の顔を直視した。

背の高い青年もまた熊谷が座る運転席を横目に流し見る。

「――――」

「――――」

ほんの一瞬、視線が交錯しただけで互いを理解した。

敵だ。

車を発進させる。バックミラーには徐々に小さくなっていく青年の姿。隅に映り込んだ熊谷の目元は嬉しげに笑っている。

「なによぅ、面白そうな逸材が居るんじゃない」

明日からは生きにくい世の中だとしても、まだまだ捨てたもんじゃない。狂気を宿した人間は自分以外にもやはりたくさん居るのだ。それが知れただけでも収穫である。

声に出して笑う。予感があった。

日暮旅人との邂逅《かいこう》は遠くない未来に果たされる――。

＊

そしてまた、私はたぁ君のいない世界の夢を見る。

夢の中では、たぁ君が帰ってこないまま月日が流れ、次第にたぁ君の名前も顔も声も仕草も全部忘れて、お人形を盗んだ罪悪感だけを抱えて生きていく。そして、大人になった私は今のたぁ君と同じ保育士になっていて、昔の記憶を呼び起こそうと必死になっている。思い出せればまた、たぁ君に再会できるものと信じているのだ。

叶うはずないって思った。そんな都合の良い展開なんてあるわけないもの。

夢の中の健気《けなげ》な私を見て、この私は涙を流す。

――ああ。夢で良かった、と。

「陽ちゃん、起きて。着いたよ」

旅人に肩を揺すられて、陽子は目覚めた。

旅人が運転する車の助手席でついウトウトしてしまった。咄嗟に目元を擦り上げた。案の定、涙が伝った跡があった。手遅れかもしれないけれど、旅人に見られたくなくてハンカチで念入りに拭いた。

「変な夢見た」

「疲れているんじゃない？　うなされてたよ。どこかで休む？」

仕事は相変わらず忙しいしストレスも溜まっている。車中での寝苦しさもあって、だからあんな夢を見たのかもしれない。

「もう平気。寝たらちょっとだけスッキリしたし。――って、ここどこ？」

リクライニングを起こして飛び込んできた外の景色は、記憶の中の風景とは似ても似つかなかった。雑草だらけの荒れ果てた空き地が広がっているだけで、どこにも『おひさま保育園』の面影を残していない。

「この辺は交通の便が悪いからどんどん廃《すた》れていってるんだ。行く行くは開発していきたいって父さんは言ってるけど。いまはご覧のとおり、園舎すらない」

「寂しくなったね。うわあ、思ってたよりも狭かったんだね、ここの土地って」

車から降りて空き地の中を歩く。いざ立ってみてもここに普通っていた保育園があったなんて信じられない。シャベルを担《かつ》いだ旅人が後に続いた。

「子供の目線は低いから、保育園の運動場程度でも広大に見えてしまうんだ。昔はどんなに走り回ったって全然狭く感じなかったのに、今だと軽く走っただけであっという間に行き止まり。不思議だよね。同じ場所に居るのに別の世界みたいだ」

旅人も同じように感じていたのが少しだけ嬉しい。世間的にはまだまだ若いけど、子供と呼ばれなくなった寂寥感《せきりょうかん》はこうしたときにふと湧き上がる。

五月八日。母の日。

旅人に頼まれて自分たちが通っていた『おひさま保育園』跡地にやって来た。

目的はタイムカプセルの発掘だ。陽子は憶えていないけれど、陽子たちの居た学級でタイムカプセルを埋めたらしい。そのことを憶えていた卒園者が、旧保育園の移設先である『のぞみ保育園』に問い合わせてきた。連絡を受けたのは旅人である。『のぞみ保育園』の前身が『おひさま保育園』だったことをそのとき初めて知ったという。

「のぞみ保育園は十年くらい前にできた新しい施設で、いまの園長先生は『おひさま保育園』では働いていなかったみたい。でも、資料や書類関係はきちんと保管してあったから園長先生と手分けして調べてみたんだ。そしたら、あったよ。僕と陽ちゃんが一緒に写ってる写真とか、昔住んでた家の住所とか」

「へえ。すごい偶然だよね。たぁ君の勤務先が昔通ってた保育園と関係してたなんて。でも、私、タイムカプセルのことなんて全然憶えてないんだけど」

「僕は憶えてたよ。憶えていたけど、発掘するきっかけが無かったんだ。僕ひとりだけで決めていいことじゃないしね。だから、今回のことはいい機会だと思うんだ」

散り散りになった卒園者を招集するのは難しいので、先にタイムカプセルを掘り出して、後で中身を卒園者に送ることにしたのである。

そして、旅人は埋めた位置まではっきり記憶していると豪語した。

付き添いで来た陽子は半信半疑だったが、早速敷地の隅を掘り始めた旅人は、三十分と掛からずに地面から長方形のクッキーの缶を掘り当てた。「ほら！」と得意満面に振り返った旅人はまるで無邪気な子供のよう。

「ね！　あったでしょ！　言ったとおりだったでしょ！」

「うんうん。偉い偉い。たぁ君はすごいでちゅねー」

よしよし、と頭を撫でると、不満そうに唇を尖らせた。子供扱いされてへそを曲げるところまでが可愛げなのだが、当の本人は一向に気づかない。陽子のからかいから逃れるようにクッキー缶を開けた。中から透明なビニール袋が出てきて、袋の中には可愛い封筒が十数枚入っていた。封筒以外にも物が収められていたが、状態が悪く元が何であったのか判別できなかった。その中に、茶色い油紙で包装されたケースが出て来た。小さいそれを見つけて、旅人は陽子を振り返った。

「これ、陽ちゃんのだ。陽ちゃんが入れたやつだよ」

「え⁉　私の⁉　これって、……何これ？」

全然思い出せない。こんなもの入れたっけ？

「カセットテープだね。そういえば、音声を吹き込んだって言ってた気がする」

「そんなことまで憶えてるの？」

仮面ライダーのキーホルダーのことは忘れていたくせに？

「ぼんやりとだけどね。まあ、どっちにしても、持ち主を特定するのに後で中身を確認しなくちゃなんだけど」

それってテープを聴くってことなんじゃ……。自分の物かもしれない音声を他人に聴かせるのはかなり恥ずかしい。せめて確認には立ち会おう、そして、旅人にだけは絶対聴かせないようにしなくっちゃ。

「これが僕のだ。ほら、僕の字だよ」

取り出された一通の手紙。幼い字で『しょうらいのぼくへ　ひぐらしたびと』と記してあった。

不意に手渡され、中身を読むようにと催促された。封筒の中には便箋《びんせん》が一枚。開いてみると、たった一行こう書かれてあった。

『ようちゃんとおよめさんになってください』

「…………。…………、？」

意味がわからない。えっと、どういうことだろう。『ようちゃん』とは当然私のことだよね。私とお嫁さんになるって、えっと、その、――何だそりゃ？

「将来の僕に陽ちゃんをお嫁さんに迎えてほしいってことだよ。小さい頃からの僕の夢なんだ」

「小さい頃からのって、――え？」

一緒に覗き込んでいた旅人が真剣な眼差しを陽子に向けた。どきんと心臓が跳ねる。いつになく真剣な旅人に慣れない気配を察知した。

真面目な声音で囁いた。

「僕と結婚してください、陽子さん」

プロポーズされていた。

「……」

目をぱちくりする。状況がまるで摑めなくて旅人をひたすら凝視した。見つめられた旅人も徐々に不安そうな表情を浮かべ始めた。

「えっと、だからね、結婚してほしいなって、その」

素に戻り耳まで真っ赤になる。どうやら冗談ではないらしい。

陽子は、うーん、と唸った。この展開は予想外すぎた。何から驚けばよいのやら。

「唐突すぎて返答に困る。ねえ、たぁ君。もしかして、これって計画してたの？」

このタイムカプセルはプロポーズ大作戦か？　まさか、タイムカプセル自体が旅人の自作自演？　だとしたら、ちょっと引く。

「ち、違うよ！　タイムカプセルは本当に偶々で、……で、でも！　結婚したかったのは本当だよ！　今がタイミングかなって思ってそれで！」

改めて言われてようやく「結婚」の二文字を意識する。それって、つまり。

「わ、私のこと、好きなんだ？」

「もちろん！　陽ちゃんのことは世界で一番好きだよ！　愛してる！」

「～～～～っ」

直球すぎる。そういえば、旅人は昔からこの手のことでは歯に衣《きぬ》を着せない。学生時代に旅人との仲をからかわれたり訝られたりしたときも、旅人は「陽ちゃんのことはもちろん好きだよ」と照れもせずに言ってのけ、慌てふためく様を期待していた友人たちを白けさせていた。

「って、ずっと言ってきたつもりなんだけど、もしかして冗談だと思われてた？」

「うん。ごめん。まさかそういうふうに想われていたなんて想像もしてなかった」

あれはからかわれたときの対処法の一つなんだと考えていたから陽子も本気に受け取っていなかったのである。

弟みたいに接してきた。幼馴染みであり、親友であり、姉弟のような関係性。そう思っていたのはどうやら陽子だけで、旅人はずっと異性として意識してきた。

——あ、マズイ。私もたぁ君を意識しちゃうじゃないか。でも……。

黙り込む陽子に、旅人も落ち着かなくなった。そわそわと陽子の返答を待つ。

一緒に居るのが自然で、それはこれから先もずっと続くものと心のどこかで思っていた。離れ離れになるのはあの一回だけで懲り懲りだと陽子も旅人も認めている。

プロポーズされたから面食らったけど、結局今までどおりってことじゃない。

「あの、陽ちゃん？」

晴れ晴れとした顔つきでうんと伸びをした。

「いいよ。結婚しよっか。私も、たぁ君以外の人は想像つかないもん」

「……結構あっさりしてるなー」

旅人にとっては一世一代の大勝負のつもりだったようで、返答する陽子の様子がいつもどおりで脱力していた。でも、これくらいがちょうどいい。きっと改まることでもなかったのだ。旅人が言わなければ、いつか陽子が口にしていたと思う。

「最近、夢を見るんだ」

旅人が引っ越しをしたまま帰ってこなくなる世界の話をした。これからも一緒に居られると安心したからか、最近抱えていた不安の種を明かしたくなった。

「私とたぁ君は別々の人生を歩むの。たぶん、再会することなく、一生。……寂しい夢なのに、すごくリアルだった。あっちが本当の現実なんじゃないかって思えるくらいに」

静かに聞き入っていた旅人がぽつりと呟いた。

「胡蝶《こちょう》の夢だね」

中国の思想家・荘子《そうし》の説話だ。胡蝶になった夢を見た荘子だったが、もしや実際は胡蝶が荘子になった夢を見ているのではないかと錯覚したというお話。それは、どちらの自分も本当で、それぞれの立ち場で満足に生きられれば、蝶であろうと人であろうと関係ない、ということを伝えている。

人知を超越したことを考えても仕方なく、ただ物事の本質に変わりはないのだ、という教訓である。

「形や場所が変わっても、自分であることに変わりはないってことだよ」

「じゃあ夢の中で、もし、たぁ君と再会できたら、やっぱり結婚するのかしら」

「うん。きっとね。僕もその世界を夢に見ることがあったとしたら、僕の意識はこの僕のままだから、必ず陽ちゃんを探し出すよ」

「園児のときにお別れするんだよ？　大人になった私を山川陽子だって気づけるかな」

「大丈夫。そのときは目印を頼りにするから」

「？　目印？」

「陽ちゃんが気に病むから教えない。忘れたならそれでいいや」

もったいぶったように言う。でも、陽子は問い質《ただ》さなかった。この会話自体照れ隠しに振ったものだし、支離滅裂なのだから。旅人も思いつきで話を合わせてくれているにすぎない。

どちらからともなく手を握る。照れ臭いので顔は見ない。

「これからよろしくね、陽ちゃん」

「これからもよろしくね、たぁ君」

変わらず続いていくことを強調する。ふたりの関係性も、環境も、きっと感情も、変わっていくのだろうけど、傍に寄り添うことはそのままで。

夢でも現実でも、どんな私でも、たぁ君に出会えば好きになる。そして、同じようにこうして手を繋いでいるはずだ。――もっとも、そんな心配する必要ないけどね。

たとえこちらが夢だとしても、

この夢から目が覚めることはないのだから。

【愛の夢　―and…you―】

「い、いいわよ！　井戸の中を覗くだけでしょ⁉　そんなの簡単だわ！」

飯倉幸香《いいくらさちか》は意を決して井戸に近づいた――。

雑木林《ぞうきばやし》の中に二人きり、周囲は鬱蒼《うっそう》とした木々に阻まれ、眼前には深い涸《か》れ井戸と無防備な背中。まるで誂《あつら》えたような状況とタイミングが私の嗜虐心《しぎゃくしん》を刺激した。

天使のようだと持ち上げられながら、悪魔になろうとしている自分。

どこか遠い世界のお話のよう。現実感が消失し、夢心地に殺人を遂行する。

吸い寄せられるように、幸香の背中に、いざ。

手が。

「あーっ！　やっと見つけた！」

突然割り込んできたその声に、私の手はぴたりと止まった。驚いたこともそうだが、いよいよ井戸を覗き込もうとしていた幸香が、可愛らしい悲鳴を上げて、咄嗟に私の腰に抱きついてきたからだ。

「な、何⁉　誰よ⁉　誰か居るの⁉」

恐慌《きょうこう》を来《きた》した幸香が私を盾にして叫ぶ。声を上げた誰かは私たちに懐中電灯の光を当てながら近づいてきた。逆光でその姿はよく見えない。

「どんどん先に行っちゃうから追いつくのに苦労したよ」

少年特有のソプラノ声。近づいてくる人影は思ったよりも背が低かった。

「？　どうしたの、幸香お姉ちゃん？　僕だよ、旅人だよ」

「……旅人？」

懐中電灯が傾けられると、わずかに取り戻した暗闇の中に少年の顔が浮かび上がった。少女のように可愛らしい顔立ちをしていた。

少年の顔を認めると、幸香は憤然と立ち上がった。

「脅かすんじゃないわよ！　何の真似よ、一体⁉」

「それは僕の台詞だよ。お姉ちゃんたちこそこんなところで何してるのさ？」

「何だっていいでしょ！」

怒鳴り散らして誤魔化した。プライドの高い幸香のことである、私に恐がらされていたとは言えまい。ともかく、私は少年をまじまじと観察した。幸香に弟はいなかったはず。通っている小学校では見覚えないし、幸香のことをお姉ちゃんと呼ぶからには親戚の子か何かだろうか。

　幸香は一瞬躊躇した後、私に少年を渋々紹介した。

「……この子の名前は日暮旅人。お父さんの友達の日暮さんの子供で、日暮さんがウチに遊びに来るときはいつもこの子も一緒に付いて来るの。わたしたちの一コ下よ」

　一学年下——小学五年生か。背が小さいからもっと年下かと思った。

　日暮旅人、ね。

「よろしくね」

　幸香は私のことも紹介した。一応、「友達」と呼んでくれた。幸香は私のことを嫌っているが、そんなことまで説明していたら今のこの状況があまりにも不自然なものになってしまうので、だから一応。

　夜の雑木林を冒険していたのだと説明すると、旅人は「ふうん」と相槌を打つだけでそれ以上の言及はなかった。

「というか、何で旅人がここに居るのよ？　わたしのお父さんとお母さん、あと甲斐《かい》小父さんとかみんなでそっちに遊びに行ったはずでしょ？　お泊まりでさ」

どうやらご両親は遠くの町に住む日暮さんのお宅に出掛けたらしい。幸香はご両親が不在の家にひとりきりで居るのが恐くなり、私をお泊まりに誘ったのだった。その交換条件にこうして肝試しを行ったわけだが、ここに旅人が居るとなると少しおかしな話になってくる。訪問先の人間がこの町に居たんじゃ入れ違いもいいところだ。

「僕が幸香お姉ちゃんに会いたいって言ったら、じゃあ会いに行こう、ってなって、みんなで押し掛けたんだ」

「押し掛けたって……。どっかの旅館に泊まるって言ってた気がするんだけど、そっちはどうなったの？」

「さあ？　知らない。キャンセルしたんじゃないの？　小父さんと小母さんがさ、幸香お姉ちゃんのことすっごく心配してたんだよ。ひとりで大丈夫かな、ちゃんとご飯食べてるかなって。もうね、見ていられなくって、助け船出しちゃった」

旅人の提案に他の大人たちが乗ったことからしても、幸香のご両親は目に見えて思い詰めていたようだ。ご両親の溺愛ぶりを私に聞かれて、幸香は恥ずかしそうに身を捩《よじ》る。

「それで、車からお姉ちゃんたちが歩いているのが見えたから、僕だけ降りて迎えに来たってわけ」

「じ、じゃあ、お父さんたち、もうウチに帰ってるの？」

「うん。たぶん、もうお家に着いてるんじゃないかな」

幸香が、あああ、と頭を抱えて蹲《うずくま》った。「リビング、散らかしたままだ……」何かまずいことをしでかしたらしい。

「お庭でバーベキューするって言ってたから早く帰ろうよ。ほら、お姉ちゃんも」

「え？　私も⁉」

旅人に手を引かれて歩き出す。二人に置いて行かれまいと幸香も慌てて付いて来た。

雑木林を抜け、三人で飯倉家へと向かった。


もしもこのとき旅人が現れなかったら……。

私の人生は大きく変わっていたかもしれない。


「おおい、倉《くら》ちゃん！　お姫さまのご帰還だぞ！」

飯倉家の門扉《もんぴ》を開けたところで、庭先に出ていた顔中髭《ひげ》だらけの熊みたいな男が大声を上げた。後で聞いた話だと、熊男は名前を甲斐義秀《よしひで》と云い、地元の中学校で美術教諭をしているのだとか。来年、この人が居る中学校に通うのか……。なんだか面白そう！　美術部に入るのもアリかもね。

普段はきっと温厚で優しい幸香のご両親は、夜中に出歩く不良娘を叱りつけた。身を竦ませる幸香の横で私はさっと頭を下げた。

「ごめんなさい！　さっちゃんは悪くないんです！　私がワガママを言ったから……」

事実だしね。さらに、散らかし放題したまま出てきたというリビングについても、私をもてなしてくれたからと理由を付けた。もちろん、こっちは嘘だ。ご両親は私に免じて幸香を許し、幸香は私に借りが出来たと悔しがる。

肝試しの一件でも幸香は私に弱みを見せた。これでもう学校で嫌がらせしてこなくなるだろうと安心した。このとき、思いの外、幸香からの悪意に辟易《へきえき》していたことを悟った。

自覚する。私は冷静なようでいて、逆上すると何をしでかすかわからない。

悪戯のつもりで殺人さえ行えるほどに。

庭の隅っこでジュースを飲んでいると旅人がやって来た。

「ご飯食べた？　もっと取って来る？」

「ううん、いい。ありがとう。ごちそうさま」

観察していて気づいたが、この子は気遣い上手で大人相手にも上手く立ち回っている。ひとりぼっちの私にも見かねて声を掛けてきたようだ。

「小父さんたち、みんな仲良しなんだね」

大の大人が五人も揃って子供みたいにはしゃいでいる。輪の中に無理やり加えさせられた幸香がこちらに恨めしげな視線を寄越した。手を振って応えた。

「仲が良すぎて困っちゃうよ。子供の頃からずっと仲が良いんだって。そのせいで、月イチくらいでお出掛けに連れて行かされちゃう」

幸香もそれが嫌で今回の旅行から外れたのだという。

宴《うたげ》が続く。バーベキューの火とランタンの明かりが暖かい。ついウトウトし掛けたとき、あまりにも優しい声音で旅人は言った。

「そうそう。さっき井戸の前で幸香お姉ちゃんに何をしようとしていたの？」

「……」

横を向く。旅人は可愛らしく小首を傾げている。無邪気な瞳。その目がすべてを理解した上で私の心を覗いているように見えた。……いえ、気のせいでしょう。見られていたと知って動揺してしまったのだ。

「何って、別に何もしてないけど？」

「そう。ならいいや」

興味を失ったように前を向く。なのに、私の脳裏には旅人の視線が焼き付いた。

この晩を境にして、私は何かしら悪意や悪戯心が湧き上がるたびに旅人の目を思い出すようになる。この〝見られている〟という感覚が良心の指標となり、自制心は機能した。

飯倉幸香を前にしてもあの衝動が起きることは二度と無い。

＊　＊　＊

十数年後――。

婚約した旅人と陽子は、親類や知人に報告して回った。

その日訪れたのは、子供の頃から可愛がられていた従兄弟《いとこ》違いに当たる親戚の家で、出迎えたのは同年代の美しい女性であった。

「わあ、旅ちゃん久しぶり！　待ってたよ！　上がって上がって！　先生、っじゃなかった、あなたーっ！　旅ちゃん着いたよーっ！」

潑剌とした笑顔は太陽のように眩しく、ある意味押しの強さをも表した。旅人たちより一足早く式を挙げ、年の差婚をやり遂げた先達《せんだち》は、これから夫婦になるふたりに祝福とアドバイスを捧げたいと申し出た。今回の訪問は、むしろ彼女のそれが目的である。

昔から皆を振り回す癖だけは直らない。

「新婚生活を円満に、かつ、楽しく回す方法を伝授してあげる。旅ちゃん、覚悟してね！　あ、そうそう」

振り返る。初対面の陽子と強引に握手を交わし、そして——。

「初めまして。よろしくね、陽子ちゃん！　あっ、陽子ちゃんって呼ばせてもらうけど、いい？　私のことは美月《みつき》ちゃんでもみーちゃんでもみっちーでもいいからね！」

幸せいっぱいの笑顔で、いつもどおりの自己紹介。

——しかし、これらはすべて紛《まが》い物。

誰もが望み見た景色、愛しき夢の物語である。

（おわり）

君の音

『──えーっと。聞こえますか？　聞こえてたら返事してくださーい。

なんちゃって。

……い、いまの、いまのナシでお願いします！　そうじゃなくって！

あー、うーん、……な、なんだか照れ臭いですね、こういうの。一方的に話すのって難しいです。何喋ったらいいかわかんないや。テンパっちゃってますわたし、ホントすみません。

あ、わたし、近江知世《おうみちせ》です。

あなたは日暮旅人先輩ですか？　……ですよね。間違っていたら大変です。先輩に向けたメッセージなので人違いだったら意味ありませんもん。

こんにちは。あるいは、こんばんは。それとも、おはようございます、でしょうか。

こんな形でお手紙、というか、なんて言うんだっけ？　ボイスレター？　をお贈りするのにはワケがありまして。実は先輩にお聞かせしたいコトがあるんです。それは、手紙だと伝えられないコトで、ぶっちゃけて言いますとわたしの演奏を聴いてほしいんです。

憶えていますか？　前に、トランペットを吹いてるトコ先輩に見られちゃって。わたし、すっごく下手くそだったからすっごく恥ずかしかったのに、先輩、褒めてくれたんですよ。それがすっごく嬉しくって。だから、先輩に卒業のお祝いに何かあげるとしたらコレしかないかなって思ったんです。いっぱいいっぱいトランペットの練習しました！　このボイスレターに吹き込んでおきますのでぜひ聴いてください！

えっと、どうして生で演奏しないかと言うと、わたしが極度の緊張しいだからです。いまだってブルブル震えています。上手くできるかどうか自信ありません。

いまから演奏しますが、きっと何度も録《と》り直すと思います。せっかくだし一番上手く演奏できたものを聴いてもらいたいから。いつでもどこでも聴けるようにしたいから。最高の形で先輩に届けたいから。

わたしっていう子がいたこと、憶えていてほしいから。

……先輩の夢が叶うまでは会えないような気がするんです。いつになるかわからないし、その日まで寂しいじゃないですか。

だから、録音しておこうと思います。

エールでもあります。挫《くじ》けそうになったときには聴いてください。効用・効果については保証いたしませんが。えへへ。

それじゃ、頑張って吹きますね。

聴いてください。

…………。

ねえ、先輩。

卒業してもわたしのこと忘れないでくださいね。どうしようもなく駄目駄目な兄ちゃんともいつまでもお友達で居てあげてくださいね。先輩が就職も進学もしないでどこか遠くの町に行っちゃうって知ったときはすっごく寂しくて、兄ちゃんと一緒にオロオロしちゃったけれども、応援しています。ふたりで陰ながら全力で応援します。

先輩の夢が何なのかわかんないけど、絶対に叶うって信じてます！　祈ってます！

だから、頑張ってください！

……もし夢が叶ったら、もう一度会ってくれますか？』


すう、と息を吸い込んだ。トランペットを構えて口元に近づける。何度もやり直すのを前提にしているけども、一発で終われるのなら終わらせたい。この緊張感はやっぱり慣れない。楽器って、本当にそのときの心情を『音』に宿すから恐いんだ。どんな心も晒け出される。それを考えるとあと一歩が踏み出せない。いっぱい練習したくせに、本番を意識しただけで頭の中はすでに真っ白。本当に情けない。半年前、演奏をプレゼントしようと決めたときのあのやる気はどこに行った？　どうして『音楽』をプレゼントしようって決めたんだっけ――？

大きく息を吐き出した。

「ハァ――――」

そうだ。弱気になったら思い出せ。

あれは忘れもしない去年の春。新学期が始まり、遅咲きの桜も散り出した頃のこと。

とある日の放課後、部室棟の裏。吹奏楽部に所属していたわたしは、人気の無いその場所でトランペットの練習をしていた。

高校入学を機に何か一つでも打ち込めるものを見つけようと思って、無謀にも吹奏楽に手を出した。楽器は何もできないけれど、誰だって初めは初心者なのだからと自分に言い聞かせた。『初心者の入部も大歓迎』という呼び込みと、実際に入部希望者に初心者が多かったこともあったので、清水《きよみず》の舞台から飛び降りる覚悟で門を叩いたのだった。

でも、入部したはいいけれど、よく考えもせず金管楽器に手を出したのは失敗だった。初心者が最初にぶつかる関門『音を出す』ことが、わたしにはあまりにも困難だったのだ。吹けども吹けども、ふひゅう、という気の抜けた音しか出ない。いや、『音』じゃない。それはただの息。金管内部を振動させずに抜け出た長い長い溜め息だ。一緒に入部した新入生たちの中でわたしだけがいつまでも『音』を出せずにいた。

腹式呼吸だとか唇の形だとか、注意されたことを念頭に置いて何度も挑戦したのにうまくいかない。他の子たちはもう運指《うんし》の練習に入っているというのに、わたしはいつまで経っても一歩も前に進めなくて……。やっぱりわたしは駄目駄目な子で……。

もう辞めちゃおうかな、って思ったんだ。

そうして何気なく見上げた青空に、真昼の月が浮かんでいた。

遠くの方では野球部の快音と陸上部の掛け声が、校舎の端の方からは吹奏楽部の先輩たちの演奏が聞こえてきた。なんだかすべてから取り残されたみたいで寂しい。でも、かえって気持ちは落ち着いた。

身近にはどんな音も無い。

手にした楽器が吹かれるときを待っている。

程よく肩の力が抜けた。どうせ、と思ったとき、物事が進むのはよくあること。予感があった。トランペットを口に当て、軽く息を吹く。――ほら、やっぱり簡単に『音』が出た。そのときは驚きよりもしっくり来たという感覚が強かった。自転車に乗る感覚と似ている。できなかったときを思い出せなくなりそうなほど強烈な適合。一度身についたら、二度と忘れない。長かったけれど、ようやくここまで辿り着けた。

わたしは『音』を手に入れた。

ファ――――。

レ――――。

「――」

「え？」

声が頭上から唐突に降りてきた。思わずトランペットを口から外して振り返った。部室棟の外階段を上った先、二階の通路の鉄柵に身を預けている男子生徒がこちらを見下ろしていた。中性的な顔立ちからは年上にも年下にも見えたけど、制服のネクタイは緑色、二学年上の三年生だとわかった。

いつから居たのか。物音を立てず、気配も感じさせず、ただ空に浮かぶ月のように彼は居た。わたしの視界に風に運ばれた桜のはなびらがひらひらと過る。儚《はかな》げなのはどちらも一緒、なのに、薄い花弁よりも存在感がないその透明さには眩暈《めまい》さえ覚えた。人はこんなにも消えることができるのかと畏れを抱く。

「綺麗だ」

最初、うまく聞き取れなかった言葉をもう一度口にした。

羨むように。

「綺麗だったよ。君の音」

褒められたわたしは驚きのあまり固まって、黙って彼を見上げるしかなかった。目を逸らすことができなかった。彼の姿に見惚れてしまっていたから。

綺麗なのは彼の方だと思った。

そう。それが、日暮先輩との出会いだったんだ。


よし、と意気込む。程よく肩の力が抜けた。

あのときのように。

「好きですよ、先輩」

トランペットを口に当てて『音』を出し、『音楽』を奏《かな》でる。

『マイ・フェイバリット・シングス』

この想いごと響いていけ。

＊　＊　＊

卒業式を翌日に控えた学生寮では、大半の三年生が退寮の準備に追われていた。早い者は一週間前にはすべての荷造りを終えており、中にはあらかた荷物を運び出していて今日までバックパック一つで過ごした猛者《もさ》までいる。普通は少しずつ荷物を送って春休みには完全に部屋を空けるように持って行くもので、例に洩《も》れず、近江良太《りょうた》も計画的に私物を片付けていた。

机の中身をあらかた段ボール箱に詰め込んだ後、ベッドの下から紙の束がはみ出ているのに気づいた。もしや捨て損ねた答案用紙の山かとうんざり気味に引っ張り出すと、良太はぴたりと固まった。それは妹の知世のために吹奏楽部の部員に頼み込んでなんとか入手した楽譜のコピーだった。

「いやはや、妹がお世話になりました」

すかさず目を離して段ボール箱に放り込み、封印するようにガムテープでぴたりと閉じる。一丁上がり。これでもうほとんどの私物が片付いた。あとは運送するだけだ。

掃除も一段落ついたので、楽器ケースを担いで廊下に出る。三年生が使用している個室はどこもドアが開け放たれていて、廊下にまで荷物が溢れ出ていた。おかげで足の踏み場もなく、なんとか跨《また》いで進んでいく。

長いようで短い三年間だった。慣れ親しんだこの男子寮ともうすぐお別れ。元来の勉強嫌いで学校そのものは最後まで好きになれなかったけれど、学友たちと過ごしたこの場所は離れがたいものになっている。こうして親友の部屋に向かうのも、もしかしたらこれが最後かもしれず、当たり前に歩いていた一歩一歩が途端に切ないものに変わった。階段を上る際に握る手すりの位置はいつも同じ、それはつまり踏み出す足や歩幅や歩調が毎度同じパターンをなぞっていることを意味する。目を凝らせば足跡が浮かんで見えてきそう。

良太の歩く隣では、一回り小さい『足跡』が付いてくる。

「ははっ」

離れがたいな、やっぱり。

思い出が溢れてる。

階段を上がりきった四階、廊下を渡った一番奥の個室が親友の部屋である。あいつのことだからとっくに片付けを終わらせて暇を持て余しているはずだ。いつもアポ無しで訪問してきたが、一度も追い出されたことがない。気負うことなくノックをし、返事を待たずにドアを開けた。

「おっ邪魔するぜーっ！　およ？　何やってんの？」

「――ああ、良太か。いらっしゃい」

荷物はすでに発送したのか、室内には備え付けの調度以外何もなかった。生活していた痕跡すら見出《みいだ》せない部屋の中央で、親友――日暮旅人はただ佇んでいた。その場でぐるりと回って隅々まで見渡した。

「忘れ物がないか調べていたんだ」

「いやいや、ないでしょ。つか、物がない。スッカラカンじゃん。何、荷物ぜんぶ実家かどっかに送っちゃったの？　おまえも猛者のひとりだったのか⁉」

バックパック一つ見当たらないからそれ以上か。もはや達人クラスだな。

「着替えくらいあるってば。掃除の邪魔だったから一旦退《ど》かしておいたんだよ。廊下に置いてあったでしょ？」

「あったような無かったような。よく見てなかった」

でも、そりゃそうかと安心する。制服が無ければ明日の卒業式には出られないのだし、いくら旅人でもそこまで抜けていないだろう。

旅人に断りなく床にあぐらをかく。旅人も倣《なら》ってその場に座った。

「しっかし、よくひとりで片付けられたなあ。不器用キングのあの旅人さんが」

「不器用なのは自覚しているからね、初めから物を持たないようにしているし。だから、まあ、掃除も片付けもあっさり終わったかな」

改めて室内を見渡してみると、ここはもう『日暮旅人の部屋』ではなくなっていた。すでに春からの新入居者のための空室となっている。空々しいほどに空虚だ。

未練の欠片も残していない。

「そうだったな。おまえ、物に執着していなかった」

「……」

なんとなく黙り込む。階下の喧騒がかすかに聞こえてくる。尻がむずむずと落ち着かない。旅人とは気の置けない仲だ。どんな馬鹿話だってできたし、沈黙があっても不思議と苦痛にならなかった。なのに、今はどうしようもなく居心地が悪い。

なんと切り出せばいいのかわからない。

「良太、何か用事があったんじゃないのか？　今日の君はどことなく変だ」

「失礼なやっちゃなあ。変って何だよ、変って。いくら俺でも卒業式の前日くらい感傷的にもなるっつーの。って、似合わないか！」

自分でも不自然だと思うくらい大仰に笑う。旅人は哀しげに目を細めた。

一年のときにルームメイトになって、それ以来何をするにもずっと行動を共にしてきた。旅人と居るととても居心地が良く、楽しいし、楽だった。良太の快適な学園生活は彼によってもたらされたと言っても過言ではない。

知り合っていくうちにわかったことだが、旅人は空気を読むのが上手かった。人の心まで読めるんじゃないかと思えるくらい気が利いて、時々人間離れした勘を働かせて周囲を驚かせたこともある。

今だってそう。旅人はきっと良太の心情も見抜いている。気を遣ってくれている。それが、逆に辛い。

「応とも！　用事ならある！　旅人にしか頼めないことなんだ！」

だから、できるだけ明るく振る舞おうと大袈裟に手振り身振りを加えてみた。湿った空気のままではこの『お願い』も苦いだけだ。

持参した楽器ケースを突き出した。

「知世のことさ。兄貴として、あいつのために一肌脱ごうかって思ってな。明日が卒業式だもんよ、思い残しが無いようにしなくちゃな。そうだろ？」

知世もきっとそれを望んでいる。

遺された想いを蔑《ないがし》ろにしてはおけなかった。

「あいつの遺品の一つが見つからなくて困ってんだ。一緒に探してくれないか？」

＊

三週間前、知世はこの世を去った。

それは祝日のことだった。級友と一緒に街に買い物に繰り出した知世は、出先で交通事故に遭った。歩道にはみ出した2tトラックに撥ねられたのである。病院に担ぎ込まれた後、三日ほど昏睡《こんすい》状態が続いたが、二度と意識が戻ることは無かった。

知世の友人たちは泣いて自分自身を責めていたが、一瞬一秒でもタイミングがズレていたら死んでいたのは彼女たちだったかもしれず、そう思い至ったとき身の竦む恐怖に襲われてまた泣いた。間近に突きつけられた二つの死を一生引き摺るだろうことを思えば、真に同情すべきは彼女たちの方かもしれない。

友人たちが恨まれる謂《いわ》れはない。しかし遺族は、なぜ知世だったのか、と思わずにはいられなかった。悲しみはいずれ慣れるがやりきれなさだけは払拭しきれない。なぜ知世が――。良太は同年代の少女を見かけるたびにそう思ってしまう。悪いのは運転ミスをしたドライバーであるはずなのに、事故に至るまでの巡り合わせのどこかに責任の所在を見つけ出したくなるのだ。

祝日に街まで出掛けなければ。

友人たちと一緒でなければ。

そもそもこの学園に入学しなければ。

知世は死なずに済んだかもしれない。


「――――遺品？」

旅人は眉を顰めた。妹が他界したことで、周囲も、旅人も、良太にはどことなく気を遣っている節があった。直接的にデリケートな問題を口にしたことで旅人はどう受け止めてよいものか量りかねていた。

「ああ。葬儀が終わった後、俺は女子寮の知世の部屋に何度か足を運んだんだ、あいつの私物を整理するために。ンでも、女子寮はなんか暗くってさ、特に一年生の子たちは結構ショック受けてて、俺が知世の部屋に頻繁に出入りしていたら気にする子も出てきそうだったんだ。大っぴらにできなかったから片付けに随分と時間掛かっちまった」

「うん。大変そうだった」

神妙に頷いた。まだ四十九日も過ぎておらず、まして遺族を前にしているのだ、たとえ相手が良太でも一つ一つの言葉には配慮があった。

話し方が拙《まず》かったのだろう。知世の死を悼《いた》むにしてもこの雰囲気では楽しくない。割と気楽に、普段どおりの口調を意識しつつ、続けた。

「で、知世の私物を片付け終わってから気づいたんだが、一個だけ重要なある物が見当たらなかったんだ。一旦整理した荷物を解いて探したんだけど、どこにも無かった。小さいから見落としている可能性もあるかもしんねえけど」

「見落とすくらい小さいって、それ何？」

「携帯電話に使われるメモリーカードだよ。電話帳とかメールとか撮った写真とかのデータを、本体とは別にして保存しておけるやつな。ケータイ自体は俺のモンだけど、一時、知世にメモリーカード込みで貸してたんだ。あいつケータイ持ってねえから。で、ケータイを使って何をしたかと言うと、録音だ」

「録音？」

「知世は自分の演奏を録音して、その音源データをメモリーカードに残したんだよ」

ほれ、と持っていた楽器ケースの蓋を開けた。取り出したトランペットを見て、旅人はなぜか目を瞠《みは》った。

「旅人？」

「……いや、何でもない。そう、知世ちゃん、音楽やってたんだ」

「似合わねえだろ。しかも、超へったくそでさ！　人には聴かせられないレベル。ひっそりこそこそ練習しててよー、誰かに聴いてもらうのが恥ずかしいからってんで、演奏の出来を自分で確認するためにわざわざケータイ使って録音してたってワケ」

　本当の目的は違うのだが、嘘も方便だ。

「ところがある日、間抜けな知世は大切なメモリーカードを失くしてしまった！　誰かに拾われて再生でもされてみろ。あいつ、お空の上で顔から火ぃ吹くだろうぜ。恥ずかしい過去を晒されるんだ、死んでも死にきれねえよな。兄貴としては、まあ、妹のためにも回収してやりたい」

　これは本当。知世が録音の際に何と喋ったかは知らないが、内容自体は想像がつく。紛失したままというのは良太としても気掛かりだ。

　旅人は顎に手を添えた。

「知世ちゃん自身で隠した、あるいは廃棄した可能性は？」

「隠すのはわからんが、廃棄はありえない。元々は俺のモンだし、そんなに安いモンでもないしな。貧乏性のあいつに人の物を捨てられる度胸なんてねえよ。落としたってのが一番可能性として高いと思う」

秘密にしたい物は、度々確認したくなるせいか、案外取り出しやすい場所に隠すものである。知世の私物をすべて漁っても出てこなかったとなると、手の届く位置、目に見える範囲にはもう無いような気がする。これは紛失したと見るべきだろう。

「落とし物か。それって、見つけ出せるのかな？」

旅人の懸念《けねん》ももっともである。いくら知世の行動範囲が狭いと言っても、隈なく捜索するとなれば学園とその周辺だけでも広すぎる。ふたりでは手に余るだろう。でも、

「たぶん、大丈夫。心当たりがあるんだ。知世が落としたかもしれない場所のな」

それでも一人で探すには困難なので旅人に協力を仰いだ次第である。

「先に見つけた方が勝ち。敗者は勝者に私物を一つ贈呈ってことでどうよ？」

突然の提案に、旅人は目を瞬《しばたた》かせた。

「どうよって、ゲームか何かかコレは？」

「俺が勝ったらおまえの腕時計を貰おう。値段は知らんがなんか高価そうだし、売ったらちょっとした小遣いくらいになるんじゃね？」

「売るなよ。まったく」

だが、旅人は肩の力を抜いて笑った。ゲームの対象が知世の遺品だからといって気

兼ねする必要はない。良太は単に「遊ぼうぜ」と誘っているにすぎないのだ。高校生活最後のお遊び。レクリエーション。思い出作り。

楽しもう。

思い切り。

思い残しのないように。

「わかった。一緒に探すよ。そのゲーム、乗った」

「しゃあ！　そうこなくっちゃ！」

知世の葬儀以来、どことなくぎこちなかった空気をとりあえず払拭できたと思う。辛気臭いまま卒業してお別れなんてのはあまりにも寂しすぎる。せめて親友とは笑って再会を約束したい。このお遊びはそのための段取りの一つであり、儀式だった。

「それで？　知世ちゃんがメモリーカードを落としたかもしれない場所っていうのは？」

早速探しに行こう、と外出の準備に取り掛かる旅人。やる気を見せてくれて非常にありがたいのだが、しかし少しだけ落ち着いてほしい。

待ったを掛けるように手を突き出した。

「慌てるな。それを今から考えるんだから。言ったろ？　旅人にしか頼めないことがあるって」

「――――、んん？」

「場所に心当たりならある。だが、それがどこかはわからない」

「僕は良太が何を言っているのかわからないよ」

そもそも場所に見当がついているなら旅人を訪問する前にまず自分で探しに行っている。良太は、心当たりはあっても確実な場所までは特定できていなかった。

「あいつがトランペットの練習をしていた場所がそのまま録音場所だと思う。落とす可能性があるとしたらそこだと思うんだ。心当たりっていうか推測だな」

メモリーカードの出し入れをしていて弾みで落とすことがあるかもしれない。ただ一つ問題があるとすれば、それがどこだかわからないということだ。

「なるほどね。練習場所か。……部室棟の裏とかどうだろう？　あそこ意外と静かだし」

「へえ。そうなんか。けど、どうしてそんなこと知ってんだ？」

良太と旅人はふたりとも帰宅部である。部室棟なんかには縁もゆかりもないはずだが。

「三年生に上がったばかりの頃にね、写真部の荷物運びを手伝ったことがあったんだ。部室棟はあくまでも倉庫という感じで、それほど人気は無いんだよ」

「ああ、そういえば俺も手伝わされた。あれってたしか新入生部活勧誘週間の後片付けだったっけ。俺の方はグラウンドで野球部の道具の整備させられたわ。ったくよー、部活組は帰宅組を小間使いか何かだと思ってんだよなー」

「でも、楽しそうだったよ、みんな。活気があって」

「だな。新入生が入ってきて張り切ってたよな」

手伝うのもやぶさかじゃない——そう思わせるくらい、部活動とは無縁の良太たちにとっても、眩しい季節だったのだ。

＊　＊　＊

高校入学早々、眩しい季節のはずなのに、知世は挫折《ざせつ》した。

せっかく勇気を出して入部した吹奏楽部を一ヶ月経たずして辞めてしまったのだ。

理由は簡単——馴染めなかったから。

リズム感が無くセンスが無いのも知っているつもりだった。それでも練習していればいつかは人並みになれると信じていたのだ。しかし、いざ全体練習が始まると自分ひとりだけテンポが遅れていたり、目立って音を外してしまったりと、迷惑ばかり掛けてしまう。先輩も新入部員の子たちも励ましてくれたけれど、知世は居たたまれなかった。足を引っ張った挙句《あげく》、気まで遣わせてしまっている。

――わたしが居ない方がみんなはやりやすいのかな。

一度でもそう思い込むと、他人に対して壁が生まれていた。近づく人を撥ね返すようなぴりぴりとした空気の障壁じゃなくて、格好悪い自分を覆い隠したくて築いた防壁。気遣われたくないから逃げ続け、次第に部員間での交流もなくなって、最後に居場所を失った。

部活だけじゃない、どこに行ってもそうだ。クラスでもまだ一人も友達が出来ていない。何をするにも空回りして、結局周りからは疎まれ浮いてしまう。――もう諦めた方がいいみたい。初めから自分を弁《わきま》えていれば惨《みじ》めな思いをせずに済むのだから。

部活を退部したその日、慰めてもらおうと二つ年上の兄、良太の部屋を訪れた。

良太はカラッと笑った。

「バッカだなあ、知世は！　意識しすぎなんだよ。みんなだって自分のことで精一杯なんだ、おまえのことなんざ気に掛ける余裕ねえっての」

「でも、迷惑掛けたのは本当だし」

「素人が一ヶ月やそこらで何悟ってんだよ。下手くそなんだから迷惑掛けんのは当然だろう。これから上手くなりゃいいじゃねえか。もしかしたら半年後には誰よりも上手くなってるかもしれないだろうに。——ううん、じゃない。否定すんなっての。みんなと同じスピードで上達できないからって反省することあない。おまえの場合、無理だと決め付けて逃げ出した根性の無さを反省しろ。やればできる子かもしれないだろ？」

「じゃあ、もし一年経って上達してなくっても、兄ちゃんは笑わないでいてくれる？」

「いや、笑う。笑い話として一生語り続ける」

「ひどーい⁉」

「父ちゃんも災難だよなー。珍しくやる気を出した娘のために決して安くもない楽器を買ってくれちゃってよー。俺には何も買ってくれないくせになー」

偶々『音』が出たことで勘違いしてしまった知世は、学校の備品ではなく自前の物が欲しくなった。他の部員は皆そうしていたし、それで一人前になれるような気がしたので父に新品をねだったのである。

「まさか数週間で処分されるとは」

「処分なんかしてないよ⁉　……まだ」

それまで打ち込めるものが特になかった娘に物をねだられたときの父の嬉しそうな顔はいまでも忘れられない。部活を辞めたいと言ったときの落胆した顔も。

おかげでゴールデンウィーク中、帰省した実家で肩身が狭いったらなかった。

でも、仕方ないじゃない。偶々でも『音』が出て、それを褒められたら誰だってやる気出しちゃうよ。

良太は知世を指差してひとしきり笑うと、知世の頭を軽く小突いた。

「そんなに気にすんなっての。誰も怒っちゃいねえさ。おまえがどんなに失敗しても、俺はいつだって笑ってやるよ。笑って許すよ。だから、臆病《おくびょう》になるな」

「――」

とても兄ちゃんらしからぬ言葉だったので唖然となる。小さい頃から知世には優しかったけど、こんなにストレートに言葉にしてくれたことはかつてなかった。

「兄ちゃん、何か変わった。やっぱり寮生活だったから？」

実家暮らしだと経験できない苦労や寂しさが寮生活にはあるらしい。たとえクラスメイトとの共同生活でも血を分けた肉親が居ないのはそれだけでストレスとなり、新米は早い段階でホームシックに罹るという。でも、それを過ぎると自然と心は成熟した。

「まあな。あと、友達のおかげだろうな」

良太は素直に頷いた。この学園に来て良かったと臆面も無く言ってのける。

「いいよな、一年生。代われるもんなら代わってほしいよ。俺、部活とか何もやんなかったからちょっと後悔してんだよ。おまえもさ、今からあれこれ悩んでいたんじゃもったいないぜ？　キラキラ眩しい一生に一度の高校生活だ、当たって砕けろってくらいの気持ちで行けよ。応援するからさ」

「兄ちゃん……」

なんて頼もしいのだろう。ついウルウル来てしまって、目尻を指でそっと拭いた。

部屋のドアがノックされた。良太が立ち上がってドアを開けると、そこには見覚えのある顔が立っていた。

「あ」

あの日、知世の『音』を綺麗だと褒めてくれたあの先輩だった。

「よう、待ってたぜ。さあ、入ってくれ」

「お邪魔します。――あれ？」

先輩は知世を見て首を傾げた。知世のことを憶えていてくれたのかと期待していると、良太が間に入って知世を紹介した。

「こいつは俺の妹で、知世。人見知りでいまだに友達が出来ないってんで泣きついてきた」

「に、兄ちゃんっ、そんなことまで言わないでよぉ……」

先輩は「ああ」と頷いた。

「女子が男子寮に居たものだから少し焦ったよ。良太のこと見損なうところだった」

「おいおい」

「初めまして。日暮旅人です。良太とはクラスメイトで、一年の頃はルームメイトだったんだ。よろしくね、知世ちゃん」

「……」

憶えてくれていたわけじゃなかった。先輩も言ったようにただ女子が居たから驚いたってだけで……。——そりゃそうだよね。わたしのことなんか憶えているわけないよね。

けれど、あの日の光景が知世の中から消えてなくなったわけじゃない。

「お、お久しぶりです……」

消え入りそうな声で呟いた。日暮先輩は一瞬眉を顰めたけれど、聞こえなかったのかそれに対して返事はなかった。

日暮先輩と良太は本当に仲が良いらしく、日頃からどちらかの部屋に入り浸って四六時中一緒に居た。まさか怪しい関係ではあるまいなと一時期疑ったこともあったけど、目の前で楽しげに談笑している様子を見る限り、親友なのだなあと思わされる。

この春から、知世もその親友の枠の中に加わった。良太は表面上渋っていたけれど、傷心の妹を心配していたようで後ろを引っ付いてくるのを許してくれた。

――兄ちゃん、ごめんなさい。わたしはずるい妹です。

当たって砕ける勇気なんてなかったから、ただ傍に居るだけで満足した。

桜よりも月よりも綺麗だって思える人。

先輩が隣に居るだけで、わたしの日常はキラキラに輝き始めていた。

＊　＊　＊

「――あ、駄目だ。知世のやつ、吹奏楽部をすぐに退部してっから、部室棟にはきっと近づかない。部員と鉢合わせすんの警戒しただろうし。そういうとこ神経細いからなあ」

なので、部室棟裏は却下である。いい線行っていると思ったのだが。

「そう、知世ちゃん、吹奏楽部に入っていたのか。……ん？　でも、辞めたんだろう？　なのにどうして楽器の練習は続けていたんだ？」

「頼む！　旅人の類《たぐ》い希《まれ》なる頭脳でどうか練習場所を導き出してくれ！　……俺はほ

れ、頭良くねえから。こういう頭脳プレイは苦手なんだわ」

咄嗟に誤魔化した。知世の行動に「なぜ」も「どうして」も必要ない。知世がトランペットの演奏を録音し、良太がそのデータを探している――旅人はその事実だけを把握していればいいのだ。

余計なモノをわざわざ押しつけることはないのだから。

良太の強引さに怪訝そうな顔をしたが、そこにはやむにやまれぬ事情があるのだと感じ取ってくれたのだろう、旅人は追及することなく本題を進めた。

「吹奏楽部の部員とは顔を合わせづらい。となると、校内じゃないかもしれないね。校内だとどこでも鉢合わせする可能性があるんだし。トランペットを吹いていたんじゃなおさら気づかれやすい」

たとえば、体育館裏とか校舎裏とかからトランペットの音が聞こえたら、偶々通りかかった吹奏楽部員なら誰が吹いているんだろうと確認しに来るはずだ。校内で誰にも気づかれずに、というのがまず不可能なのである。

「じゃあ校外か？　校外だと見つけるのは難しそうだな」

歩いていける距離で、トランペットが吹けて、さらに人気の無いところ。これらの条件に適《かな》う場所は、そう多くはないはずだ。だが、だからこそ、そんな好条件を見つけるのは容易でなかった。いわゆる「穴場」は見つかりにくいからこそ「穴場」なのであり、あの神経が細い知世が練習場所に決めたということは、それだけ人が来そうにない場所だということに他ならない。

「練習しやすい場所なら思いつくんだけどな。河川敷とか、自然公園とか。あ、あと高台の上とかかな。あそこなら電波塔があるだけで誰も近づかなさそうだ」

しかし、まさか全部を捜索するわけにいかない。

「何か手掛かりがあればいいんだけど。良太は知世ちゃんから何か聞いてないの？」

「いや、場所については何も。知世がトランペットをまた始めたことが嬉しくってさ、あまりそっちは気にしてなかった。……兄貴失格だな。危険な場所かもしれないのに、そんなことにさえ頭が回らないなんて」

情けない。ぜんぶ終わった後に気づくだなんて。

すると、旅人が窘めるように口にした。

「良太のはそうじゃなかっただろ？　過保護になりすぎたら知世ちゃんの自立を妨げると思ったんだ。僕は知っているよ。良太は知世ちゃんのことを想ってあえて放任したんだってことを」

学園に入学して、良太の後ろに引っ付いて旅人に密《ひそ》かに憧れて、三人で居ることに慣れてしまった。そのうち二人が卒業してしまえば知世はまたひとりきりになってしまう。それが心配だったのだ。

トランペットを再び始めたのが良いきっかけになった。良太が干渉することを止めると、知世は自分の手で、脚で、世界を広げ始めた。それまで三年生と一緒に居た知世は、一年生の間では少し浮いていたようだけど、徐々に周囲とも打ち解け始めていたと思う。

「……」

事故に遭ったあの日はクラスメイトと街に遊びに行ったのだっけ。

酷い話だ。周囲と打ち解けなければ、それ以前に、トランペットを始めなければ、知世は死なずに済んだのに——そんなことを考えてしまった。

「良太」

びくりと体が震えた。顔を上げると、透き通るみたいに綺麗な双眸に射貫かれた。

「君が責任を感じることじゃない」

見抜かれて、心臓が跳ねた。

固まる良太を尻目に、旅人はトランペットと楽器ケースを手に取った。

「見つけよう。それで君が救われるのなら」

「旅人……？」

そうして、旅人は手元をじっと見つめた。トランペット、ではなく、楽器ケースを凝視する。人が違ったみたいに見える。そのえも言われぬ迫力に良太は息を呑んだ。

「少し気になることがある。良太、ここにある汚れが何か知っているか？」

そう言って楽器ケースの側面を指差した。良太は恐る恐る覗き込んだ。

楽器ケースはナイロン生地で出来たピンク色のソフトケースである。厚めのクッションが全体に入っており、軽くて持ち運びが楽なことから知世が愛用していた。

指先は黄緑色に変色している一部分を指していた。

「確かに汚れてるな。何かこぼした跡じゃないのか？」

「変な臭いがする。少しきつめ。これはきっと草の臭いだ」

「臭い？　どれ？　……別に何も感じねえけど」

顔を近づけて嗅いでもナイロンの匂いしかしない。

「どこかで視た『臭い』だよ。たしかに知っている。学校の近所でこの『臭い』を視かけたことがあるんだ」

「いや、見たって言われても……」

外装が柔らかく、繊維で編まれているために土や汚れが付きやすい。当然臭いも染み付きやすいのだろうが、しかしこれといった臭いはしなかった。しかも、草の臭いなんて……。

というか、臭いは見た目でわかるものじゃないだろう。

旅人ははっと顔を上げた。

「ドクダミだ」

「は？」

「ドクダミだよ。この独特の臭いは間違いない。近所でドクダミが生えていそうな場所ってわかる？」

「え、ええっと。よくわかんねえけど、ドクダミ？　それってあれだろ、どこにでも生えてそうな雑草。そこらにもあんじゃねえの？　校庭とか、探してみるか？」

「冬には枯れてしまうからもうないよ。この臭いは冬が来て枯れる前に付いたものだ。でも、強烈だ。なんだろう。どうすればここまで臭いを染み込ませることができる？ドクダミの臭いがここまで染み付く状況って一体どんなだ？」

ぶつぶつと独り言を呟いたかと思うと、何か思いついたように目を見開いた。

「わかった。河川敷だ。そういえば、大きな橋があったね」

学校から徒歩で三十分ほど行った場所にある河川敷、そこには橋が一本架かっていた。水量の少ない小川と土手を視界から隠す大橋、その真下では夏なら雑草が群生し、湿地なので草の臭いが立ち込める。

「まさか、あの橋の下だってのか？」

「可能性はある。行って視ないことには確実なことは言えないけども」

でも、確かに条件は揃っているように思う。好きこのんであんな場所に近づく変人はそうはいないだろう。そして知世は、臭いや湿気よりも人目を気にする性質である。

「行こう。良太」

迷う掌を無理やり掴まれて立たされる。旅人に促されて、やがて決意を固める。

探しに行こう。

知世が青春を賭けたあの夏の残り香《が》を――。

＊　＊　＊

恋は盲目とは言うけれど、乙女フィルターを介して見つめていても、想い人の本質にはどうやら気づいてしまうものらしい。それを無視できる人が盲目と揶揄《やゆ》されるのであって、気づけない人は相手を見ずに恋に恋しているだけである。

残念ながら、知世は気づいてしまえる側だった。そして、盲目になれない人種でもあった。日暮先輩が気になって、友人の妹という立場を利用して近づいて、至近距離から彼を眺めた。声を掛けてもらえたら嬉しくて、優しくされたら幸せで、それ以上を望むのは分不相応だと感じていたけれど、ちょっぴりいけない夢を見てひとりはにかんだりもした。

それだけでよかった。

自分のことは弁えている。

自信が無いのもそうだけど、こんなに素敵な人とは絶対に釣り合わないって思うから。眺めるだけで満足しようとして、だから、そんなどうでもいいことにも気づいてしまうんだ。

六月に開催された球技大会。体育館では種目毎にトーナメント戦が行われていた。競技に参加していない人は中二階で応援に熱を入れている。全体が活気に溢れていた。クラスを挙げて男子バスケの応援をしているその横で、知世は隣のコートのバレーボールの試合を観戦していた。ちょうど三年生の試合の真っ最中であった。

良太と日暮先輩が同じコートで白球に飛びついていた。

「俺にトス上げろ！　今日まで温存しておいた魔球を見せるときがやってきた！」

良太が指示を出す。運動神経は中の上くらいだけれど、声が大きく誰よりも積極的だからこうした団体競技があるといつも目立った活躍をする。ムードメーカーとしても重宝される存在だった。

「喰らえっ！　必殺ダブル・アタック！」

技名を叫んで見事に空振りし、勢いそのままにネットに突っ込んで思い切り弾き飛ばされていた。クラスメイトはその道化っぷりを馬鹿にし、腹から笑っていた。

「さっすが良太！　笑いに貪欲《どんよく》だな！」

皮肉を浴びせられても「だろ⁉」と嬉しそうに声を上げた。

「ようし、みんな、俺の後に続け！　笑いを取りに行くぞーっ！」

応ッ！　と、別の目的で一致団結するチームメイトたち。応援する側も笑っている。

知世は改めて兄をすごいと思った。失敗してもそれを笑いに繋げて士気を高めるのだからこれも一つの才能かもしれない。昔は恥ずかしいだけだったのに、今ではクラスの中心に立てる兄が少しだけ羨ましかった。

相手コートからへろへろのサーブが飛んできた。誰が見ても簡単に返せる球を、しかし待ち受けていた日暮先輩がレシーブするとなぜか読めない軌道であらぬ方向に飛んでいった。他にも味方が拾った球をトスしようと顔面で受け止めたり、サーブ球を味方の後頭部にぶつけたりと、見ている分には愉快な珍プレーを続出していた。失敗するたびに日暮先輩は照れ臭そうに笑っているけれど、……なんだか意外。いやでも、見た目どおりという気もする。運動オンチな日暮先輩はとてもしっくり来た。

「くそう！　旅人め、そんなに笑いがほしいのか……ッ！」

「……わざとじゃないんだけど」

思わず笑ってしまった。先輩、可愛い。クラスの人たちも可笑しそうに楽しげに日暮先輩の頭を小突いていたから、皆から愛されているんだとわかった。

良太も日暮先輩もしっかり自分の居場所を確保している。

それに比べてわたしと来たら――隣に座るクラスメイトとさえ会話ができない自分が惨めになった。

試合は良太のクラスの敗退で終わった。しかし、皆さん一様に良い笑顔。心から楽しめたという気持ちが伝わってきて、負けたはずなのに勝ったチームよりも嬉しそうに見えた。あの中に混ざれたらどんなに楽しいだろうかと妄想してみる。

同年代の男子に生まれたかったたな。

「――――え？」

そうして、気づいてしまった。

三年生がコートから退場するとき、チームメイトが和気藹々《あいあい》と語り合っている中で日暮先輩だけが能面のような表情を浮かべていた。周囲の様子を窺うようにひっそりと輪から外れ、皆の死角に隠れていた。

「……」

知世は知っている。あれは周りから取り残されたいつもの自分の姿。上から見ていたからよくわかる、日暮先輩は集団の只中に居るのに孤立している。

「……どうして」

口を突いて出たのは無意識だった。――どうしてそんなことをしているの？

集団に溶け込めなくて浮いているのに、彼の場合、それが惨めに見えなかったのだ。人間関係をそつなくこなして距離を保ち、一歩離れたところから全体を見渡しているような、あえてその立ち位置を築いたかのような、揺るぎないものを感じた。

不安も寂しさも感じさせず、機械的にその環境に身を置いた。適応。言い換えれば、演技だ。そう見える。少なくとも知世なんかとは在り方からして違う。

胸がドキドキする。これはときめきなんかじゃない。知世は不安に駆られていた。

不意にこちらを見上げた日暮先輩と目が合った。日暮先輩は見られていたことに気づき、肩を竦めて苦笑した。知世に「見なかったことにしてほしい」と言うかのように軽く手を振る。他愛ない挨拶だ、人からはそう見えただろう。知世は手を振り返すことなく俯いた。

切なくなったのだ。

日暮先輩の瞳があまりにも哀しそうだったから。


こうなってしまえば、それまでの見え方も変わってしまう。

良太の部屋で他愛ない話で盛り上がっているときも、ふと日暮先輩の顔を覗き込めば、ところどころで感情を捨てている。そのように見えてしまう。気のせいや思い込みかもしれないけれど、そう思わせるに足る無表情が確かにあったのだ。

知世が好きだった三人の時間。

良太と先輩は親友で、知世もその中に加われたものと思っていた。

「どうしたの、知世ちゃん。なんだか元気ないみたいだけど？」

そうやって投げかける言葉はどこまでが本当なのだろう。

「またクラスで何かあったのか？　いや、何もなかったんだな。臆病になるなよ。友達欲しいなら積極的に飛び込んでいけよ。話せば意外と気が合うかもしれないぜ？」

兄ちゃんは親友のことをどこまでわかっているのだろう。

日暮先輩をずっと見てきたからわかる。わたしだけは理解する。

春の日に見た、あの消え入りそうに透明な彼こそが本物なのだ。

それ以外はぜんぶ嘘。こうして駄弁《だべ》っている姿も、クラスメイトたちと談笑している姿も、体育のときに皆から運動オンチをいじられている姿も、ぜんぶぜんぶ。

一緒に居るのに、ここにいない。

きっと、誰にも彼の心とは繋がれない。

「何でもないです。――うん。何もないよ、兄ちゃん。ちょっと疲れちゃって」

「昨日の球技大会か？　おまえ何に参加したんだ？」

「えぇーっ、観てくれてないの⁉」

せっかく勇気を出して積極的にソフトボールに参加したのに。……一回戦で負けちゃったけど！　全然活躍できなかったけど！

「受験勉強で忙しかったからなあ」

「関係ないじゃん！　昨日のどこに勉強する時間があったのよ⁉」

「受験生は忙しいんだよ。なあ、旅人？」

「知ってたら応援に行ってたんだけどね。ごめん」

日暮先輩は素直に謝ってくれた。ちなみに良太にはきちんと参加競技を教えていた。遠回しに先輩を応援に連れてきてと頼んだつもりだったのに、酌み取ってくれないなんて甲斐性がないったら。

自分の発言で思いついたのか、良太は「そういえば」と先輩に訊ねた。

「旅人、卒業したらどうするんだ？　おまえ頭良いし、もちろん進学すんだろ？」

「進学はしない。それに、就職も」

一瞬、意味がわからなかった。

「だ、大学行かねえの⁉　え、就職も⁉　なんで⁉　どうすんだよじゃあ⁉」

「しばらくはフリーターかな。ある程度お金が貯まったら、ここからちょっと遠くの町に行くつもり」

「はいぃ⁉」

兄妹揃って唖然とする。良太は「聞いていない！」と憤慨《ふんがい》した。

「俺はてっきり、おまえは大学に行くもんと……。一緒のトコ受験しようと思ってたんだぜ？」

二人の成績には開きがあるが、良太はこの夏から受験勉強に本腰を入れて挽回《ばんかい》しようとしていたらしい。

「ごめん。長年の夢だったから。これだけは譲れないんだ」

「夢って、おま……」

脆《もろ》くも目標を打ち消されてがっくりと項垂れた。

「夢とか言われたんじゃなあ……。前から決めてることにケチ付けてもしょうがねえか。で？　夢って何だよ？　なにがしかのプロを目指してたなんて素振り、全然見せてこなかったじゃんか、おまえ」

知世も身を乗り出して聞きに入る。同じ寮生活だから普段は気にならないが、日暮先輩のプライベートな部分は、思えば、ほとんど知らなかった。家族のこと、出身地や帰省先のこと、趣味や嗜好や得手不得手――。いろいろと訊いてみたかったのだ。

フリーターをするというのはかなり意外だったけど、先輩が抱える事情が見えるような気がして少し心は浮ついた。しかし、

「夢、いや、生き甲斐かな。そのために生きてきた。そのための地均《じなら》しだ。これも、予行練習だね。良太には本当に感謝している」

「あ？　何だって？　俺が何？」

「卒業したらしなくちゃいけないことがあるんだ。それをする。説明できるのはここまでだ。ごめん」

「……」

これ以上は訊いてくれるなと、はっきりと拒絶された。知世は言葉もない。息を呑んで先輩の顔を見つめるしかなかった。良太も、渋い顔をしつつも、それ以上追及しなかった。

初めて先輩が感情らしい感情を表に出した気がする。語っているときの目は鋭くて、温かみに欠けていた。少なくとも夢を語る人の顔じゃなかった。

それは果たしてどっちだったのだろう。実は嘘の先輩？　本当に本当の先輩？

ただ一つだけわかったことがある。

日暮先輩と過ごせる時間は、残りあとわずかだ。

夏が来た。

日暮先輩の進路を聞いた日から数週間が経っていた。あれ以来、三人で集まることが少なくなった。なんとなく、顔を合わせづらかった。一度でも心に隔たりを感じさせられるとそれまでの距離感もあやふやになってしまう。それは良太も同じようで、態度こそいつもと変わらないが、どこか先輩に遠慮している。

先輩も態度は変わらない。……以前と何も変わらない。そう。隔たりは最初からあったのだから、態度を変えようがなかった。彼はずっと自然体のまま、知世や良太に踏み込ませずにきた。クラスでも浮くことなく孤立してきた。誰とも深く親しくしていないから、居ても居なくてもさほど影響しない立ち位置が築かれていた。

なぜそんなことをしているのかわからない。きっと先輩の言う夢とやらに関係しているのだと思う。でも、

「それって寂しくないのかな……」

知世だったら寂しい。中学時代から人付き合いが苦手で、誰とも親しくなれずに悲しい思いをしてきたから、あえて他人と距離を取ろうとする日暮先輩が理解できない。

こんなことを続けていたらいつか本当に一人になっちゃう。

それとも一人になりたいのか。

そうすることで叶う夢ってなんだろう……。

「近江さん、ちょっといいかしら」

突然、クラスメイトの女子数人に話し掛けられて驚いた。彼女らは知世の机をぐるりと囲むと、ニコニコと愛想笑いを浮かべた。

「三年生の日暮先輩、知ってるよね？　近江さんのお兄さんと仲良いもんね。ね、お願いがあるんだけど、日暮先輩に色の好みとか好きな物とか訊いてもらえないか、お

兄さんに頼んでくれないかな？」

「は？」

と、思わず声を上げてしまった。あまりに予想外なお願いだったから。

女子たちの中のひとりが一際もじもじしているのに気づいた。察するに、日暮先輩に恋慕を抱いている彼女のために、先輩の趣味嗜好を探ってやろうと周囲が気を利かせたのだろう。

知世は自分の心が冷え込んでいくのを感じた。楽しげな彼女らが純粋に羨ましかったり、自分以外にも先輩の魅力に惹かれている人がいると知って面白くなかったり、少なくとも彼女は先輩に想いを伝えようと動き出していてそれが妬ましかったり、そんな自分が情けなかったり――。いろいろな感情が一気に膨れ上がってもうぐちゃぐちゃ。そのせいで感情の発露が間に合わず、反動からか逆に思考はクリアになった。

自分が置かれている立場を冷静に分析する。彼女らにとって、知世は所詮良太への取り次ぎであり、興味の対象は日暮先輩でしかなく、どこにも知世が知世である必要性がなかった。せいぜい『近江良太の妹』くらいの価値しかない。

いくらクラスメイトと仲良くなれるチャンスであっても、こんな形は嫌だった。

あまりに惨めすぎる。

「……うん。わかった。いいよ、兄ちゃんに頼んでみる」

そう口にする知世の顔が今までにないくらい毅然《きぜん》としていたのを、はしゃいで喜ぶ女子たちは果たして気づいていただろうか。

知世は逆に、どういうことか、と訊ねた。兄に頼むにしても差し障り無い説明が要るからと説得して。日暮先輩に憧れている少女は手編みのマフラーをクリスマスまでに完成させたいらしく、そのために色やデザインの好みを訊き出そうとしていたという。なるほど。寮生活での無聊《ぶりょう》の慰みの代表例が編み物だ、お金も掛からないし想いを込めて編んでいく時間もさぞや楽しいに違いない。実にらしい贈り物だった。

「うまくいくといいね。頑張ってね」

うまくいくとは思えない。日暮先輩はきっと彼女の想いには応えない。夢だけを真っ直ぐに見据えている先輩の心には誰の想いだって届きはしないはずなのだ。

自分以外には。

もう自分を弁えるとか言い訳するのはやめにしよう。ライバルが出て来た以上傍観なんてしていられない。いい機会だ、積極的にならなければ。そうとも、臆病になるな。先輩に想いを伝えられるのはわたしだけ。世界中でわたしだけのはずなんだ。

だって、わたしの『音』にだけは興味を示してくれたのだから。

良太にあることを頼んだ。先輩の嗜好を訊き出す以外にも個人的なお願い。

「楽譜を手に入れたいの。トランペットをまた始めたいんだけど、吹奏楽部の人にはまだ頼みにくいっていうか。……再入部とか勧められても困るし」

「ふうん」

良太はつまらなげに頭を掻いた。知世のそれが半端な気持ちかどうか測っていた。

「わたし、あんまり楽曲に詳しくないから、どれが簡単かなんてわからないし、でも、誰にも訊けなくて。兄ちゃんなら吹奏楽部にも友達居るかもって思ったんだ」

「ほうほう」

「……そ、卒業式までに吹けるようになりたいの！」

「はあん。卒業式まで、ね。わかってんのか？　あいつは難しいぞ」

知世の気持ちに気づいていた。そして、日暮先輩が誰にも心を開いていないことにも。指摘されてしまうと途端に弱気になる。良太は苦笑した。

「引くなよ。決めたんだろ？　演奏でなら届くかもって思ったんだろ？　なら、やってみろよ」

そうして、良太はいつもみたく意地の悪い顔で知世を小突いた。

途中で投げ出したら笑ってやるよ、って。

笑って許してやるから頑張れよ、って。

「楽譜な、任せておけ。積極的になれって言ったのは俺だしな」

優しく背中を押してくれたのだった。


選曲は吹奏楽部の部長に頼んでもらったと良太に聞いた。手に入れた楽譜は、古いミュージカル映画で聴いたことがある、歌詞を口ずさむだけで心をほっこりと温かくしてくれる、大好きな物がいっぱい詰まった名曲だった。

先輩に贈るにはピッタリの楽曲。

先輩には夢を叶えてほしいけど、無理だけはしてほしくなかった。わたしの恋は叶わなくてもいいけれど、先輩の心には残ってほしかった。

この曲は最適で、その楽譜が知世の元にやってきたのは天命に違いなく。

「わたしのお気に入り、か」

この気持ちも届くような気がした。

クラスメイトのあの子は秋も深まったときにはもう編み物にも飽きて止めていた。

その程度の想いだったのかと呆れもしたが、接点が無い上に日暮先輩は人とは距離を置く性格なので恋心が萎《しぼ》んでもしょうがないかなとも思った。それで知世の決意が揺らぐこともないので、もはやどうでもいいことだが。

余談だが、この一件のおかげで何人かとはお友達になれた。まだまだぎこちないけれど、休みの日には一緒にお出掛けするほどの仲にまでなれた。これも日暮先輩のおかげって言えるのかな。なら、感謝の気持ちも一緒に上乗せしよう。

「——さあ、練習だ」

夏休みの間に見つけた秘密の練習場へ向かう。

演奏を仕上げるにはまだまだ練習不足だった。落葉樹に枯れ木が目立つようになった頃、少しだけ焦りだす。

年が明ければ、卒業式まであっという間。

学校から徒歩三十分、目的地である河川敷で今日も寂しくひとりきり。

トランペットを構えた。

＊　＊　＊

土手の斜面を滑り下りて橋の下——河川敷に立つ。旅人は川縁《かわべり》の土を素手で掘り返し、太い根っこを見つけると振り返った。

「ドクダミの根っこだよ。そこら中にある。春から秋にかけてここら一帯に群生するんだ。辺りに水気があるからドクダミは常に湿っていたはず。その上にケースを長時間置いておけば臭いは色素とともに嫌でも染み込んでいく」

ソフトケースを再度改める。着色塗料が剝げ落ち、ドクダミの葉の色が混じり合ったことで黄緑色に変色したのだという。しかし、良太にはその正誤がわからない。

旅人は橋を見上げてしばし黙った。

「――――」

「旅人？」

「……間違いない。ここだよ。この空間にはあの子の『音』が染み付いている」

旅人に倣って橋の下を潜る。高さがあるので音は反響せず、水流の音も小さいから気にならない。交通量が少ないせいか橋を渡る自動車の駆動音もない。静かだ。水と草の臭いは意外と不快でなく、むしろ心を落ち着ける。橋そのものが目眩《めくらま》しにもなっており、確かにここでなら練習に打ち込めるだろう。

「知世」

トランペットを構える知世の幻影が見えた気がした。

……気を取り直す。自信なさげに頭を掻いて、もう一度辺りを見渡した。

「肝心のメモリーカードだが、……ここから見つけ出すのは至難だな」

学校の敷地よりは遥かに面積は狭まったが、冬枯れしない雑草が混じっているために探しにくい。二人掛かりでも数日は掛かりそうである。

「でも、ま、探すって決めたからにはやらなくちゃな。罰ゲームも掛かってることだし」

卒業すれば、寮を出てしまえば、ここを訪れることもなくなってしまう。

これが最後のチャンスかもしれなかった。

「旅人はそっちを頼む。俺はこっから向こうを、」

「ずっと気になっていたんだけど」

と、旅人が良太の言葉を遮った。視線を地面に落とし、大雑把にメモリーカードを探しながら、旅人は気になっていたというあることを口にした。

「知世ちゃんはここでメモリーカードを抜き差しした。そのとき落としてしまったんじゃないかって、良太は言ったよね？　確かにありそうな話なんだけど、でも実際、知世ちゃんにとってそんな大事な物を、帰り道や、寮に帰った後も、失くしたことに気づかないなんてこと無いと思うんだ」

「……む」

そういえば、何か似たようなことを前にも聞いたような……。

ふと、忘れていた何かを思い出しそうになる。こう喉元まで出掛かっているのに、尻尾《しっぽ》の先まで見えているのに、なかなか摑めないみたいな、もどかしい気持ちになる。

「メモリーカードがそんなに高価な物なら、肌身離さず持ち歩いていそうだよ。知世ちゃんのことだから、ケータイからも取り出さなかったと思うんだ」

「ああ！　そういや、肌身離さず持ち歩いているって言ってた！　たしかに言った！」

脳裏にパッと閃いた。知世が言った言葉である。

〝肌身離さず持ち歩いてるの。え？　違うよ。財布やお守りだとそれごと一緒に落としちゃうかもしれないでしょ。だから絶対落とさないトコロに隠してあるんだ〟

あれは確か、

「ケータイを返してもらったときだ⁉」

「……ちょっと待って。ケータイって知世ちゃんの遺品の中から回収したんじゃなくて、直接手渡しで返されたの？」

「お、おう。あれ？　言ってなかったっけ？」

なぜか旅人が呆れ顔になった。そして、ジト目を向けられる。

「良太、それじゃここには無いに決まっているよ」

「は？　何でだ？　確実に無いなんて言いきれないだろ？」

「そりゃ絶対とは言わないけれどね。あのね、知世ちゃんは演奏を録音するためにここに来たんだよね？　録音にはケータイが要る。で、ケータイは無事良太の元に戻ってきた。つまり、知世ちゃんは録音を完了させたということになる」

「？　だからそうだってば」

「うん。だからね。もうケータイが不要になった知世ちゃんがメモリーカードを持って再びここを訪れる可能性は限りなくゼロに近いんだ」

「あ」

そりゃそうだ。メモリーカードは携帯電話が無ければ使えない。当然、抜き差しすることはないので弾みで落とすこともない。良太はカードを絶対に落とさないトコロは携帯電話の中だと勝手に思い込んでいた。だから状況まで決め付けてしまっていた。

「そりゃ、うっかりポケットにカードを入れたままここに練習しに来た可能性はあるよ。でもその場合、イコールここで落としたことにはならないよ。それだと知世ちゃんが移動した場所がすべて範囲になってしまう。永久に見つかりっこない」

「……」

ということは、すべて振り出しに戻ってしまったということだろうか。

いや、それどころか、ますます発見から遠退《とおの》いてしまった気がする。

旅人が顎に手を添えて何やらぶつぶつと呟いていた。

「肌身離さず、か。絶対に落とさないトコロに——隠す？」

良太はトランペットの楽器ケースを肩に担ぎ直し、土手を登り始めた。また手掛かりから探さなければならず、それはここに居たのでは始められない。もう夕暮れが迫っている。一刻も早く寮に戻ろうと旅人を急かした。

「もう一度知世の部屋を調べてみようぜ！　俺にはわからなかったが、おまえならもしかしたら何か見つけられっかも！」

「良太！」

そのとき、旅人が駆け寄ってきた。

良太の肩を乱暴に摑み、楽器ケースを、次いで良太の全身を食い入るように眺めた。

「——っ」

「た、旅人？　ど、どうしたんだよ、おい」

普段温和で大人しい人間の奇行ほど恐ろしいものはない。身動ぎ一つ叶わずされるがままに全身を見られた良太は、しかし不意に解放された。人にここまで凝視されたのは生まれて初めてだ。それも男に。——くそ。何だこのドキドキは⁉　心臓に悪い！

旅人は弁明することなく歩き出す。

慌てて後を追う良太の「どうしたんだよ!?」その質問に、振り返らずに答えた。

「メモリーカードの在処《ありか》ならわかったよ。たぶん、あそこだ」

「わかったって……っ。おい、旅人!?」

旅人が向かった先は、良太が目指した場所と同じ、女子寮だった。

＊

女子寮の二階の一番手前の一室が、知世とルームメイトが寝起きを共にした部屋である。勝手知ったるなんとやらで、寮母からも顔パスされた良太は、躊躇うことなく目的の部屋の前までやって来た。途中、何人か女子生徒とすれ違ったが、訝しげな表情を浮かべる人間は一人としていなかった。皆、同情するような眼差しで良太を見送った。知世が他界してあと少しで一ヶ月が経とうというのに、この雰囲気は変わりそうにない。

二階廊下の一番手前周辺の空気だけがいつも重苦しい。この階に住む生徒は、階段を上りきるとこの一室の前を通らなければならず、それだけで気を重くする。溜まりに溜まった負のオーラが空間そのものを澱《よど》ませていた。

何度も通ったからか、ルームメイトが在室しているかどうかさえわかるようになった。どうやら今日は不在のようだ。

一応ノックをした後に、寮母から借りた鍵で中に入る。

部屋の中には段ボール箱が積み上げられていた。壁際の棚に収まるべき本や小物は片付けられ、後には虚しい空間だけが広がっていた。良太が知世の私物を整理したのとは別に、ルームメイトも荷造りを完了していた。二年生に進級すると個室に移れるので、卒業生同様、早いうちから荷物の整理をする一年生も少なくない。しかし、卒業生と違い在校生は寮内を引っ越しするだけだからさほど急ぐ必要がなかった。荷造りは、できるだけ早くこの場から離れたいというルームメイトの意思表示である。

薄情だとは思わず、虚しさだけが込み上げた。

「芳香剤の匂いがする。さすがは女の子の部屋だね。これなら別の臭いも目立つよ」

いまだ理屈はわからないが、旅人はどうも鼻が利くらしい。

何を探ろうとしているのかわかった。楽器ケースと同様に、草の臭いが染み付いた物があればそれが怪しいというわけだ。あの川縁に長時間居れば、たとえドクダミの葉の上に置いていなくても、野草や河水の臭いなら付きそうである。

あるいは香水がやたら振り掛けられている物の中に仕舞われている可能性だってあるのだ。年頃の女子で、相部屋なのだから臭いにはことさら気も遣おう。

ということで、考えられるのは鞄か服か。――そういえば、知世の洋服は防寒服の上着くらいしか調べていない。たとえばスカートのポケットの中にメモリーカードが入っている可能性もある。

知世のクローゼットはそのままにしてある。さすがに妹であっても女子高生の衣類箱にはおいそれと手が出せなかった。ルームメイトの目の前で間違って下着なんかが出てきた日には、兄として、男として、どんな顔をしたらいいかわからなくなる。その辺りは、明日、母親に卒業式の後に片付けてもらうつもりでいた。

しかし、旅人に躊躇いは一切無かった。兄の前だというのに豪快にクローゼットを開け、ハンガーに掛かった洋服にざっと目を通した。一着一着ポケットを漁っていくのかと思いきや、旅人は一歩下がってクローゼット内部を見渡した。

「――これだ」

旅人が手を伸ばしたのは、一着のダウンジャケットだった。ホワイトカラーのダウンジャケットは、デザインもシンプルで、知世が中学時代から愛用していた物である。

「これだけ香水の『臭い』が強い。草や土や水の臭いを打ち消そうとしたんだね。でも、接触して染み込んだ臭いというのはなかなか落ちないものだよ。――肩の部分。肩掛けした楽器ケースと接触した部分にドグダミの臭いが移ってしまっている。さっき、良太が楽器ケースを担いだのを見たときに気づいたんだ。河川敷に着ていった上着はこれで間違いないよ。そして、肌身離さずに、その上で絶対に落とさないトコロと言えば――」

ダウンジャケットの内側をめくる。内部には小さな内ポケットが左右に二つずつ付いており、ちょうど左胸が当たる箇所のポケットのチャックを開けた。

「良太でもここは盲点だったんじゃないかな」

中から取り出されたのは小さなチップ。紛れもなく、良太が知世にあげたメモリーカードだった。

「……マジかよ」

初めから知っていたかのような滑らかさで見つけ出した。あまりのことに感嘆するばかりで喜ぶタイミングを逸してしまった。手渡されても実感がまるで湧いてこない。

「良かった、見つかって。――ああ、中身を確認しないことにはわからないか」

「……」

「良太？」

持て余すかのように、メモリーカードを見つめて立ち尽くす。

探し物は見つかった。知世の想いは紛失することなくここに還《かえ》って来た。これでもうこの学園に思い残すことはなくなった。遺族としても。良太にとっても。

では、知世は？

この知世の想いはどこに行く？

旅人に贈る演奏なのだ、このデータはこのまま旅人に渡すべきなのだろう。けれど、それは完全に知世の都合でありワガママだ。当人が死んでしまっているのに想いだけを押し付けられたら、受け取る側はこの先見えない重圧を背負い続けることになる。

録音された中身が演奏の練習だと嘘を吐いた。旅人へのボイスレターだと言ってしまうと、旅人は受け取らざるを得なくなるからだ。そんな脅迫じみた真似はしたくなかった。旅人を困らせるのは知世とて本意ではあるまい。良太もまた一時の感傷で迷惑を掛けたくなかった。

親友だから。

……わかっている、旅人が誰にも心を開いてくれていないことくらい。良太に対してさえも距離を取り、傍まで近寄らせてくれなかった。でも、たとえ一方的な信頼だったのだとしても、仮初《かりそ》めの友情だったのだとしても、三年間の充実を与えてくれたのは紛れもなく旅人だった。感謝があるのだ。——単なる知人の死んだ妹の好意を押し付けるような後味悪いだけの所業がどうしてできる⁉

メモリーカードを固く握り締める。大きく息を吐き、心の中で知世に詫びた。

「サンキューな、旅人。悪いな、付き合わせちまって。おかげで助かった」

これで終《しま》いだと言うように礼を口にする。声は震えなかったはずだ、旅人も満足げに頷いたから。……これでいい。所詮お遊びである。後腐れなく、些細で楽しいだけの思い出として片付けられることだけを願う。

だが旅人は、やはり空気を読んだかのように、良太の手を取るのだ。

「聴かせてくれないか。その録音されたデータを」

あまりに強く握られたので固まっていた掌が思わず開いた。

「知世ちゃんは僕にとっても大切な人だった。だから、彼女が遺した物をこの目に焼き付けておきたいんだ」

忘れないように、と。

「……」

おそらく、旅人は内容を想定して言っている。背負う覚悟を決めている。

迷ったのは一瞬だけ。その優しさに甘えることにした。

――良かったな、知世。受け取ってくれるってよ。

「ただし、俺も一緒に聴くぞ」

旅人ひとりだけに背負わせやしない。

女子寮を出て、良太の部屋に移動した。机の上にセッティングされた携帯電話から、メモリーカードに録音された音声の再生が始まった。

知世の声が聞こえてきた。

＊

妹を妹と初めて認識したのはいつのことだろう。

気づいたときにはもう、なにかと知世の面倒を押しつけられていた。その度に、煩わしさと共に、妹というモノを意識した。そして自分が兄であることも。

「兄ちゃん……」と震える声で泣きついた、いつだって臆病な妹。

必死で追い掛けてくる足音を背中で聞く。面倒臭いと思いながらも、付いて来ているとわかって安心する。高校生になってもお兄ちゃん子なのは困りものだが、あいつの頼れる「兄ちゃん」で居られたことには胸を張れた。

もう足音を聞くことはない。振り返っても続いているのは自分の足跡だけだった。

遥か後方で立ち止まり、照れて笑い、なぜか自信満々にトランペットを構えている。

下手くそな演奏だった。聴くに堪《た》えない。旅人だけに向けたものだとしても、もうちょっと完成度を上げてきてほしいところである。録り直すこと十数回、納得いく出来がコレでは才能無いと自虐するのも頷ける。

まったく。こんなんじゃ笑えないぜ……。

笑い飛ばしてやろうと思っていたのにさ。おまえ、頑張りすぎだよ。褒めたくなっちゃうじゃんか。頭を撫でてやりたくなったのに、遠すぎて手届かないじゃんか。

知世。たったひとりの妹。

俺の後ろにはもういないけれど。

おまえの音だけがここに届いた。


延々とリピート再生されていた音声が、携帯電話のバッテリー切れと共に沈黙した。日はすっかり落ちていて、室内は遠い外灯の微光が窓から差し込むだけで薄暗い。二つの人影は固まってしまったように動かない。一つは放心したように立ち尽くし、一つは膝を突いて蹲っている。

一人分の嗚咽だけが響いていた。

卒業式を終え、最後のＨＲも終了し、クラスは解散した。夜に行われる打ち上げの参加者を募って盛り上がる輪をすり抜けて、旅人が教室から出て行った。

「旅人！」

昇降口で靴を履き替えた旅人は、良太を振り返ると目を細めた。

「やっぱり良太には見過ごされなかったか」

反省するかのように自嘲する。

「別れを惜しむのは好きじゃない。今日中に寮を出て行くつもりだ。みんなには良太から言っておいてくれないか」

行く先を告げず、再会の約束も交わさず、旅人は旅立とうとしていた。昨日聴かせた知世の演奏をもってしても、旅人に親愛の情を湧かせることはできなかった。旅人の心を開かせるには近江兄妹では力不足だったようだ。

「また……会えるよな？」

「うん。そうなれたらいいと思う」

決してそんな日は来ないと確信した声で、旅人は別れを告げた。遠ざかる背中はあまりに孤高で、共に過ごした日々を一切かなぐり捨てている。きっと、二度と、振り返ることはないのだろう。

「旅人、おまえ、どこに行くんだ？」

握り込んだ掌の中にはメモリーカードがあった。

友人と呼べたかもしれない兄妹を置いて、日暮旅人は旅に出る──。

＊　＊　＊

再生が始まった。

出だしは緊張して声が裏返ったり、用意していたはずの台詞を忘れて噛み噛みだったりと、なんとも焦《じ》れったい気持ちにさせられるが、徐々に平静さを取り戻していくと飾らない素直な声に変わっていった。

そして演奏が始まる。お世辞にも巧いとは言えない指運び。聴く方がハラハラさせられる拙《つたな》さはしかし、それまでの努力とこちら側に伝えようとする想いに溢れ、不思議と聴き入ってしまう。我を忘れて没頭した。いつしか演奏の背後から聞こえていた木枯らしや流水の雑音が、男子寮全体に微かに響く耳鳴りのような振動音と重なり合って、彼我《ひが》の境を曖昧《あいまい》にし、その瞬間、音は、時間も場所も飛び越えて、すぐ目の前から現れた。

近江知世の気配が迫る。一途《いちず》な想いを乗せた音楽。その結晶は、彼女をこの場に蘇らせた。息遣いさえよくわかる、手を伸ばせば触れられる距離に彼女は居るのだ。

思い知る。

確かに生きていたのだ、と。

「…………」

ということを、近江良太の反応を視て理解した。現実に無い『音』は日暮旅人の目には映らない。彼の目は現実にある情報を頼りに『音』を可視化する。『声』は表情や仕草や口の動きから、『音楽』は楽器の種類や構造、指遣い、演者の顔、聴衆の反応を見て、『音』を予測し可視化するのである。しかし、電子機器から出る『音』にはそういった目に見える情報がないため、実際に流れた音楽がどんなものであるか知ることができなかった。スピーカーの音も、電話の声も、一度機械を通してしまえばそれはただの振動でしかなく日暮旅人には伝わらない。映像で遺してくれていれば伝わったものを、少し残念に思う。

僕の中の『僕』に呼び掛ける。

五歳のときに一切を失った『僕』を――人間らしい『心』を呼び覚まそうとする。

中学時代に出会った見生《けんじょう》美月に触発されて象《かたど》った孤立する生き方。悪目立ちしないように立ち回るためには一人くらい仲の良い相手が必要だった。分け隔てなく付き合うよりも、たった一人の『親友』を作った方が他人からの干渉は減るはずだ。実践し、緩やかな人間関係を構築し、予定通り波風立てない穏やかな生活を送ることに成功し――、理想通りの『日暮旅人』が完成された。実験は成功だった。人間観察は思いのほか自分の性分に合っていたようで、この経験が目的達成への足がかりになった気がした。

しかし、予想外が一つ。『親友』の妹が旅人に対して恋慕を抱いたことである。そのせいで兄まで感化され、より友愛の情を押し出してくるようになった。

居心地が良すぎた。いい迷惑だった。突き放そうとするたびに心は迷った。こんな自分が心から笑ってもいいのだろうかと。

復讐に生きる僕を引き止めようとする二つの想い。

抗《あらが》った、同時に、人並みに生きることも可能なのではないかと希望した。――希望？

復讐の完遂以外に望むモノがあったなんて。この目がもしもそれを許してくれるなら、この兄妹と一緒に生きていくのもいいかもしれない。なんて、甘いことを考えてしまった。

河川敷に下り立ったとき、部室棟裏で視た綺麗な『音』を、彼女の練習の『痕跡』に視つけて、記憶の内に遺されたトランペットの音色が脳内に響いた。……ありえない出来事だった。こんな奇跡がまだ身の内に眠っていたなんて。時空を越えて想いを届ける近江知世の生気には敬服を禁じ得ず、人間の可能性に一瞬だけでも期待してしまったようだ。

愚かしい夢である。

そんな幸福なモノをこの目が許すはずないのに。

いくら『痕跡』は視つけられても、実在しない『音』は視当たらない。目に見えないのならそれは無い物であり、要らないモノだった。日暮旅人の視覚は復讐に必要なモノだけを映し出す。近江知世の演奏にその価値はない。

いまだ再生し続ける音声。そこには近江知世の世界が広がっていることだろう。

近江良太が泣いている。携帯電話のディスプレイに表示された再生時間はいつの間にかゼロから始まっていた。リピート再生されていた。何度も何度も。近江知世の声が誰かに何かを訴えた。

『好きですよ、先輩』

「……」

旅人にはその何かが視えない。伝わらない。

秒数を刻む携帯電話を冷めた瞳でじっと見つめた。

——無駄なんだ。僕はもう『日暮旅人』の皮を被った怪物でしかないのだから。

人間らしい心も、生き方も、復讐には不要。

それこそが『日暮旅人』なのだから。

あ、わたし、近江知世です。

あなたは日暮旅人先輩ですか？

（了）

駅構内爆破テロ事件から五ヶ月が過ぎた、とある夏の日。

旅人は、視覚を失った代わりに他の四つの感覚を取り戻していたが、『探し物探偵事務所』を廃業し転職することを決めていた。いくら晴眼者《せいがんしゃ》よりも感覚が鋭く空間掌握に優れていても、目が見えなければやはり探偵業は難しい。そもそも盲目の探偵に依頼してくる人間がいるとは思えない。看板を掛け替えることはむしろ自然な流れであろう。事務所はそのまま住居兼職場として使用していくつもりだし、職種が変わるだけで生活に大きな変化はないはずだ。旅人の決定に最後まで渋っていた男が若干ひとり居たが、周囲の理解は概《おおむ》ね得られたので、いまは諸々の手続きや後片付けに取り掛かっている。

事務所の自室で必要書類の整理をしていた。目で内容を確認できない以上、どこにどの書類を仕舞っていたかというその記憶と、指先で感じた紙質やインクの匂いなどを頼りにまとめていく。最終確認はパートナーの仕事だ、彼が帰ってくるまでに終わらせておきたい。

ふと手を止めた。意識は窓の外へと向けられる。

季節には音がある。セミの鳴き声、ビニールプールに張られた水音、はしゃぐ子供たちの笑い声、風鈴の音、全機稼働する空調装置の振動、バーベキューの焼ける音、ラジオから漏れ聞こえるサマーチューン、遠雷の響き、雨音、どしゃ降りに打たれる傘の音色——。

誰かが外を駆けている。突然の雨で傘の用意が無かったようだ。この時期、都市部でもスコールのような俄雨《にわかあめ》はよく降る。折り畳み傘の携帯は必須であるのにこの誰かさんは失念していたらしい。

たかが季節の風物詩。それを耳でのみ感じ取れる幸せを噛み締める。目が開かずともこの体はたくさんの物事を知れるのだ、なんという奇跡か。自然と笑みがこぼれた。

ドアをノックする音はすぐ近くから聞こえた。

「なあにニヤついてんだよ？　気持ち悪いな」

男の声。若干息を弾ませている。実は、声を掛けられる前から、リビングに入ってきた足音で彼の存在には気づいていた。そのことも微笑んだ起因の一つである。

「どなたでしょうか？」

わかっているのに訊ねたのは、ただその声が聴きたかったからだ。

男は舌打ちをして、訪問するたびに何遍も要求される名乗り上げを渋々行った。

「——雪路だ。雪路雅彦。アンタのパートナーのな。……はあ」

げんなりとした態度を隠そうともしないのは実に雪路らしい。旅人が楽しくて仕方がないという顔で居ると、雪路は苛ついた口調で言った。

「なあ、アニキの耳はそんなに不安定なのか？　どうせこの階のフロアにエレベーターから降り立ったトコから誰が来たかくらいわかってたんだろ？」

「まさか。そこまで行くと超能力だよ。せいぜい玄関くらいかな、わかるのは」

「どっちにしても人間業じゃねえよ。つか、わかってんじゃねえか。いちいち名乗らせんな。何が楽しいんだか」

「楽しいよ。ユキジの声を聴くのはね」

怒ったときの険のある声も、嬉しいときの弾んだ声も、いまみたいな拗ねた声だって聴いていて楽しい。表情が見えなくても感情が読める。そんな当たり前のことが旅人には新鮮だった。

「もっと聴きたいくらいだよ」

「気持ち悪いこと言ってんじゃねえよ。ったく、五感が戻った途端やたら他人に興味持ち出しやがって」

「うん。今までの僕なら考えられないよね」

音だけじゃない、五感を通じて知覚できなかった物事は、見えている分、虚しく感じられた。絵画を見ているような感覚だった。でも、たとえば瑞々《みずみず》しくて美味しそうなリンゴが描かれた絵があったとして、もしも取り出して味わうことができたなら、誰しも同じような感動を覚えるのではないだろうか。それまで素通りしてきた幾つもの絵を味わい尽くしたいと思うのは自然な感情ではないだろうか。

自嘲する。なんと現金なことだろう。貪欲な自分に卑しささえ覚える。

雪路は押し黙った。言い過ぎたと反省するように、ばつが悪そうにしていた。

「体拭いて来たら？　雨に濡れただろ？」

雪路の周囲には熱気が立ち込め、雨の匂いが漂った。湿気具合からしておそらく全身が濡れている。息を弾ませていたのは雨中を走ってきたからに他ならない。

「早く着替えておいで。ほら、この部屋、冷房が効いているから寒いだろう。そのまだと風邪引くよ」

「……だな。いい加減疲れた。シャワー浴びてくる。話はその後だ」

「ゆっくりしておいで」

きっと寝不足も祟っているのだろう。少しふらつきながら部屋を出て行く雪路に、労いの言葉を掛けた。

「おかえり、ユキジ。お疲れさま。――ワガママを聞いてくれてありがとう」

それには「別に」と素っ気なく返された。

優しい声だった。


ひとっ風呂浴びてさっぱりした雪路は上下安物のスウェットを着てくつろぎモードに入る。今日はこのまま泊まる気でいた。就職活動中のため金髪を止めた雪路は、服装への拘りが薄れ、割と見た目を気にしなくなっていた。楽でいいし、実際、旅人の目は閉じているのでダサい服でも構わなかった。今さら見た目を意識する間柄でもないが。

「――けど、この格好、テイちゃんは嫌がるんだよな。何でだろう」

「ユキジの変化に不安を感じているんだと思うよ。テイの世界はまだ狭いから。その大半がこの事務所内なのだし、そこへ髪型も格好も変わったユキジがうろついていたらやっぱり落ち着かないんだと思う。僕の目や職業のこともそう」

その上、来年には彼女自身が小学校へ入学する。家庭という足場が不安定な灯衣にとって、些細な状況の変化でも心は大きく動揺してしまう。

「可哀相だけどね、こればかりは言い聞かせて納得させるしかないよ」

「……」

時間帯はそろそろ夕方。あと少しすれば保育園に居る灯衣を亀吉が迎えに行く。雪路に帰るつもりはないが、さっきまで着ていた派手目な私服を後で乾燥機から引っ張り出そうと決めた。

「ところで、書類整理は終わったのか？　散らかしているようにしか見えなかったけど」

ふたりはリビングに移動していた。旅人の部屋は足の踏み場もないくらい物で散らかっていたからだ。旅人は首を傾げた。

「あれ？　そうかな？　僕は片付いた気でいたのだけど」

場所を移したことさえ不思議に感じていたようだ。

「五感は蘇っても不器用さは直らない、か。……ま、そっちの方がらしくはある。アニキ、諦めろ。アンタの不器用は元々だ」

「それは違う」

「……いやにはっきり否定するな。気にしていたのか？」

不本意らしく唇を尖らせた。五感が戻って、段々と人間味が増しているようだった。そんな旅人が見られて嬉しくもあり、寂しくもあった。

「紅茶くらいなら淹れられるようになったよ。ヤカンを火に掛けてね。溢したり、お皿を割ったりすることなく」

「ん……、五感云々よりも目が見えないんだからあまり火元に近づいてほしくねえけど。それで、次は料理にも挑戦したいとか言い出す気か？」

「さすがユキジだね。何でもお見通しだ。そう、次は料理がしたい。僕は自分で作った物を食べてみたい。ユキジが作る物と食べ比べしてみたいな」

「そっか。いつかな」

落ち込むだろうからやめておけ、と言わない辺りまだまだ甘い。

「こうなるとね、いろいろと未練に思うんだ。鹿毛《かげ》さんのハヤシライスをきちんと味わいたかった、とかね」

「レシピはわかるんだが、やっぱり本人が作らないとあの味は出せないだろうな。俺も久しぶりに食べたくなった。店畳まれたのが悔やまれるぜ。……しっかし、味を見つけ出してほしいとか無茶な依頼だったよな」

「いろいろあったよ。歌手を探したり、犬を保護したり、呪いの正体を明かしたり」

「金にならなかったもんばっかだ」

ほとんどがボランティアみたいなもんだ。旅人の人柄と、他に目的があったせいでもあるのだが、よく少ない収入で今日まで生活してこられたと感心する。もしかすると、雪路の与り知《あずか》らないところで不正な金を手に入れていたのかもしれん。ありそうで恐い。のほほんとする旅人を眺めて、雪路は深く考えるのをやめた。

「僕の目は何でも知り得たけれど、本当には何もわかっていないんだ。知識として知っているだけで体験していない、みたいな感じかな。本物に触れる機会があったのに、それらを文字どおり見過ごしてきた。思い返すと後悔ばかりが浮かんでくる」

探偵を辞めることさえ未練に感じているのかもしれない。雪路としてはこのままでいいと思っているので考え直させたかった。

「だったら……」

しかし、その先は口にできなかった。

「ユキジもテイと同じなのかな？」

「……」

前進するための廃業であり転職である。盲目であることを受け入れ、それを甘えにしないと決めた旅人の方がよほど崇高で、今の環境に固執している雪路は外の世界を恐がっているだけの駄々っ子でしかない。未練がましいのがどちらかなんてはっきりしている。

後悔や未練と向き合い乗り越えることでそれまでの生き様から脱皮を果たす。新しい自分を手に入れるために旅人はいま足掻《あが》いているのだ。止めることこそ無粋であり、不義理となる。雪路は終わり行くこの日々をひっそりと惜しむしかなかった。

「——だから、僕は君に依頼したんだ。一緒に未練と向き合いたくてね」

雪路が任されたのは脱皮への後押しだった。頼まれていた物を引き渡したとき、雪路もまた未練と決別しなければならない。

ふたりで作った探偵事務所を終わらせるためにも。

「……俺を誰だと思ってんだ？　人探しならアニキより得意だよ。交渉事もな」

強がる雪路に、旅人は微笑んだ。

「さすがはユキジだ。じゃあ、お使いから帰ってきて一息吐いたところ悪いんだけど、早速お願いした物を出してくれないか」

「ほんと人使い荒いよな。——ほらよ」

観念して、用意しておいたボイスレコーダーを取り出す。イヤホンを差し込み、旅人に手渡した。

「俺がアニキの使いで来たって言ってもなかなか信じてくれねえんだよ。仕事のパートナーっつってもよ、『旅人は仲間を作ろうとしないし人に頼みごとをするようなやつでもない』なんて言ってよ。アニキ、どんだけ淡白で根暗な学生時代を送ってきたんだ？」

雪路の人相の悪さも手伝って、よほど警戒心を煽られたに違いない。旅人はその光景を想像して、くすりと笑った。

「で、アニキに教えてもらったとおりに言ったんだ。――『敗者は勝者に私物を一つ贈呈する。この約束を忘れていないよね？』って。そしたら、信じてくれたよ。音声データをそのレコーダーにコピーしてもらった」

ボタン一つで再生できるようセットしてある。イヤホンを耳にはめ、意識はゆっくりとあの頃へと還っていく。瞼が開いたならばきっと遠くを見つめたことだろう。六年経った今でもあの兄妹の顔なら鮮明に思い出せた。

「捨ててきた物を今さら拾うだなんてそんなこと、許されると思うかい？」

「贈り主が喜ぶかって？　さあな。わかんねえけど、伝言なら預かってるぜ。『――なあ、旅人、夢は叶ったのか？』ってよ」

「……」

贖罪のつもりだったが、所詮自己満足にすぎない。

幾つもの想いを踏みにじってまで復讐に生きたあの日々が正しかったとは、口が裂けたって言えない。そうするしかなかったと言い訳しても、傷ついた人なら確かに居たのだ。謝ったところで救われるのはいまの僕だけだ。それに、

謝りたくとももう彼女には会うことさえ叶わない。

それから、と雪路は続けた。

「――『だったら知世も浮かばれる。会いに行ってやってくれ』ってさ」

「……」

――ああ。

そのためのボイスレターだ。

時空を超えて、いま、旅人に想いを運んできた。

さあ、会いに行こう。

再生ボタンを押すと、近江知世が瞼の裏に現れた――。

＊　＊　＊

季節には音がある。

春は、君の音で埋まる。

うら寂しい部室棟裏に響く単音。引き寄せられるままに近づくと、眼下に、下級生の女の子が居た。遅咲きの桜が散りゆく中で、ここにいる、と強く訴える小さな光。

空に浮かぶ月よりも透明で、美しく。

人はこんなにも輝けるのかと畏れを抱く。

思わず言葉が口を突いて出た。

「綺麗だ」

彼女は振り返った。見知った顔だった。親友と呼べた男子の妹で、名前は知世。

「あなたは日暮旅人先輩ですか？」

胸を張って頷いた。これが僕だ。五感を取り戻し、人間臭くなった現在の僕。

君に見せてあげたかった、等身大の日暮旅人。

「久しぶり」

知世は頬を膨らませた。

「先輩、遅いです」

「ごめん」

「待たせ過ぎ」

「うん」

「待ちくたびれました」

「本当にごめん」

トランペットから口を離すと、辺りからは音が消え、何も聞こえなくなった。

この耳は機能を取り戻したはずなのに。

幻想風景に響くのは近江知世の音だけだ。

「夢、叶いましたか？」

「うん」

「良かったですね」

「うん」

ずっと前に録音された音声が現在の旅人の耳朶《じだ》に流れ込む。瞑《つぶ》った目が現実と虚構の境界線。たぶん目の前には雪路が居るのだろうが、耳を支配するこの音が旅人を幻想世界に引き留める。

知世は再びトランペットを構えた。「ご褒美です」そう言って奏で始めた名曲。実は初めて聴くそれに、旅人はなぜか覚えがあった。もしかしたらあの卒業式の前日に、想いは胸に届いていたのかもしれない。
もうすぐ終わる。
音色がさよならを告げている。
遠く置き去りにした青春時代の悔恨が晴れていくのを感じる。
君の姿が桜のはなびらとなって掻き消えていく。
「綺麗だったよ。君の音」

さようなら。
もう見えない。
余韻《よいん》に残る最後の呼気さえ聞き逃すまいと、だから僕は耳を澄ませた。

あとがき

　今巻に所収している小品は、既刊本八冊の中に差し込むことができずにお蔵入りしたネタを使っています。なぜお蔵入りしたのか、その理由を解説とともに説明いたしましょう。

○第一話『像の殺意』
　舞台は嵐に閉ざされた大富豪のお屋敷。遺産相続を巡って揉める一族関係者の身に陰惨な罠が襲いかかる――！　という、ミステリやサスペンスではありがちなシチュエーションで、日暮旅人の世界でも一度は書いてみたかったネタでした。が、ネタ帳に書かれた他のものと比べてみると明らかに浮いていたのでそのままお蔵入りしました。でもまあ、いざ書いてみますと、それほど違和感なかった気がします。

○第二話『畢生《ひっせい》の接《つ》ぎ』
　集落の人々の絆を描いてみたくて生まれたネタ。お蔵入りの理由は、既刊本の中に展開やオチが似ている作品がすでにあったからです。舞台設定に拘ることで既視感を打破しようと頑張りましたが、結果、描きたかったものからかけ離れてしまった感がありますす。とはいえ、こういったお話はやっぱり好きです。

○第三話『テイちゃんと子猫と七変化《しちへんげ》』

　文体がまるで違う！　それもそのはず、灯衣ちゃんが主役ということで、絵本をイメージしてみたのです。コレは電子書籍用に書いたお話であり、そもそも既刊本八冊の中に入れるつもりは初めからありませんでした。本編の合間に入れてしまったらこれまでの雰囲気をぶち壊しかねない威力がありますので。実際、コレ一つ入るだけで全体がお花畑になっちゃいそう。お蔵入りも当然だったかなと今でも思います。

　番外編を出そうと決めたのは、このお話をどうにか文庫に入れてたくさんの読者の皆様の目に触れさせたい、と思ったことがきっかけでした。

○第四話『愛の夢』

「もしも○○が××だったら～～」というパラレルワールドのお話です。

　これこそ番外編って感じですよね。あんな旅人やこんな陽子、そんな灯衣やへんな雪路などなど。あり得たかも知れない世界のお話。本編のイメージを大事にされたい方はスルーしてくださいませ。……言うほど雪路は変ではありませんが。

個人的には久しぶりにオネエ熊谷が書けたので嬉しかったです。

○第五話『君の音』
本編の正統過去編であり、もう一つのエピローグです。

これにて日暮旅人という主人公のすべてをお見せしたわけですが、いかがでしたでしょうか。


今回は『故人が遺した物』をテーマにお届けしました。

遺すとは生前に居た証を置いて逝くことを言います。それは、一族の繁栄・安泰を願う厚意だったり、怨念のような現世に留まろうとする執着だったりと、理由はさまざまですが、故人が現世と繋がれる最後の手段であり、最後の意思表示です。

しかし、待てよ？　故人にどのような想いがあろうと、受け取る側の気持ち次第で真実は簡単に塗り変わっちゃうよなあ。親切心で遺した物が問題を引き起こすこともあるし、嫌がらせのつもりで置いておいた物がありがたがられることだってある。あるいは、単なる廃棄物が故人の宝物であったかのように誤解されるなんてことも……。

遺言でもない限り故人の真意はきっと正確には伝わりません。遺物に込められた真意を見いだせるか否かは、結局のところ遺された人間の解釈次第です。

そんなことを考えておりますと、生前の行いはやっぱり大切なのだなあとしみじみと思うわけです。自分が死んだとき、行く先は天国か地獄か、じゃなくて、家族友人知人がどういう感情を露わにし、遺物をどう解釈するか、それで人生の総評が決まる気がするのです。遺物に込めた想いが正しく伝わるよう誠実に生きたいものですね。

というわけで（どんなわけだ？）、番外編第一弾『遺し物』でした。お楽しみ頂けましたでしょうか。いろいろとメディアミックスが決まり、こうして番外編まで出させて頂きまして、幸せの極致に至り関係者各位には頭が上がらず、読者の皆様に対してもこの感謝の気持ちをどう表現すればよいものかと嬉しい悩みばかりが絶えず尽きずでありまして――、え？

ああ、はい。そのとおりです。恥ずかしながら、性懲りもなく。

第二弾がございます。

２０１５年　秋　山口幸三郎《やまぐちこうざぶろう》

山口幸三郎

著作リスト

探偵・日暮旅人の探し物（メディアワークス文庫）
探偵・日暮旅人の失くし物（同）
探偵・日暮旅人の忘れ物（同）
探偵・日暮旅人の贈り物（同）
探偵・日暮旅人の宝物（同）
探偵・日暮旅人の壊れ物（同）
探偵・日暮旅人の笑い物（同）
探偵・日暮旅人の望む物（同）
探偵・日暮旅人の遺し物（同）

神のまにまに！ ～カグツチ様の神芝居～（電撃文庫）
神のまにまに！② ～咲姫様の神芝居～（同）
神のまにまに！③ ～真曜お嬢様と神芝居～（同）
ハレルヤ・ヴァンプ（同）
ハレルヤ・ヴァンプII（同）
ハレルヤ・ヴァンプIII（同）

〈初出〉
「テイちゃんと子猫と七変化」
電撃文庫MAGAZINE電子限定号Vol.1（2014年3月配信）

文庫収録にあたり、加筆・訂正しています。

〈書き下ろし〉
「像の殺意」
「畢生の接ぎ」
「愛の夢」
「君の音」

メディアワークス文庫

探偵《たんてい》・日暮旅人《ひぐらしたびと》の遺《のこ》し物《もの》

山口幸三郎《やまぐちこうざぶろう》

発行　2015年10月24日　初版発行

発行者　塚田正晃
発行所　株式会社KADOKAWA
〒102－8177　東京都千代田区富士見2－13－3
プロデュース　アスキー・メディアワークス
〒102－8584　東京都千代田区富士見1－8－19
電話03－5216－8399（編集）
電話03－3238－1854（営業）
装丁者　渡辺宏一（有限会社ニイナナニイゴオ）
印刷・製本　加藤製版印刷株式会社

ISBN978-4-04-865540-8 C0193

メディアワークス文庫　http://mwbunko.com/
株式会社KADOKAWA　http://www.kadokawa.co.jp/

本書に対するご意見、ご感想をお寄せください。

あて先
〒102-8584　東京都千代田区富士見1-8-19　アスキー・メディアワークス
メディアワークス文庫編集部
「山口幸三郎先生」係